新 潮 文 庫

幕末動乱の男たち

上　巻

海音寺潮五郎著

新 潮 社 版

2235

目次

幕末動乱の男たち

上巻

有《あり》馬《ま》新《しん》七《しち》

一

西郷隆盛《さいごうたかもり》が月照《げっしょう》とともに入水《じゅすい》して、救い上げられて蘇生《そせい》した後のことである。

西郷はずいぶん衰弱していたが、元来強壮な体質だったので、およそ二十日ほども経《た》つと、回復した。しかし、それはからだだけで、精神的には打撃から立直りが出来ないような風であった。元来快活で、豪快な冗談を言っては人を笑わせることが好きであった男が、たえてそういうことがなくなり、よく物思いに沈んでいる。月照一人を死なせたこと、とりわけ、死にそこなったことを武士としてあるまじきことと恥じているのだと思われた。

西郷の同志らは、西郷はまた自殺するのではないかと案じて、刀、脇差《わきざし》、その他一切の刃物を、西郷の目のとどくところにおかないように、家人らに注意したほどであった。

彼らはよりより相談して、西郷の気ばらしと、再生を祝うために、祝宴をひらき、その余興に、西郷の大好きである角力《すもう》を同志で行うことにした。

その招待を受けた人の中に、本篇《ほんぺん》の主人公有馬新七の叔父坂木《さかき》六郎がいた。六郎は城下士《じょうかざむらい》ではなく、鹿児島城下から二十キロの地点にある伊集院《いじゅういん》の郷士《ごうし》であった。元来、有馬の父四郎兵衛《しろべえ》は坂木家の長男に生れたのだが、城下士有馬家のあとをつぎ、坂木家の家督は弟の六郎にゆずったのであった。

六郎は、西郷入水の時六十二という老人であったが、剣は神影流《しんかげりゅう》の名手であり、学問の造詣《ぞうけい》も深く、当時の老年の人にはめずらしく、鋭い時勢眼もある人だったので、西郷一派の、当時の薩摩《さつま》の志ある青年ら（これを誠忠組という）にも、尊敬されていた。だから、招待もされたのである。

六郎老人は、もとより西郷の入水事件は知っている。そのいきさつも知っている。

「それはよかことでごわす。必ずうかがわせていただきもすぞ」

と、使いの者に答えた。

ところが、その当日、なかなかその姿が見えない。

「六郎サアは、一旦《いったん》約束召されたことをたがえるようなお人ではなか。何か事情がおこったに相違なか。様子を見に行ってみるがよかろ」

ということになって、一人が伊集院の方に走ると、途中で老人の来るのに会った。

連れ立って帰って来ると、角力は今をさかりとなっている。

老人は西郷にたいして快気の祝いを言った後、一同にむかって、

「本日はせっかくお招きを受けもしたのに、にわかに持病のおこりがおこりもして、遅参して、失礼しもした」

とあいさつした後、羽織・袴《はかま》をぬぎすて、素っぱだかになり、

「わしは老人でごわす上に、今日は病気がおこりもしたので、とうていおはん方のような若かお人達《ひとたち》と角力はとれもはんから、押しなりとしてごらんに入れもそ」

といいながら、たずさえて来たシメコミをしめはじめた。

さすがの壮士らもおどろいて、

「そげん無理を召してはいきもはん。先《ま》ず先ず、今日はわたし共《ども》若かもの共の角力をごらんなさるだけにしていただきとうごわす」

ととめ、着物を着せて席につかせたというのである。

有馬新七はこのような、豪爽《ごうそう》な叔父を持った人であった。

彼の父四郎兵衛は、少年の頃《ころ》から文武出精《しゅつせい》の名があり、藩から褒賞《ほうしょう》を受けたほどの人であるが、中年の頃、島津家の姫君（郁子《いくこ》）が近衛《このえ》忠煕《ただひろ》に入輿《じゅよ》した時、付人《つけびと》の一人にえらばれて上京し、弘化《こうか》四年六十三で死ぬまで、十余年の間京にいて、近衛家につ

かえていたのである。

新七は生来、激烈・純粋の性質の人であった。彼自身もその自叙伝に、「天性急烈で、暴悍《ぼうかん》で、長者の教えに従わず、しばしば叱《しか》られた」と書いている。こんな性質であるところに、時代の思潮に尊王賤覇《せんは》の傾向があったので、彼の思想ははげしくこれに傾斜している。彼の十三の時、十二代将軍家慶《いえよし》が、将軍宣下《せんげ》を受けているが、彼は国許《くにもと》にいてこれを聞き、父にいきどおりの手紙を書いている。

「徳川が将軍宣下を受けたということですが、これは京に上ってお受けすべきで、江戸にいながらお受けするとはけしからんことです」

これにたいして、父四郎兵衛は、

「将軍はかしこくも天皇から大将軍の職任をこうむられたのだから、徳川などと呼びすてにしてはならない。徳川公と書くべきである」

と訓戒してやっている。

このような彼が、間もなく崎門学《きもんがく》(山崎闇斎《あんさい》派の朱子学)の洗礼を受けたので、その性質と思想とは一層純粋・激烈となった。崎門学は朱子学といわず、あらゆる儒学の中で、最も大義名分を重んじ、その学風の激烈で純粋なことは、学祖の闇斎以来のことである。

自叙伝によると、彼は十四歳の時から崎門学を修めて、友人らとともに「靖献遺言《せいけんいげん》」（闇斎の高弟浅見絅斎《けいさい》の著書。中国の忠臣烈士の列伝である）を講習したとあって、師匠の名が出ていないから、崎門学を学んだというのも、師匠にはつかず、その学派の人々の著書を手に入れて自習したのであろう。つまり、たまたまついた師匠が崎門学の人であったというのではなく、自らの好みによってこの学派をえらんだのである。

十九の時、江戸遊学の藩許を得て、途中京の父の許にしばらく滞在して、江戸に行き、闇斎学の泰斗である若狭小浜《わかさおばま》の藩士山口菅山《かんざん》の門に入ったが、翌年からは師の代講をするほどとなったことを自叙伝にしるしている。よほど精励したのであろうが、山口門に入るまでに独学で相当深いところまできわめていたのであろう。

この翌々年、京都に来て、梅田雲浜《うんぴん》と深い交りを結んでいる。これは山口菅山の紹介だったに違いない。雲浜は前小浜藩士であり、また崎門学の人であるからだ。平凡社版の「大人名辞典」によると、菅山の弟子である。

新七が維新運動の舞台に登場するのは、井伊直弼《なおすけ》が大老となって、あの強烈な弾圧政策をとりはじめた時からであるが、その時までに、彼は父の死に遭って家督を相続したり、結婚して子供が生れたり、蔵方目付《くらかためつけ》や江戸藩邸糾合方《きゅうごうかた》（学問所校合方《きょうごうかた》である。図書がかりである。助教もつとめるのである）になったり、四方を遊歴して見聞を広めたりしている。井伊の弾圧政治のはじまった安政五年には、三十四であった。

井伊が大老となって、独断的な政治をとりはじめた時、天下の諸藩は非常な衝撃を受けたが、とりわけ、薩摩藩は最も強烈なものに感じた。

薩摩藩主島津斉彬《なりあきら》は、この前年から国許にかえっていたが、最も気に入りである家臣西郷隆盛を中央に出して、越前《えちぜん》藩主松平慶永《よしなが》を助けて、一橋慶喜《ひとつばしよしのぶ》を将軍世子《せいし》に立てる運動をさせていた。

当時の将軍家定《いえさだ》は病弱で、いささか精神薄弱で、とうてい内外の難局に処し得る人ではなかったので、賢明な将軍世子を立て、これに政治を処理させるがよいというのが、当時の最も進歩的分子の意見であった。譜代《ふだい》・外様《とざま》を問わず、賢諸侯といわれる人々、幕府内の優秀分子、皆この説を持《じ》しており、最も熱心に運動していたのは、越前慶永であった。

西郷は中央に出て、慶永の謀臣である橋本左内《はしもとさない》、中根靱負《ゆきえ》（雪江）らと提携して、大いに働いたのである。

しかし、今年の四月、井伊が大老に就任すると、当時最もやかましい問題であったアメリカとの通商条約を無勅許で（というより朝廷の意向を全然無視してだ）取結び、つづいて将軍世子を紀州慶福《よしとみ》（後の家茂《いえもち》）にきめたばかりか、強烈な弾圧政策を強行しはじめた。自分の方針に反対の者を弾圧しはじめたのである。水戸公父子、尾張公、一橋慶喜等の三家、三卿《きょう》、家門にも容赦はなかった。人々は慄然《りつぜん》として恐れ、口をつぐんだ。西郷はこの形勢に、

「もはや、口舌のおよぶべきところではない」

と、見切りをつけ、国許に急行して、斉彬にこれを報告し、自分の意見をのべた。

斉彬はうなずき、

「わしもそう見た」

と言って、思い切った対策を披露《ひろう》した。

「井伊を廃し、幕政の改革を行えとの勅旨を朝廷から下《くだ》してもらい、兵をひきいて上京し、勅旨をふりかざして幕府に迫り、聞かずんば討つとおびやかして、無理にも聞かせる」

という策。クーデターである。

「その方《ほう》は、大儀ながら、また京都に引返し、朝廷への運動、兵の宿舎の準備等をしてくれるよう」

と、斉彬は言った。

西郷はよろこびに燃えて、京都に引きかえし、着々と準備をととのえた。

以上のことは、西郷からの知らせで、江戸藩邸の同志らにも知らされた。人々は空を蔽《おお》う一面の暗鬱《あんうつ》な雲の中に青天のひらけて行くのを見る思いで、よろこびに沸き立ち、首を長くして、斉彬の上京を待った。新七もその一人であった。

ところがだ、七月下旬、思いもかけない知らせが国許からとどいた。

「去る七月十六日、太守《たいしゅ》様が永眠された」

というのである。

おどろきもし、疑いもしたが、事実であった。斉彬は計画実行の準備のため、連日炎天の下に、鹿児島郊外の天保山《てんぽざん》の調練場で、ひきいて出て行く兵らを猛訓練していたが、この八日から痢病にかかり、次第に衰弱がつのり、十六日の夜明け、ついに空《むな》しくなったというのである。遺言によって、後嗣《あとつぎ》には弟久光の長男又次郎が立つことになったという。

新七らの悲しみと失望は言うまでもない。

「天ついに日本に幸いせず」

と悲嘆し、絶望の淵《ふち》にしずんだ。

斉彬についで立つという又次郎が、斉彬の志をつぐということは考えられないことであったのだ。

二

一体、斉彬が薩摩の当主になったことについては、まことに複雑な事情があった。

ずっとずっと以前、薩摩はひどい財政難に陥っていた。諸藩の財政難は江戸中期以後は軒なみなことで、薩摩だけの特殊現象ではないのだが、薩摩のそれは最も深刻なものがあった。藩債実に五百万両というのだ。その利息だけでも五十万両以上かかり、年々の藩の費用が十九万両必要なのに、歳入はわずかに十四万両だったというのだから、窮迫のほどがわかろう。

五百万両の負債の大部分は、いく世代の間に出来たのだが、それが一時にグイと重くなったのは、斉彬の曾祖父《そうそふ》重豪《しげひで》の時からである。

重豪は積極的で、はで好みで、豪放で、三百諸侯中第一の豪傑といわれ、幕府の老中らも手こずることがしばしばだった人である。彼は生れ時を間違えた、あの不運な英雄の一人であった。戦国の乱世か、維新の風雲期に生を享《う》くべき人物だったのに、江戸中期に生れたのが、彼の不運であった。碁盤の目割のように封建の組織がきちんと立ち、万事が因襲と先例がらめになっている時代に生れ合せたので、その鬱屈する英雄的気魄《きはく》は途方もなく進歩的な藩政となり、ケタはずれに豪奢《ごうしゃ》な私生活となった。藩黌《はんこう》造士館をはじめ、医学館をひらき、天文台を設けて薩摩暦《ごよみ》を出し、西洋の文物が好きでシーボルトらの西洋人と交際したり、厖大《ぼうだい》な「成形図説」(博物全書)や「南山俗語考」(中国語辞典)などを編纂《へんさん》したなどは、先ず賢君的業績だが、薩摩人の固陋《ころう》を矯正《きょうせい》すると称して、都会風な遊楽機関——三都同様な角力興行場や、芝居小屋や、遊女屋町などを城下に設けて、遊興やぜいたくをすすめたのは、はなはだしい行きすぎであった。

十一代将軍家斉《いえなり》は歴代の将軍中最も豪奢な生活をした人だが、この家斉の夫人は重豪の女《むすめ》であった。家斉がまだ一橋家にいた頃に縁づけたのだ。この家斉が隠居して大御所となる時、

「わしは薩摩の岳父《しゅうと》殿のようにやりたい」

といったというから、重豪の生活態度の大体がわかるであろう。

重豪は五十六の時隠居して、息子の斉宣《なりのぶ》に家督を譲ったが、斉宣が藩政立直しのために緊縮政策をとり、彼の時代の方針を改めようとすると、立腹し、斉宣を隠居させ、斉宣の子斉興《なりおき》を立て、自らその後見となって藩政をとり、依然たる放漫積極の政策をとりつづけた。もちろん、借金によってまかなったのである。

しかし、いつまでもこんなやり方がつづけられるものではない。三都の大町人らが金を貸さなくなったのだ。利息ももらえず、返済されるあてもない金を貸す阿呆《あほう》はいないのである。

こうなると、参覲《さんきん》交代の費用の出場所がない。人足共《にんそくども》に払う金がないから、人足共が集まらず、朔望《さくぼう》（一日、十五日）の登城にもさしつかえる。藩邸が破損して雨もりしても、修理が出来ない。江戸詰の家来などは扶持《ふち》も手当ももらえない。家中《かちゅう》の武士は、男は刀の目貫《めぬき》や小束《こづか》をはずして献納し、女は髪かざりを売って献金したが、そんなものは焼石に水だ。ある時、重豪が金二分入用なことがあって、江戸の七つの屋敷を全部さがさせたが、どこにもなかったので、さすがの豪傑隠居が、

「ああ、おれの貧乏もこれほどまでになったか」

と、嘆息したという。

藩士らの窮乏はいうまでもない。知行持ちは知行を借上げられ、扶持取りもまたそうだ。領民はもちろん苛斂誅求《かれんちゅうきゅう》される。薩《さつ》・隅《ぐう》・日《にち》三州の地は三面海にかこまれて、領民が他に逃げ出すたよりのない地勢だが、それでも北方は他領に接している。だから、この地方の百姓らはきびしい監視の目をくぐって、さかんに逃散《ちょうさん》した。ぼくの生れ在所は薩摩の北端であるから、おびただしく百姓が逃散したため、島津領内の穀倉

といわれるほどの土地なのに、耕すものがなくなって、穣々《じょうじょう》たる美田地帯が原野化したといわれている。つまり、上下を挙げて窮迫したのである。

重豪もやり切れなくなって、調所笑左衛門《ずしょしょうざえもん》という人物に、財政の立直しを命じた。調所は茶坊主《ちゃぼうず》上りだが、才幹のある人物で、使番《つかいばん》や町奉行を歴任し、この頃は側用人《そばようにん》兼両隠居（重豪と斉宣）の続料《つづきりょう》がかりであった。側用人は官房主事、続料がかりは費用がかり、財務官の一種だ。

この調所がおよそ二十年ほどの間に、すっかり財政を立直した。いろいろな点でずいぶん手荒いやり方をしたのだが、ともかくも、天保《てんぽう》十五年（弘化元年）には、百五十万両の非常準備金まで出来、江戸、大坂、国許の三カ所の金蔵に積みあげておくようになったのである。あの貧乏はもう遠い昔の記憶となった。もっとも、この時はもう重豪は生きていない。八十九歳を一期《いちご》に死んで、すでに十一年になり、藩政は斉興の親政になっていた。

斉彬は斉興の長男である。世子として立ててはいたが、斉興はこの世子が好きではなかった。斉彬は弘化元年に三十六になっており、その賢明の名は天下に鳴りひびき、当時の賢諸侯といわれていた人々――水戸の斉昭《なりあき》、越前の松平慶永、宇和島の伊達《だて》宗城《むねなり》、土佐の山内豊信《とよしげ》、肥前の鍋島直正《なべしまなおまさ》、幕府部内の賢臣、新知識といわれる人々と親交があり、とりわけ当時の老中中第一の人物であった阿部正弘《あべまさひろ》と最も親しい交りがあった。

ところが、斉興には息子のこの賢明の評判も、政治づいていることも、いずれも最も深い警戒を要すべきことと思われた。とくに斉興をきらわせたのは、斉彬が最も曾祖父の重豪に似ているように思われることである。斉興においては、重豪は家の財政をめちゃめちゃにしたお人としか思われないのである。

斉彬は幼少の頃から重豪に鍾愛《しょうあい》された。重豪は八十九という長寿を保ったので、斉彬の二十五になるまで生きていて、最も強い影響をあたえたのだ。

重豪は西洋好きで、とくに幕府の許しをもらって長崎に行ってオランダ屋敷を訪れたり、蘭船《らんせん》に乗ったりして、西洋人と交際を結び、当時のオランダ商館づきの医者シーボルトとは親しい交際を結び、シーボルトらが江戸参府した時には、訪問し合っている。こんな人だから、西洋の品物を金をおしまず買入れた。

この趣味を受けて、斉彬も西洋好きだ。斉彬の私生活は至って倹素だが、西洋の書籍や、器械類や、兵器類や、薬品類を買入れるには少しも金をおしまない。書籍は親しくしている蘭学者らに依頼して翻訳させ、それを読む。

子細に観察すれば、重豪の西洋好きは単なる趣味であったに過ぎないが、斉彬のは日本の将来を思っての実用的なものであることがわかるはずであるが、そこまでは斉興は見ない。

「栄翁《えいおう》様（重豪）によく似て」

とだけ思って、身ぶるいする思いだ。

「この子の代になったら、またまめちゃめちゃなことになるのではないか」

とも考える。二十年の苦労で築き上げた身代がいとしくてならないのである。

斉興には斉彬と同腹の子があったが、これは備前池田家に養子となって行っている。

他《ほか》に側室の腹に久光というのがある。

その側室は江戸の町人岡田氏の女《むすめ》由羅《ゆら》という。美貌《びぼう》でもあり、才気もすぐれていたので、斉興は大いに気に入り、参覲交代で江戸に出る時は江戸にともない、国入りする時には国にともなった。つまり、片時も側を離さないのである。久光は国許で生れ、国許で育ったのである。

生れながらの性質もそうであったのであろうが、薩摩のようなところで育ったためもあろう、久光は質朴《しつぼく》で、剛健で、保守的な性質であった。ずいぶん利発で、学問が好きでもあるが、その学問の好みは国学と漢学で、洋学はきらいである。斉興には、重厚で、堅実で、最も好もしい性質に見える。

「この子が長男で、斉彬が次男であってくれたら、よかったろうに」

と、思わずにいられない。

しかし、斉彬を廃嫡《はいちゃく》するわけには行かない。出来るものなら、そうしたいのであるが、斉彬は薩摩の世子として、すでに官位を持っており、柳営《りゅうえい》での席がある。賢名が天下に聞えている。廃嫡は出来ないのである。

最も陰険なことがはじまった。法術者に命じて、斉彬を呪詛調伏《じゅそちょうぶく》することになったのだ。斉彬だけでなく、あわせてその子女らも呪詛した。こうして斉彬の系統を根だやしにし、久光を世子にすえる、それまでは斉興は決して斉彬に世をゆずらないという策。

島津領内には兵道《ひょうどう》という呪術がある。これによれば吉慶を招来し、場合によっては憎しと思う者を呪詛調伏することが出来ると信ぜられていた。ひそかに数人の兵道家がえらばれ、密命を受けて修法した。ぼくの生れ在所でも、この時、村の兵道家(多くは山伏)らが山にこもって壇をきずいて修法したと村の古老が言っていたから、ずいぶん方々で行われたのであろう。

この修法のためか、偶然の一致か、わからないが、斉彬の子女は皆夭死《ようし》し、斉彬自身も時々えたいの知れない病気になったことは、事実である。

このようにして、斉興は六十近くになっても世をゆずらず、斉彬は四十を越しても世子の身分であった。

その頃《ころ》、天下は次第に急迫して来た。欧米の勢力が日本に迫り、天下は多事の様相を呈して来ている。抱負があり、才幹の自信のある斉彬はあせらざるを得ない。一日も早く大藩薩摩の主《あるじ》となって、天下のことに働きたい。その頃幕府の老中首席となっていた阿部正弘も、斉彬を早く薩摩の当主にして、提携して天下のことに処したい。

二人は相談の上、薩摩が琉球《りゅうきゅう》を通じていとなんでいた密貿易を幕府の問題とし、これを糾察し、斉興の責任を追及することによって、隠居に追いこみ、斉彬の家督相続を実現する計画を立てた。

幕府は仕置家老の調所笑左衛門を江戸に召喚して、きびしく取調べたが、調所は服毒して自殺し、糾問の手がかりをふさいでしまった。

斉興は頑固《がんこ》な保守家ではあるが、かしこい人である。このさわぎの裏に斉彬のいることを察知している。

「けしからんせがれめ」

と、一層斉彬がきらいになった。

間もなく、薩摩の家中でさわぎがおこった。斉彬に好意を持つ藩士らが結束して、調所を助けて多年藩政の局にあった家老・重役らをしりぞけ、藩政を改革し、一日も早く斉彬の襲封《しゅうほう》を実現させようと申し合せ、度々会合してその方法について相談した。

ところが、このなかまにスパイがいたから、たまらない。筒抜けに藩当局にわかり、斉興に報告された。斉興は激怒し、一網打尽におさえ、切腹、遠島、閉門等の厳罰に処した。一層斉彬を憎悪《ぞうお》するようになったことは言うまでもない。ぼくの調べたところでは、斉彬党の藩士らの画策の裏面にも斉彬の示唆《しさ》がある。

こんなわけだから、斉興には隠居する気なぞ、さらに起きなかった。百年でも当主でいて、斉彬の死を待って、久光を世子とし、これに世を譲るつもりであった。

以上のさわぎのあったのは、嘉永《かえい》二年から三年にかけてのことであるが、嘉永三年の暮、斉興が参観のために江戸に出て来てみると、幕府の態度がおそろしく硬化していた。幕閣の命を受けた西の丸留守居筒井伊賀守政憲《いがのかみまさのり》が、

「この頃公辺における貴藩の評判はまことによろしくない。一日も早く隠居なさるがよい。おくれれば、きびしい沙汰《さた》におよぼうとの議になっている。早く隠居願を出されるがよい」

と、斉興の近臣を呼んで、いったのである。

斉興はねじ伏せられたような気持で、大いに不平ではあったが、しかたはない。隠

居願を出すと、即日聞きとどけられ、斉彬が襲封した。時に嘉永四年はじめ、斉興六十二、斉彬四十三であった。

以上のような経過をたどって当主となっただけに、斉彬には父にはばかるところがある。自分のために非業《ひごう》にして死んだ家臣や遠島に処せられている者らを赦免することも遠慮した。父の代の家老・重役らもそのままのこした。この者共は父を助けて自分の襲封をさまたげつづけて来たのであるが、父への面当《つらあて》になるようなことは慎まなければならなかった。

しかし、仕事はばりばりはじめた。別に腹心の家老や側役をこしらえ、これを使って、抱負の実現に邁進《まいしん》した。造船所をこしらえて西洋式の帆船や汽船を建造し、新式の大砲や鉄砲をつくり、紡織工場をおこし、電信機を実用に供し、機械水雷をこしらえ、綿火薬を製造し、鹿児島郊外磯《いそ》の別邸の石燈籠《いしどうろう》全部をガス燈にした。やがて鹿児島城下の民家全部の燈火をガス燈にする計画であったという。

民政にも心を入れた。先年の財政立直し以来、領内には重税政策がつづいていたが、早速に改めたのである。

一方では、先年夫人を失って独身である家定将軍に、一族の女敬子《すみこ》(後に篤子《あつこ》)を養女として入輿《じゅよ》させ、将軍の岳父となった。これは阿部正弘の発案であった。斉彬が将軍の岳父となれば、幕府にたいして強力な発言力が出来、天下の政治にも都合がよい、また、幕制の改革にも大いに便利であると、考えたのである。大老や老中などという、幕閣の最高要員が、特定の家柄《いえがら》の大名に限るという制度は時代に適合しないから、改革の必要があると、正弘は考えているのである。もちろん、斉彬も同じ考えである。

間もなく阿部が病死したから、二人の画策はむなしくなったが、斉彬は決して志を捨てない。将軍世子に一橋慶喜を立てようとしたのも、クーデターを計画したのも、せんじつめれば、幕制改革という初志を貫徹するためだったのである。

三

以上のようなわけであるから、新しい藩主が斉彬の遺志をついで国事に乗り出すことは考えられないのである。新藩主又次郎はまだ十九の少年であるから、斉興が政治後見となるに相違ないのであるが、これは最も頑固な保守主義者である。

「天下のことは幕府にまかせておくがよい。薩摩《さつま》は薩摩のことだけ考えておればよい」

と、昔にかえって殻《から》に閉じこもるに相違ないのである。

この頃、新七の同志として江戸藩邸にいたのは、新七、堀仲左衛門（後《のち》次郎、明治後は伊地知貞馨《いじちさだか》）、有村俊斎の三人であった。三人はやがて悲嘆の底から立ち上って、「太守様のご計画が空しく《むな》なったのは残念至極ではあるが、われわれとしてはこのままでやむべきではない。われわれの手でご遺志を完成し申そうではないか」と、相談をまとめた。しかし、具体的にはどうするのか、それはまだ考えがまとまらなかった。

八月四日のことであったというから、その頃のことだ、西郷が京都から下って来た。西郷は水戸藩あての密勅の写しを捧持して来たのである。

西郷は京都で斉彬の訃報《ふほう》を受取ると、一切をなげうって帰国し、斉彬の墓前で死ぬ決心をした。西郷にとって、斉彬は単なる主君ではなかった。天下のことに目ざめさせてくれた師であり、天下の名士らに紹介して、薩摩の西郷といえば天下の有志者らが皆知っているほどの名士にしてくれた人であり、引立てて最も愛してくれた人である。純情な彼は、斉彬亡《な》き後を生きるにたえない気がした。あの世にお供して、つかえたいと思いこんだのである。

その上、彼は斉彬の死は普通の死ではないと疑っていた。彼は斉興が斉彬にあと目を譲りたくなかったことをよく知っている。幕府からせまられていたし方なく譲ったことを知っている。斉彬が巨額の金をおしげもなく使って、新しい仕事をバリバリやり出したのを、斉興がはらはらしてながめていることを知っている。養女を将軍に縁づけて将軍岳父になったのを、

「栄翁様にこうも似るものか。金遣いのあらいところといい、羽ぶりをよくするために将軍の岳父《しゅうと》になったことといい、そっくりじゃわ。今に身代をめちゃめちゃにするぞ」

と考えていたに相違ないと思っている。

その斉興が、クーデターを意図して引兵《いんぺい》上京しようとする斉彬を見ては、

「もういかん、家をほろぼしてしまう。家万代のためには、いたし方はない」

と、決心して、思い切った手を打った疑いは十分にあると思った。

隠居以来、斉興は江戸にいるのだが、藩の要路には彼の時代のままの連中が全部すわっている。斉彬のすることは、その連中から、筒抜けに報告して来るに相違ないのである。そこで、国許《くにもと》の腹心の者に指令を出したと考えてよい。斉彬は自ら釣《つ》って来た魚を自分で調理して薄塩をして蓋物《ふたもの》に入れ、居間の違い棚《だな》にのせておき、二、三日経《た》って練れて来たのを食べるのが好きであったから、置毒《ちどく》は容易であったはずである

と思うのである。

以上のことは、はじめは単なる疑いであったが、後には西郷の確信になった。

「島津家は主家とはいいながら、太守様のかたきである。とうてい、生きていてその禄《ろく》を食《は》むにたえない」

と、思いもしたのである。

この西郷の決心を察知し、諫《いさ》めてやめさせたのは月照であった。月照は近衛家の祈《き》禱僧《とうそう》であり、勤王の志の厚い人でもあったので、西郷が斉彬の命によって朝廷に運動するには、大へん力になってくれたのである。月照は、

「先君はあんたの殉死をお喜びはなさらぬ。先君のお志を継ぐこそ、あんたのなさるべき第一の忠義ではないか」

と説いたのである。

当時、もと水戸藩士で、斉彬によって薩摩に召抱えられた日下部《くさかべ》伊三次《いそうじ》という人物がいた。彼は井伊の弾圧政治によって、水戸斉昭をはじめ、尾張公、一橋公、越前侯らが厳重に処罰され、政治活動が全然出来ないように拘束されているのを憤《いきどお》り、水戸藩の有志らにこう相談をもちかけた。

「拙者は前内府三条実万《さねつむ》公をよく存じ上げている。慷慨《こうがい》の志あるお人である故《ゆえ》、井伊

のなすところを憤っておられることと思う。いかがでござろう、京に行き、三条公によって朝廷に運動し、井伊を罷免《ひめん》し、貴藩の老公や尾張公、越前侯等の処分を解除せよとの勅諚《ちょくじょう》を下していただくことは」

水戸の有志者らにしてみれば、慷慨憂憤は日下部におとりはしない。

「ぜひ頼みたい」

となって、日下部は京都に上って来た。それは斉彬の訃報がまだ達せず、西郷が着々と運動を進めている頃であった。

日下部は西郷に会って、斉彬の計画を聞いて、おどろき、またよろこんだ。

「もはや天下のことは成ったも同然でござる。それでは、拙者は拙者の運動はやめて、太守様のご上洛《じょうらく》をお待ちすることにしましょう」

と言って、西郷に合流して運動をつづけていたところ、斉彬の訃報がとどいた。

そこで、日下部は当初の目的に立ちかえり、梁川星巌《やながわせいがん》、頼三樹三郎《らいみきさぶろう》、梅田雲浜、池内大学等の浪人学者やその門下生らとともに、勅諚下賜《かし》請願にかかった。

請願は聴許された。七月末になると、勅書の草案も大体出来て、不日《ふじつ》に水戸藩の京都屋敷の留守居鵜飼吉左衛門《うがいきちざえもん》に下げ渡されることになった。

このことが、月照に諫められて帰国殉死を思いとどまり、ひたすらに報国の機会を待っている西郷の耳に入った。

西郷は水戸藩の内情をよく知っている。水戸は天下の輿望《よぼう》の集まっているところではあるが、内実は藩論が二つに割れていて、世間の考えるほど強力な働きの出来るところではない。ことに、現在は反老公派が勢力を得て、老公派は力がうんと弱くなっているはずであると思った。

「もし、せっかく勅書をご下付になっても、お受けすることが出来ないようなことがあっては、朝廷の名をおとし、水戸藩も立つ瀬があるまい」

と思案して、月照を訪問して、自分の心配を語り、

「前もって拙者が江戸に下り、水戸家の意向を瀬ぶみして来たいと存じますが、いかがでごわしょうか」

と言った。

月照も同感だ。早速、近衛忠熙《ただひろ》に語る。忠熙は三条実万と相談して、近衛から西郷に、勅書の写しを渡した。西郷は八月二日京都出発、七日に江戸についたのである。

西郷を見れば、新七らの悲しみは新たになる。たがいに斉彬の死を悼《いた》む涙にくれてから、西郷は自分が何の用で下って来たかを語った。有村俊斎の「実歴史伝」では、西郷が密勅の写しを皆に見せたことになっているが、ほしいままに封をひらいて見せ

るような西郷とは思われない。内容のあらましを語ったのが、長い年月の経つ間に見せられたように思いこんだのであろう。

西郷は水戸家に行き、かねてからよく知っている家老の安島帯刀《あじまたてわき》に会って、水戸藩の事情をたずねた。安島は苦しげな顔で、藩内が両分し、今はお家大事派の勢いが強く、正義派は火の消えたようであることを語り、「お恥ずかしき至りでござる」と結んだ。

西郷の予感は的中したのである。よくぞ大事をとって瀬ぶみに来たと思いながら、

「実は拙者はこういう用件をおびて伺ったのです」

と、使命の趣を語った。

安島はおどろいた。

「しかし、今うかがえば、とうていお受けになるご情勢でないように思われますが、いかがいたしましょう。拙者の考えを申せば、このまま京へ持ちかえった方がよいと思います。せっかくご下賜の勅書をお受けしかねるといってお受けにならんでは、またお受けになっても奉ずることが出来られんでは、貴藩の面目にもかかわりましょう。幕府の監視がきびしくて、貴藩邸に入ることが出来なかったという名目にして、そこはほどよく拙者がつくろいましょう。いかがでしょう」

西郷は安島が気の毒でならなかったのだ。

安島は感謝して、そうしていただけばありがたいと言った。

西郷は水戸邸を辞した。水戸が駄目《だめ》であったら尾張家にとどけることになっていたのだが、尾州家は尾州公の信用している側近の臣らは皆国許にかえされ、尾州公はお家大事派に取りまかれて孤立している。とうてい達するすべがない。

西郷は藩邸にかえり、新七らに水戸藩の内情を語り、さらに俊斎に、

「おはんは、藩に帰国の願いを出していなさるということじゃから、早くその許しをもろうて出発し、途中京に立寄って、この密勅の写しを月照さんに返して下さらんか」

と頼んだ。

「ようごわす。しかし、オマンサアはどうおしゃるつもりでごわす」

「わしはしばらくこちらに用事がごわす」

西郷は月照に手紙を書いた。水《すい》・尾《び》両藩の内情をのべ、とうてい密勅などお受け出来る情勢でない上に、幕府の警戒が厳重で、よりつけもしない状態であるという内容であった。

俊斎は出発し、西郷は江戸にとどまった。

西郷は幕府の水・尾両藩にたいする圧迫が、きびしい上にもきびしくなりつつあるので、ついには両藩が憤激し、事変に発展するであろうと見たのである。

ところが、京都朝廷ではせっかく西郷を瀬ぶみに出しながら、その西郷が江戸についた日という八月七日の夜、正式に勅諚降下のことが決定し、翌日、水戸の留守居役鵜飼吉左衛門に勅諚を下付したのである。日下部や浪人学者らの突上げのためであった。もちろん、水戸家の情勢がそれほどまで窮迫衰弱しているとは、想像もつかなかったのである。

ついに十六日の深夜、密勅は鵜飼吉左衛門の息子幸吉に捧持されて、水戸家にとどいた。当主慶篤《よしあつ》は沐浴《もくよく》し、礼服をつけて、拝受した。

四

密勅が水戸藩に拝受されたことは、日下部らの民間志士や公家《くげ》らの意図したような結果はもたらさなかった。かえって、おそるべく、かなしむべき禍害を日本にもたらした。いわゆる安政の大獄。

井伊の弾圧政治は、本来はああまで拡大さるべきものではなかったのだが、この密勅降下に刺戟《しげき》されて、おそるべき恐怖政策《テロリズム》となったのだ。一体、この密勅は文句は至ってやわらかいが、内容はずいぶん手きびしいものがある。勅旨を無視してアメリカと条約を結んだことを詰《なじ》り、水戸、尾張、越前、一橋への処分の撤回をもとめ、それを幕府と諸大藩で相談して善処せよというのだ。つまり、井伊のやったことにたいする痛烈な不信任状といってよいものだったのである。だから、井伊は激怒し、覚悟を新たにして、血みどろな恐怖政策を励行しはじめたのである。最初の間は、密勅降下に関係した人々に限ったが、血は血を呼ぶ、いつかそれを越えてはてしもない検察がつづいて、日本の歴史はじまって以来の惨烈な大獄となったのである。

以上は日本全体のことであるが、話を水戸藩だけに限って言えば、藩内の対立分裂は一層深刻になったのである。朝廷の態度と幕府の態度がそうさせたといえる。

一体、この密勅は密勅とはいっても、水戸藩に秘密に下されたものではなかった。二日おくれて幕府にも下賜されたのである。しかも、それには武家伝奏《ぶけてんそう》からの別紙のそえ書があって、

「心配のあまりに言ってみたのであるが、あまりかどかどしく釈《と》らないように、そのつもりではないのだからとの叡慮《えいりょ》である」

とある。

どうしてこんな別紙がそえられたかといえば、親幕派公家の統領である九条関白が武家伝奏にさしずしてつけさせたのである。しかし、これでは水戸をけしかけておいて、相手方の幕府にはそれほどのことではないのだから、気にすることはないといっているると同じだ。水戸慶篤は勅書の写しをこしらえて、尾張・紀州・田安《たやす》・一橋の諸家に伝達する一方、幕府に届け出て、老中二人に来てもらって、勅書を見せたところ、老中らは、

「ああ、それは公儀にも到着しています。別紙がついていましてね、あまりかどかどしく受取るな、それはかえってご叡旨にもとるとありましてね」

と、軽くあしらった。

慶篤はその別紙を見せてもらって、感激も冷却する気持であった。

しかし、勅書の旨《むね》には従わなければならない。ご趣旨を諸大名に伝達することを許してくれと幕閣に乞《こ》うたが、幕府は許さない。いく度も乞うたが、ぜったいに許さない。この上言い張られるなら、隠居を命じ、あとは高松の頼胤《よりたね》殿に相続させますぞとおどかした。慶篤の腰はくだけた。幕府は追いかけて、密勅の返還を命じた。

水戸の家中に両派あったことは、前に述べたが、くわしく言うなら、それはお家大事派とお家のことより天下のことが大事であるとする派だ。前者を俗論党または諸生

党といい、後者を正議党という。諸生党は、

「公儀でいやがっているものを無理に奉戴《ほうたい》することはない。おとなしく公儀の命にしたがって、ご返還すべきである」

と主張した。正議党は、

「義公以来、尊王の家柄《いえがら》であることを頼みとされればこそ、とくに当家をえらんで、密勅を下し賜わったのだ。あくまでも奉戴し、ご叡旨の貫徹につとむべきである。ご返還など飛んでもないこと」

と主張する。

はげしい抗争になった。

この時点では、両派の抗争にとどまったが、しばらく経つと正議党が二つにわれる。今日の情勢ではとうてい勅諚のご趣意を奉行《ぶぎよう》しかねるから、事情をよく説明して奉還した方がよいと主張する分派が出来たのだ。主流派を激派といい、分派を鎮派《ちんは》という。水戸は激派、鎮派、諸生党の三派にわかれ、鋭い対立をつづけ、まんじともえと入り乱れて争い、収拾することの出来ない混乱を、はてしもなくつづけて行くのである。

西郷は密勅が自分の報告のとどかない前に降下し、自分の案じた通りの混乱が水戸家におこっていることを知って、見たことかと思いはしたが、

「しかしながら、すでに降《くだ》った以上、これを生かす工夫をしなければならない」

と考え、新七らと相談した。

相談の結果まとまったことは、

「幕府が勅書回達を差止めるなら、別に朝廷から諸大藩に勅諚を下していただいて、諸大藩連合の勢力をつくり、井伊をしりぞけ、幕政を改革しようではないか」

ということであった。彼らには、こうすることが、勅諚降下を生かすことであり、同時に先君斉彬の遺志を継ぐことでもあると考えられたのである。

そこで、西郷は京に上って朝廷方面に運動することになり、新七らは江戸で諸藩連合の支度を進めることになった。

西郷は京に向い、八月三十日に京についた。西郷の京の宿は錦小路《にしきこうじ》の鍵直《かぎなお》というはたごやだ。ごく近くに薩摩の藩邸があり、この家は薩摩の定宿《じょうやど》でもあった。この家には、西郷の江戸下り以前から、西郷の少年時からの親友であり、同志である吉井幸輔《こうすけ》(友実《ともざね》)、伊地知竜右衛門《いじちりゅうえもん》(正治《まさはる》)が泊っており、またこの前西郷に頼まれて江戸から上って来た有村俊斎も、泊っていた。さらにまた旧薩摩藩士で、先年のお家騒動の時に脱藩して筑前《ちくぜん》に走り、筑前に住んでいた北条右門《ほうじょううもん》がいた。筑前藩主黒田斉溥《なりひろ》(後長溥)は元来島津重豪の子で、黒田家に養子に行った人である。つまり、斉彬の大叔父にある。斉彬の人物を最も高く買い、その同情者であったので、斉彬党の薩摩人らは皆頼りにしていた。北条右門が筑前に走ったのは、斉溥に藩のさわぎを訴え、斉彬の襲封を幕閣に運動してもらうためだったのである。斉溥は北条に扶持《ふち》をやって、領内にかくまっていたのである。こんな閲歴の人物だから、斉彬も好意を持っており、西郷もごく親しくしている。だから、斉彬の命を受けて西郷が上京する時、斉彬の計画を語って、上京をうながしたのである。

北条のほかに、筑前藩士の平野国臣《くにおみ》もいた。これは北条の友人で、他の用事で上京して来たのだが、斉彬のクーデター計画を聞き、滞京をつづけて、今に至っているのであった。

西郷の京における運動は、もっぱら近衛家と月照を通じて行われたわけだが、別に浪人学者らを通じて、その学者をひいきにしている公家《くげ》達《たち》に働きかける方法も取った。これには平野があたったようである。この期間に平野が梅田雲浜の宅に出入りしている記録がある。

運動はごく順調に進んだ。何よりも時期がよかった。天皇は勅書降下に際して、別紙のそえ書などをつけて、天皇のご意志を無にするような処置をとった九条関白と両武家伝奏とをお怒りになり、辞表を提出させせられた。もっとも、この人々の辞任はいずれも幕府の了解を得なければならないことなので、聴許は保留されていたが、次の関白は近衛忠煕に内定して、すでに関白のしごとである内覧《ないらん》の権は忠煕に宣下された。こんな風であったので、諸大藩への勅諚の下賜もうまく行くに違いないのであった。

そこで、西郷は、平野に、

「ご承知の通り、大体見通しがついた。あんたは帰国して、筑前の藩論をまとめて下さらんか。あんたの殿様には、わしがこちらに出て来る時お目通りして、大体了解をもらっていますから、必ずうまく行くと思います」

と言った。

「よござす。大いにやりましょうたい」

平野は帰国の途についた。

平野の出発は九月五、六日であったようだが、七日の午後七時頃《ごろ》、鍵直に有馬新七がついた。新七は挙兵計画を持って来たのであった。

「江戸は大へんなことになっている。井伊の暴圧は益々《ますます》はげしくなり、彼のやり方に批判的な諸藩や有志者に強力な圧迫を加えつつある。これは京都にもおよぼすつもりのようだ。わしに一日おくれて、老中間部詮勝《まなべあきかつ》が上洛の途につくことになっていた。これは表面は条約調印問題について朝廷にご説明申すためということになっているが、実際は朝廷に強力な圧迫を加えるつもりのようである。こうなっては、尋常一様の手段ではならぬ。早く諸藩に勅諚を下してもらい、諸藩連合して兵をくり出し、実力によって井伊をたおし、将軍家茂《いえもち》（慶福《よしとみ》のこと。この少し前、家定は病死して、慶福が家茂と改名して、将軍になったのである）を廃して、一橋公を将軍とし、越前の慶永侯を大老にして、大いに幕政の改革を行うよりほかはないと思い立った。わしは同志とこの方針を立て、日下部伊三次（日下部は鵜飼幸吉が密勅を捧持して江戸に下った時、別路から密勅の写しを持って江戸に下ったのだ。幸吉が幕吏にさまたげられた場合の用心のためであった）に会い、その宅で水戸人や幕臣で志のある人々にも会い、その人々とも話をきめて来た」

と語った。

西郷が江戸を出たのが八月二十五日、新七が出たのが九月一日、わずかに一週間しか経《た》っていないが、形勢はこんなに変化したのだ。激流のような時代であったことがよくわかる。

五

この夜の鍵直でのことを、新七はその著「都日記」に、

「皆へだてなき同志《どち》なれば、何くれと語らふに、旅の労《つかれ》も打忘れ、方今の事情を語り合ひて、共に歎《なげ》き慨《うれ》たみ、夜いたくふけ行くまでに酒飲みかはして寝《い》ねたり」

と、しるしている。

ここでも、月照が働く。翌朝、西郷は月照に来てもらい、新七とともに江戸の事情を語って、尽力を頼んだ。新七はかねて江戸の情勢を書いておいたものを月照にわたして、近衛忠煕への伝達を頼んだ。月照はそれをふところにして、近衛家に去った。

そのあと、新七は有村俊斎と外出して、禁裡《きんり》を拝み、東福寺の子院《しいん》である即宗院に行き、ここにある父の墓参をし、四条の西の橋詰の鰻屋《うなぎや》で好きな鰻を俊斎にご馳走《ちそう》になり、午後の二時頃、鍵直に帰ると、間もなく月照が来た。

「今朝のお書付は近衛公にさし上げました。公はこれで関東の様子がよくわかると、大へんお喜びで、やがて叡覧《えいらん》にもそなえようと仰《おお》せられました」

と、月照は言う。

最も強烈な尊王心の持主である新七のよろこびは一通りでない。涙を流してよろこんだのである。この時代の諸藩の志士は、強い尊王心を抱きながらも、天皇への忠誠と藩主への忠義の板ばさみになっている。高杉晋作《しんさく》のような人すら、それに苦しんでいる。しかし、新七はこの点わり切っている。天皇への忠誠を第一義とし、藩主への忠義を第二義とし、朝廷の大事にたいしては、藩士たるものは藩主を説得して藩全体として忠勤をつくさせることに努力を傾倒すべきで、それの容《い》れられない時はただ一人去って勤王すべきであると、その著「大疑問答」に書いているのである。現代人から見れば大したこととは考えられないであろうが、当時の人としては血みどろな苦悩の末に到達した断案である。この時代の人になったつもりで考えてやるべきことであろう。

この日は薩摩の隠居斉興《なりおき》が江戸から上って来て、伏見の藩邸に入っている。藩政後見として帰国する途中なのである。西郷は以前から何とかして薩摩をこの挙に巻きこみ、斉彬の遺志を継承させたいと思って、いろいろ画策していたが、その気持を新七にも打明けた。

「ご隠居はお家大事一本槍《いっぽんやり》のお人だ。とうてい出来ん話じゃとは思うが、出来るだけの力をつくすのは、藩士たるもののつとめでごわす。それはおはんにまかせよう。やってみて下され」

と、新七は言った。

その夜が明けると、まだ薄暗いうちに、月照が来たが、顔を見るとすぐ言う。

「大へんどす。梅田雲浜はんがつかまえられはりました。おとといの夜やそうどす」

「ええッ！」

と、一同おどろいた。おとといの夜といえば、新七が到着した夜だ。それに、雲浜は新七の親しい同学の人だ。新七の受けた衝撃は一通りのものではなかった。

雲浜の捕縛が安政大獄の手はじめで、検挙ははてしなく拡大されて行くのだ。その予想は、新七にはついた。身ぶるいに似たものを感じながらも、一刻も早く勅書下賜《かし》をしてもらわなければならないと思うのであった。

その翌日、土佐にあてての勅書が下されることになり、捧持《ほうじ》して下る役には新七をという指名があった。土佐藩にこれをとどけ、土佐藩から越前藩と宇和島藩にも回達するというのである。

「ありがたいことでごわす。必ず無事に使命を達しもす」

と、新七は感激に打ちふるえて、命を伝えて来た月照の前に平伏した。

一同の喜びも一通りでない。彼らはこれが江戸につけば、正気雷発して井伊の暴圧を一気にはね飛ばす各藩の動きがおこるに違いないと信じたのだ。そのようにはならなかったのだから、彼らの見通しは甘かったことになるが、彼らは最も熱烈な尊王心の持主だっただけに、勅諚《ちよくじよう》というものをそれほど強力なものに思っていたのである。

その夜、新七は近衛家に行って勅書を受取り、一旦鍵直にかえり、西郷らに見送られて、出発した。勅書を文箱《ふばこ》に入れて厳重に包装して首にかけ、やとった駅馬に乗り、冴《さ》えわたる九月十日の月の下を出発したのである。彼はこの時の心理を、

「もし幕吏に見とがめられることがあっても、百方陳弁して何とか言いひらいて、首尾よく関東に下ろう。しかし、その陳弁が聴かれなかったら、書類を全部引裂いて飲んでしまい、血戦して死ぬばかりと、前後左右に目をくばって馬をはやめた」

と、「都日記」に書いている。

日記には長歌一首、反歌二首がのっているが、その反歌の一つは、
この身こそ露と散るともなき魂《たま》はながく朝廷辺《みかどべ》まもりまつらむ
というのである。

この夜、西郷は近衛家から月照の庇護《ひご》を頼まれた。幕府の追捕《ついぶ》の手が月照にものびて来たので、奈良のしるべまで送りとどけてくれと頼まれたのだ。西郷は承諾して、有村俊斎とともに月照を守って京を出たが、幕府の探索が厳重をきわめているのを見

て、伏見で考えをかえ、九州に連れて行くことにした。九州でも危険だったら、薩摩に連れて行くのである。この役目は俊斎が引受けることになり、西郷は京に引きかえした。新七の江戸着後のことに望みをつなぎ、それに応ずるために京方面の準備を進めるためだったのである。

彼らの計画がうまく行かなかったことは、歴史の語る通りである。新七は九月十六日に江戸に到着、翌日、土佐屋敷に行って勅書を届け、京の事情をよく説明し、その後毎日のように越前の橋本左内、三岡石五郎（後の由利公正《ゆりきみまさ》）、長州の山県《やまがた》半蔵（後の宍戸璣《ししどたまき》）、土佐の橋詰明平らに会って、挙兵の相談をした。水戸人とは相談しなかったと書いている。藩論が分裂していて、とうてい相談にならないと思ったのである。

その間に、井伊の弾圧は益々進み、日下部伊三次が捕えられた。京都でも検挙が進む。こんな風では、公家達はおびえ、大名らは畏縮《いしゆく》して、正気は益々沈滞するであろうと、あせっていると、越前藩の人々が、多分三岡石五郎あたりであろうと思うが、来て、

「わが老公（慶永のこと、井伊によって隠居させられていたから、老公というのだ）は、あまりなる井伊の暴悪に堪忍袋《かんにんぶくろ》の緒を切り、自身潜行して京に上り、朝廷を守護し、井伊、間部等を討伐することを決心しました」

と言う。

これは実際計画があったのか、あまり新七らが熱中して今にも井伊暗殺の挙に出《い》でかねないので、そう言ってだましたのか、わからないのであるが、新七は本当と信じ、よろこび一方《ひとかた》でない。堀仲左衛門と相談して京に上ることにした。堀は東海道を取り、新七は甲州路から中山道《なかせんどう》をとった。役目が分担されている。

堀は京に上ったら近衛家に越前老公の挙義のことを告げ、また当時黒田斉溥《なりひろ》が参覲《さんきん》交代で出府して来ることになっているから、これを説いて引入れ、大坂か伏見に滞在させる。さらに薩摩にはせ下って、藩論をまとめて兵を上京させる。いけなかった場合は同志の者だけ上京させる。

新七は大坂城代の土屋采女正《うねめのしょう》は斉彬と親しかった人で、斉彬の同志だったから、これを説いて引入れ、さらに山陰に下って因州（鳥取）藩を説いて引入れる。因州藩主池田慶徳《よしのり》は水戸斉昭の子なのである。

先《ま》ず京についたのは堀であるが、京の様子はがらりとかわっていた。井伊の恐怖政策によって、朝廷をふくむ京都中がふるえ上っている。その強力なテコ入れで、辞表まで出していた九条尚忠《ひさただ》は関白に返り咲き、近衛も、三条も、まるで勢いがなくなり、その邸宅は厳重に幕吏が警戒して、寄りつきも出来ない。西郷もいない。彼にも幕吏の追捕の手がのびたので、月照を守護して、帰国したという。間もなく、橋本左内が江戸で捕えられたという知らせも入って来た。

堀は頑張《がんば》って滞在をつづけていたが、やがて大坂屋敷の留守居役から、

「おはんにも嫌疑《けんぎ》がかかっている。早く帰国するがよか。捕えられなんどしては、お家に迷惑がかかる」

と命令が下り、帰国の途についた。

新七は同志の一人である水戸浪士の桜任蔵《にんぞう》と同道して、江戸をはなれた。桜を若党に変装させ、家来ということにして従えた。もう一人、これは本物の中間《ちゅうげん》を従え、これに槍を持たせた。この槍は西郷のもので、西郷が江戸藩邸にのこしておいたのだという。槍をたずさえた武士だと、関所関所でうるさいことを言わないという利点があったのである。

やがて京についたが、新七もまた都の様子はいきどおりにたえなかった。その上、土屋采女正は任果てて、関東にかえってしまっていた。

新七はひそかに決心するところがあった。今日の急務は畏縮している正気を振起するにある、そのためには間部を暗殺するのが一番だ、おれがやろうと思ったのである。

しかし、これは心一つに秘めて、桜にも語らなかった。

幕府の探索は新七の身辺にものびているようであった。それを桜が聞きこんで来た。大坂の藩の定宿虎屋《とらや》という家でのことだったという。

「あぶないことです。貴殿はこれからご帰国あって、いよいよという時に出て来て下さい。因州へは拙者一人まいりましょう。それで十分にはたせますから」

と、桜は言う。

新七にとっては、好都合だ。

「そうしましょう。因州のことは頼みます。その吉左右《きっそう》は、弊藩の伏見屋敷の有川藤左衛門方気付でお知らせ下さい。有川から拙者に回送してくれることになっていますから」

「必ずご帰国なされよ」

「もちろんです」

桜を安心させるために、虎屋の主人を呼んで、便船をさがしてくれるよう頼むと、近日九州に向う船があるという。

「それはよい都合。頼んでくれよ」

その夜は別宴をひらき、夜ふけるまで飲み合った。

翌日は中間にひまをくれて、生国の伊勢《いせ》に帰し、船に乗った。桜は船まで来て見送った後、因州へ向った。

新七はその夜は船中で明かしたが、翌日になると、船頭に、

「この船の出るには数日間があるようだな。わしは急ぐから、待っておられぬ。陸路《くがじ》を取ろうと思う」

といって、船を上り、さらに虎屋に行って、同様なことを言い、かついで来た槍をあずかっておいてくれと頼んだ。こうしておけば、幕吏の探索も中国路にむけられるであろうから、京都に潜伏するに都合がよいと思ったのだと、「都日記」に書いている。

間道をとって伏見に上り、岡本文次郎と偽名して潜伏し、間部老中の動静をうかがった。間部が参内すると聞いて、その行列のすきをはかったが、警戒が厳重で近づくことが出来ない。夜は宿所である二条寺町の妙満寺をうかがったが、「ここもいと厳重なりき、かつ寝所も定まらずして、居所もいづくとも定所なしとぞ」と、書いている。

そのうち、桜が有川方気付で手紙をくれた。因州藩の志ある人々に会って説いたところ、因州藩からことをおこすことは出来ないが、ことがおこったら、応援の人数は必ず出すと誓ったというのである。

間もなく、薩摩の新藩主又次郎が江戸参観のために伏見の藩邸についた。新七は又次郎の側役《そばやく》竪山《たてやま》武兵衛に面会をもとめて、説いた。

「拙者は当今の時勢を説明申上げる上書《じょうしょ》をここにたずさえていもす。これを太守様にさし上げていただきたいのでごわす」

「………」

「その上で、さらにこう申上げていただきとうごわす。当今の時勢このようである故《ゆえ》、断乎《だんこ》として順聖院《じゅんしょういん》（斉彬）様のご遺志を継ぐ決心を立てられ、当伏見におとどまりあって、天下に先立って兵をあげていただくようにと。お願いでごわす」

竪山は斉彬の時にも側役をしていた人物だから、志のない人ではなかったが、これには弱った。

「おはんの上書は取次ごう。しかし、その他のことは、わしの手に負えん。唯今《ただいま》はそういうことは万事豊後《ぶんご》（島津。斉興時代からの首席家老）殿がとりしきっていなさる。豊後殿にお話し申した上でということになるが、豊後殿は恐らく同意なさるまい」

新七は失望して辞去した。

翌日は十二月九日であった。この日、又次郎の行列は伏見を出て東に向ったが、昼《ひる》頃《ごろ》、藩邸から呼びに来た。行ってみると、京屋敷の留守居伊集院太郎左衛門がいて、

「太守様が、そなたを早速に国許《くにもと》へ帰すようにと言いおいてお立ちであった。その旨《むね》、心得るよう」

と、申しわたした。

しかたがない。新七は帰国の途についた。この時彼は長歌を詠《よ》んでいるが、その反歌が、有名な、

朝廷《みかど》べに死ぬべき命ながらへてかへる旅路のいきどほろしも

という、あの歌である。戦争中に編まれた愛国百人一首に採られていたから、中年以上の人はよく覚えているであろう。

鹿児島帰着は、翌年の正月二十一日であった。この時、西郷はすでに奄美《あまみ》大島《おおしま》に行っている。

六

帰国してみると、鹿児島は恐ろしい変り方をしていた。彼が鹿児島を出たのは、一昨々年の十一月である。その頃の鹿児島は、斉彬によってはじめられた西洋式の大工業都市として、最も活気ある繁栄をつづけて、日本国内のどこにも見られない景観を

呈していたのだが、今見る鹿児島は、これらの工場はあるいは操業を中止し、あるいは取払われつつあって、火の消えたようなさびしさになっている。

この変化は、国事に対する藩政府の方針の切りかえを示しているものと考えてよかった。ご隠居斉興は、保守の殻《から》に閉じこもり、ひたすらにお家大事の方針を取ることにきめたと見るべきであった。

「もはや、藩は頼りにならん！」

と、痛切に感じた。

新七だけではなかった。同志は皆同じ感慨があった。

藩が頼りにならないとすれば、浪人運動に走るよりほかはない。新七は同志に説いて、脱藩して天下のことに馳《は》せ参ずることに方針をまとめた。ちょうどその頃、江戸藩邸にのこっていた同志、俊斎の次弟雄助、三弟次左衛門、田中直之進（後謙助）、山口三斎らが、水戸の激派の人々と同盟して、こうきめた。

「水戸の有志者らが二手にわかれ、一手は井伊をたおし、一手は横浜を焼払う。薩摩の有志らはこの以前京に出ていて、京都御所を守衛すること。かくて、東西相応じて幕政を改革しよう」

これはもちろん、国許の同志らに通報された。否《いや》を言うものはない。直ちに承知の旨を言ってやり、脱藩の支度にかかった。

しかし、陸路を取っては、藩の追手がかかることが目に見えている。海路をとることにして、その船の用意に、新七が選ばれて、日向《ひゅうが》の細島に行った。同志の中に森山新蔵という人物がある。元来大町人で、藩の財政立直しの時、藩にたいする債権を放棄したので、士籍に列するようになったのだ。これが出資して、鰹船《かつおぶね》二艘《そう》を買いつけたのであった。

この薩摩勤王党は、誠忠組といい、西郷が党主的地位にあったのだが、西郷が奄美大島に去ってからは、大久保一蔵が党主の形になっていた。新七は西郷より二つも年長であるから、別格の、客分的立場であった。

大久保は天性の政治家だ。党主として、上述のようなことを進めながら、又次郎の実父である久光への接近をはかりつつあった。

「久光様はずいぶん賢明な人であり、また学問がお好きじゃという。とすれば、ものの道理のわからんお人ではないはずだ。説きようでは、時勢をわからせ申すことも出来るし、天下のことに志を抱かせ申すことも出来るであろう。ご隠居もお年だから、やがては亡《な》くなられる。そうすれば、当然久光様が藩政後見となられる。接近しておくべきだ」

と、考えたのである。

彼は久光が碁が好きで、城下の天台宗の寺南泉院の子院吉祥院の住職乗願《じょうがん》を呼んでは相手をさせていることを聞きこむと、乗願に弟子入りして碁の稽古《けいこ》をはじめた。乗願は同志の税所《さいしょ》喜三左衛門の実兄だったので、弟子入りは容易であった。

こうして乗願の所に通っている間に、さまざまな手をつかって、自分の名を久光に知らせたばかりか、当今の時局、天下の形勢等から、誠忠組のことまで、全部吹っこんだ。完全に久光を教育してしまったのである。

そうこうしている間に、九月十七日、大久保の予想あやまたず、斉興が死んだ。当然、久光が藩政後見となる。

その頃、誠忠組は、江戸から出来るだけ急いで突出《とっしゅつ》して来てくれと言って来たので、皆その準備に忙しい。吉井幸輔などは遺書の用意までしている。

大久保としては、挙藩一致して乗り出せる可能性が目に見えて来たのだから、成功の可能性の少ない突出脱藩にはためらわざるを得ない。しかし、同志らははやりにはやっている。久光様がこうだから考え直してみようではないかなどと言っても、受けつけられそうでない。

そこで、大久保は手をつかう。

忠義《ただよし》（又次郎のこと）の小姓谷村愛之助は、大久保の親しくしている人物だ。この男に、それとなく脱出計画を漏らした。谷村が忠義に告げ、忠義が久光に告げるであろうことを計算に入れてのことだ。もちろん、久光が万々処罰などしないと見こしていた。

万事は計算の通りに行った。谷村は忠義が上厠《じょうし》している時、ひそかに告げた。忠義は驚愕《きょうがく》し、久光に相談した。久光はおどろきながらも、忠義をして一党に諭告書を下賜させた。

方今世上一統に動揺し、容易ならない時節であるが、万一時変到来せば、余は斉彬公のご遺志を継ぎ、全藩をひきいて忠勤をぬきんずる決心である。各々《おのおの》有志の面々は、余がこの心を深く酌《く》み、藩の柱石となり、余が不肖《ふしょう》を輔《たす》け、藩名を汚《けが》さず、誠忠をつくしてくれるよう、ひとえに頼み思う。よってくだんのごとし。

安政六年己未《きび》十一月五日

茂久花押《かおう》

誠忠士面々へ

茂久はこの当時の忠義の名である。

誠忠組一同非常な感激を受けた。当時の藩士の藩主にたいする感情は、現代人には実感的にはわからないものになっているが、理屈としてはどうやらわかる。先祖代々の恩を受けて、その人のためにはいつでも死ぬべきものと教えられ、そう思いこんでいたのだ。大へんなものだったろう。人々の感激は一通りでない。泣いて感激し、よろこんで、突出脱藩の計画は沙汰《さた》やみになった。

この翌年は万延元年だ。その三月三日に、桜田門外の事変がある。この一月前の二月四日、山口三斎が江戸から馳せ帰って来、二十一日には田中直之進が帰って来て、事の切迫を告げた。同志皆興奮したが、大久保はおさえて、久光に建白して出兵をうながした。

久光はすべったのころんだのと言って、なかなか言うことを聞かなかったが、やっと三十人の人数を二度にわけて出発させた。しかし、この中には一人も誠忠組のメンバーを加えなかった。何をやり出すかわからないという不安があったのであろう。

そうこうしているうちに、三月三日が来、桜田門外のことが行われた。これには薩摩側からは有村雄助と次左衛門の二人しか参加していない。同志らは皆無念であり、水戸人に顔向けの出来ない気がしたに相違ないが、わけて新七はそうであったろう。

「一蔵どんのような才子とは、手をつないでやれん」

と、思ったに相違ない。

間もなく、桜田一挙の時の指揮者であった関鉄之助が薩摩の西口の関門野間の関所に来て、誠忠組の同志に、突出して来るようにと呼びかけた。一同はまた熱狂して、突出の相談が持ち上ったが、大久保は、

「おはん方が、どうでも出て行くというなら、おいを斬《き》って、おいが死骸《しがい》を越えて行きなされ。おいの目の玉の黒か間は、おいはとめるぞ。今はもう浪人運動ではいかんのだ！」

と、絶叫して、制止した。

「関殿を見殺しにするのか！」

「おお、見殺しにする。男子がこうと志をきめたら、義理や友情などにかまってはおられん。関殿だけではなか。この後もいろいろな人が来るじゃろうが、みんな見殺しにする。その覚悟でなければ、大事をなすことは出来ん！」

と、大久保は言いはなった（高崎五六談話）。

大久保は生涯《しょうがい》を通じて、大事と信ずる場では、決して情に流されたことのない人であるが、この時もそうだったのだ。鋼鉄の人と、後世の歴史家に言われるところであ

るが、新七は益々《ますます》ともに事をなすべき人ではないと思ったようである。新七の分派活動がはじまるのだ。父の縁故を頼って、近衛家へ召抱えられる運動をしたり、同志を募って脱藩して長崎に行き、外国商館を焼払う計画を立てたりしている。前者は不調におわったし、後者は大久保に知られて切り崩されている。快々《おうおう》として、面白《おもしろ》くない日がつづいた。

この間に、大久保の画策は、着実に展開をつづけた。彼は久光に上書して、藩の政治局の要員を斉彬時代にかえすことを建白した。久光はそれに従った。島津下総《しもうさ》を首席家老とし、その他の要員も斉彬時代の人にした。

こうして藩の陣容をととのえておいて、斉彬の遺志をついで中央に乗り出すことを、久光にやらせるというのが、大久保の計画であったので、久光を説いて、ぼつぼつと取りかかってみると、思いもよらず、島津下総をはじめ政治局の連中が賛成しない。彼らは久光を信用しないのだ。先君なら立派にお出来になることだが、久光様では荷が勝ちすぎると思っているのであった。

大久保は次の策を立てざるを得ない。島津下総一派を政治局から追い出し、新しいメンバーで政治局を構成するのだ。彼は久光の腹心の臣中山尚之介《なおのすけ》と相談して、門閥家の中から喜入《きいれ》摂津と小松帯刀《たてわき》をえらんで、喜入を家老とし、小松を側役とし、中山尚之介をお小納戸《こなんど》とした。この時、誠忠組からも抜擢《ばってき》された者が多かった。大久保と堀次郎（前の仲左衛門）とがお小納戸、有村俊斎と吉井幸輔とが徒目付《かちめつけ》、新七は造士館訓導に任用された。大久保はこの藩政府の構成の上に立って、久光の中央乗り出しを計画する。

ここでちょっと中央の情勢に触れなければならない。

井伊の死後、幕府の態度は大変化した。ひたすらなる強気一点ばりを改めて、大いに朝廷と協調・親和して行こうという態度になった。その協調・親和のあらわれとして、天皇の妹君和宮《かずのみや》を家茂将軍の御台所《みだいどころ》に迎えたいということになった。いろいろむずかしいいきさつがあったが、縁談はととのった。

この降嫁《こうか》事件によって、公武合体・和親のムードが出て、まじめに公武合体による国論の統一を考えるものが出て来た。その最初の人物が長州の長井雅楽《うた》である。彼の説は公武合体・航海遠略の策といわれている。開国論である。

「現実の問題として、日本は武力的に条約破棄や鎖国は出来ない。開国に徹底することによって国富を増し、武力を強くし、世界に雄飛することを考えるべきである。されば、朝廷は幕府の開国条約を勅許さるべきであり、幕府はまた朝廷にたいして尊崇の実を示すべきである。かくて、公武合体しての国論の統一が出来る」

というのが、その説であった。

長井は堂々たる風采《ふうさい》を持った雄弁家であったし、その論旨は、今日でこそ平々凡々たるものだが、当時においては最も卓抜なものであった。朝廷の公家達《くげたち》にもよろこばれ、幕閣にもよろこばれ、長井と長州藩の羽ぶりは大へんなものになった。

これが薩摩に聞えると、久光はあせりを感じた。兄斉彬の遺志を継承して中央に乗り出し、公武の間に周旋して国論の統一をしたいとは、ずっと思いつづけていることだ。うかうかしていると、功をさらわれてしまうと思ったのである。

久光はついに乗り出しの実行に着手する。

七

久光とその側近らが中央乗り出しの準備をいろいろとしている時、平野国臣が薩摩に潜入して来た。平野は先年月照を案内して薩摩に入ってから、薩摩潜入が得意になったのであろう、これが三度目の潜入であった。

彼のこの度の潜入は、久留米《くるめ》水天宮の前宮司《ぐうじ》で、北九州の勤王志士の巨擘《きよはく》といわれている真木《まき》和泉守保臣《いずみのかみやすおみ》と出羽庄内の郷士清河《きよかわ》八郎とのすすめによるものであった。真木も清河も時勢の打開を考えているところに、平野が薩州侯に建白する「尊攘《そんじよう》英断録」という文章を書いていることを知って、読ませてもらうと、なかなかの論策だ。二人は、ぜひすぐ薩摩へ行って建白するようにとすすめた。

平野の論策の要領はこうだ。

「もはや今日の時局では公武合体などは俗論である。幕府は打倒すべきである。それには薩摩のような大藩が密勅を請《こ》うて義兵を挙げ、大坂城をぬき、天皇を奉じて諸藩に呼びかけて連合勢力をつくり、幕府に大権を奉還せよと迫り、もし聴かずんば東征して討て。かくて挙国一致の体制は成り、国難を乗り切ることが出来るのだ」

平野はこれをたずさえ、筑前藩の飛脚と名のって潜入し、鹿児島城下の飛脚宿に投宿して、かかり役人に英断録を差出した。

平野に応対したのは、大久保であった。大久保はよく待遇し、金まであたえて平野を送り出したが、平野はその帰途、薩摩の関門を出るまでの間に、新七、田中謙助(前名直之進)、柴山愛次郎、橋口壮助、美玉三平等の人々と会っている。この人々は誠忠組の左派分子だ。久光と呼吸を合わせて進むことにしている大久保とは対立的になっている。従って思想も急進的だ。もう公武合体などというところにはいない。幕府は無用の長物、日本は皇室を中心にしてかたまるべきであるという心になっている。

平野と大いに話が合って、肝胆相照らした。どういう相談が行われたかは、今日ではわからないことになっているが、後のことと考え合せると、薩摩側は、

「久光の上京には我々も随従します。久光の考えは生温《なまぬる》いものですが、京坂地方についたら、我々は遮二無二《しやにむに》討幕の挙をおこし、久光を抱きこむつもりでいます」

と、言ったのではないかと推察されるのである。

こんなわけであるから、平野の真木や清河にたいする報告はおそろしく威勢のよいものになった。天下が変を待ちのぞんでいる時でもある。

「薩摩の国父久光が討幕の志を抱いて上洛《じようらく》する」

というわさがぱっとひろがって、西日本一帯の志士らの興奮は一通りのものではなくなった。長州藩などは藩全体これに合流しようとする動きさえ見せた。一体長井雅楽の航海遠略の説は、吉田松陰の旧門下生らには恐ろしく評判が悪いのである。この人々が藩政府当局を説きつけ、合流の気運を盛り上げたのである。

この長州藩士らは言うまでもなく、全九州の志士らが京坂へ京坂へと、春の燕《つばめ》のごとく向った。どうしても、一騒動おこらなければならない形勢であった。

こうしておこったのが、寺田屋事変である。

久光は文久二年の三月十六日に鹿児島を出発した。従者千余人であった。彼は出発

に際して、随行の藩士らに訓令を出している。要領は、

「万事、余の統制に従って行動せよ。諸藩の過激な士や浪人の企てに引きずりこまれてはならんぞ」

というのである。彼も何となき予感があったのであろう。

新七は伍長《ごちょう》として随従しているが、出発にあたって、自叙伝を草して十二になる息子の幹太郎にのこし、また妻ていを離別した。これをあやしんだ叔父の坂木六郎が追いかけて、川内町《せんだいまち》で追いつき、

「そなたはこんどのお供において、何か企てているのではないか」

とたずねると、新七はうなずいた。

「やるつもりでございもす。公武合体なんどという因循なやり方では、どうにもなりはしもはん。何事も皮切りするものがなくてはならんのでごわすから、わしらがこんどそれをやりもす。たとえ成らんでも、やればきっとあとをつぐものが出て来もす。わしらは源三位《げんざんみ》頼政《よりまさ》になるつもり。ただいさぎよく死のうとだけ思うとりもす」

六郎はしばらくうつ向いていた後、顔をあげて、

「よかろう。存分にやれ」

と言って、別れて帰ったという。

久光の行列が大坂についたのは、四月十日であった。

当時、大坂に集まっている全国の志士はおびただしいものであった。「防長回天史」に「その数三百人を下らず、島津氏一たび動かば、すなはちまさに相呼応して起《た》たんとせり」とあるが、大別してそれは薩摩ブロックと長州ブロックとになる。

前者は真木和泉守とその門下生ら、京の中山大納言《だいなごん》家の浪人田中河内介《かわちのすけ》父子、清河八郎、平野国臣、豊後《ぶんご》岡藩の小河弥右衛門とその同伴者、秋月藩士海賀《かいが》宮門《みやと》、熊本の内田源三郎、竹下熊雄、越後浪人本間精一郎などが、大坂蔵屋敷の二十八番長屋におり、江戸から駆け上って来た薩藩士やお供人数の選に漏れたために国許から脱走して来た若者らが、中之島のはたごや「魚太《うおた》」にいた。

長州ブロックは、久坂玄瑞《くさかげんずい》、寺島忠三郎、入江九一、堀真五郎、品川弥二郎ら十九人が蔵屋敷にいた。ここには土佐の吉村虎太郎《とらたろう》、宮地宜蔵《ぎぞう》、吉松縁太郎らも寄寓《きぐう》していた。また、留守居の宍戸《ししど》九郎兵衛は国許から二十人の壮士を呼びよせて藩邸におき、さらに重臣の浦靭負《うらゆきえ》が百余人の兵をひきいて来る手はずになっていた。

ここまで膳立《ぜんだ》てが揃《そろ》えば、ことがおこらないはずはないのである。

ことは薩摩の左派分子である新七らと、長州藩士らを根軸とし、これに諸藩の脱走者や浪人志士らとが加わって、計画された。

「所司代酒井忠義《ただよし》と関白九条尚忠とを討取り、同時に相国寺《しょうこくじ》に幽閉されている前青蓮院宮《れんいんのみや》（後の久邇宮《くにのみや》朝彦親王《あさひこ》）をお助けし、推して参内させ申して、討幕の詔勅を出していただく」

というのである。いく度も模様がえがあり、いく度も日のべがあったが、ついに四月二十三日決行ときまった。

長州ブロックの人々は京の長州藩邸に集まった。薩摩ブロックの人々は伏見の船宿寺田屋に集まって勢ぞろいすることになった。この日の早朝、同志の面々は朝風呂《あさぶろ》に行くと言い立てて、藩邸を出て、中之島の魚太に集まり、ここから四艘《そう》の船に分乗して、川をさかのぼった。

一方、久光はこの日錦小路の京都藩邸にいた。朝廷への運動が順調に行っているので、上機嫌《じょうきげん》でいたところ、夜に入って、上述のことが報告された。

久光は怫然《ふつぜん》として怒った。国許出発の時からあれほど懇々と言いふくめたものをと思ったのである。

「取鎮《とりしず》めの者をつかわせよ」

といって、その人数をえらばせた。中山尚之介と堀次郎とは、剣術達者の名のある、鈴木勇右衛門、大山格之助（綱良《つなよし》）、奈良原幸五郎（繁）、道島五郎兵衛、江夏《こうか》仲左衛門、山口金之進、森岡善助、上床《うわとこ》源助の八人をえらんだが、鈴木の息子の昌之助が父に同行したので、九人となった。

「重立った者をここへ連れて来させるよう」

と、久光が言うと、堀は聞いた。

「もし素直に命を奉じない際は、いかがいたしましょうか」

久光は思案した後、

「いたし方はない。臨機の処置をとれ」

上意討ちもいたし方はないとのことばが、堀から九人に伝えられた。

九人は、本街道と竹田街道の両《ふた》つにわかれて、伏見に向った。途中で出会うかも知れないと思ったからである。

先《ま》ず寺田屋についたのは、奈良原、道島、江夏、森岡の四人であった。午後の十時頃であったという。奈良原は寺田屋の主人伊助にむかって、

「有馬新七殿というがおられるはずだ。わしは同じ家中の奈良原幸五郎、会って話したいことがあると、取次いでくれよ」

と頼んだ。伊助は手代を二階にやった。手代は階段を上って行き、

「有馬様はどこにお出《い》でてございますか。お客様がお出でになりました」

と呼び立てたところ、ほろ酔いの橋口伝蔵がどなった。

「有馬なんどという者はおらんぞ。誰《だれ》じゃ、会いたいというのは！」

階下で聞いていて、声に覚えがあったので、江夏と森岡とが二階に上って行った。

二階では、一同身支度の最中だ。腹巻をつけかけている者、脚絆《きゃはん》をまとうもの、腰兵粮《こしびょうろう》を結びつけている者、いろいろだ。二人は柴山愛次郎を見つけて言った。

「わしらは有馬新七、田中謙助、柴山愛次郎、橋口壮助の四君に用事があってまいった。別室でお会いいただきたい」

「さようか」

四人はそれぞれに立上り、階段をおりて、別室で奈良原らに会った。

奈良原は言う。

「久光公の仰《おお》せでござる。すぐ錦小路のお屋敷にまいられ、ご前に出られよとのことでござる。久光公は朝廷のご首尾まことによろしいのでござる。おはん方の働き場所はいくらでもあるのでごわすぞ」

新七は答えた。

「せっかくのお召しであるのを恐れ入るが、拙者共は前青蓮院宮のお召しをこうむり、これから参るところでごわす。先ず宮のご用を済ませてから、まかり出るでごわしょう」

「君命でごわすぞ。君命にたいしてさような態度に出てよいとお思いか」

「君命より、宮の仰せの方が重うごわす」

と新七は言い切った。新七においては「大疑問答」で究明し切ったことだが、これは普通の武士にはわからない。奈良原はかっとなった。

「君命にそむくとは何事でごわす。腹を切りなされ！」

「宮のご用をおえぬうちは、死ぬわけにはまいらん！」

「どうしても聞かれんということであれば、拙者らは上意討ちの君命をこうむって来ていもす。それでも苦しゅうござらんか！」

「苦しゅうござらん」

たまりかねて、道島五郎兵衛が、

「どうしても聞かんといわれるのか！」

とさけんだ。すると、その前にいた田中謙助が、

「ああ、聞かん！　こうなった以上、何といわれても聞かんぞ！」

と答えた。

とたんに、道島は、上意！　とさけぶや、抜打ちに田中に斬《き》りつけた。田中はひた

いを切りわられ、眼球を飛び出させて気絶した。

この時、別路を取った五人も到着していて、新七らのうしろに立っていたが、柴山愛次郎のうしろに立ち、刀のつかに手をかけていた山口金之進は、サッと抜刀するや、エイエイと掛声して、柴山に斬りつけた。示現流《じげんりゅう》の型をそのまま、左右の肩を袈裟《けさ》がけに斬ったので、柴山の首はV字形に切りひらかれた胸からほろりと前におちた。柴山は大坂にいる頃から、もし上意討ちのお使いがあったら、おいどんは手向いせんで斬られるつもりであると言っていたが、この時も小刀だけで二階からおりて来て、斬られた時も両手を畳についていたという。

道島が田中の面部を斬りつけた時、新七は猛然としておどり上った。刀をぬいて道島に斬ってかかった。道島は示現流の名手、新七は叔父坂木六郎から神影流《しんかげりゅう》を授けられて中々の達人である。双方一歩も退《さが》らず、ハッシ、ハッシと斬り合っているうち、新七の刀は鍔元《つばもと》からおれて飛び散った。しかし、新七はひるまない。かえって道島の手許《てもと》にふみこみ、道島を壁におしつけた。もみ合っているところに、橋口壮助の弟吉之丞《きちのじょう》が刀を抜きはなってそばに来て、新七を助けようとしたが、はげしくもみ合っているので、助勢のしようがない。うろうろしていると、新七はどなった。

「おいごと刺せ！　おいごと刺せ！」

吉之丞はこの時やっと二十歳だ。逆上しきっている。

「チェーストー！」

と大喝《だいかつ》して、渾身《こんしん》の力をこめて、つかも通れと、両人を串《くし》ざしに壁に縫いつけた。

これが新七の最期《さいご》であった。壮齢三十八。

寺田屋の事変は維新史上の大悲劇である。この時斬られたり後に切腹させられたりした者九人、討手の方の死者一人、重傷者三人、軽傷者二人あったのだが、むざんであったのは、討手に行き向った九人のうち五人まで、誠忠組の同志だったことだ。豆を煮るに豆がらをもってしたのである。惨烈というもおろかである。刻薄無慚《むざん》である。

さらにいやなのは、この事変のあと始末だ。田中河内介、その子瑳《さ》磨介《まのすけ》、千葉郁太《いくた》郎《ろう》(河内介の甥《おい》)、島原藩士中村主計《かずえ》、秋月藩士海賀宮門の五人は、朝命で薩摩藩があずかることになった。薩摩ではこれを、寺田屋組の二十一人とともに藩の汽船で国許に送ったが、その船中で、五人を斬殺《ざんさつ》して、死骸《しがい》を海に捨てたのだ。殺させたのは、監督のために乗りこんでいた四人の目付であり、殺したのは寺田屋の同志であった。この命令が久光とその側近から出ていることは言うまでもない。残酷、無恥、いうべきことばを知らない。薩藩維新史上の大汚点である。

西郷がこれを聞いて、

「もう薩摩は勤王の二字を口にすることは出来ん。とんとこれまでの芝居であった」

と、痛嘆したというのは、最も有名な話である。

新七は純粋・激烈をもって生涯《しょうがい》をつらぬいた人である。その最期の激烈と壮烈は、彼の本領を最もよくあらわしている。彼は純粋であり、一点の汚れなき人であったので、何ものにも恐れるところがなかった。西郷隆盛は当時の薩摩人の中でケタ違いにえらく、彼にくらべれば大久保のような人物すら一まわりも二まわりも小さく見えたというが、その西郷すらも、新七にたいしては譲るところがあったと、薩摩の古老が言っている。純粋、清白、無欲の強さである。

平野国《くに》臣《おみ》

一

父平野吉郎右衛門能栄《よしひで》は筑前《ちくぜん》黒田家の足軽であったが、なかなか出来のよい人物で、神道《しんとう》夢想流の杖術《じょうじゅつ》、一角流の捕術、一達流の縄術《じょうじゅつ》に達し、藩の足軽隊の師範を命ぜられ、一代に取立てた門人が千余人もあったという。兼ねて、江戸立帰定役《たちかえりじょうやく》（江戸と国許《くにもと》との間の定飛脚）をつとめて、百数十度も江戸に往来したという。役目にも精励、門人の取立てざまもよく、家庭も円満で範とすべきであるというので、晩年には永代《えいたい》直礼《じきれい》、士分《さむらいぶん》に昇格し、城代組に編入された。

二郎国臣はこの二男である。この名は成人の後、自ら選んで改めたので、初名は巳《み》之吉《のきち》、間もなく乙吉《おときち》、十一の時に鉄砲大頭大音権左衛門《おおがしらおおおとごんざえもん》の家に小坊主《こぼうず》（給仕）として奉公することになったが、この時、雄《ゆう》と改名した。つとめぶりは慧敏《けいびん》で、大いに主家の気に入られた。

十四の時、足軽鉄砲頭の小金丸《こがねまる》彦六の養子となった。平野家と小金丸家とはごく懇意なかである上に、国臣が小坊主として奉公している大音鉄砲大頭は足軽全部を支配する役目だから、平野家も小金丸家もその部下だ。権左衛門の口ききもあったのであろう。小金丸家に入ると同時に元服して、雄助種言《たねのり》となる。間もなく種言を種徳と改めた。

十八の時、普請《ふしん》方手付《てつき》に任命された。その最初のしごとは太宰府《だざいふ》天満宮の楼門の修理であった。その年冬、江戸勤番を命ぜられて江戸に出た。弘化《こうか》二年のこと。

江戸に勤番すること満三年、嘉永《かえい》元年冬、福岡にかえった。この三年間には、英・仏の船がかわるがわる琉球《りゅうきゅう》に来て開国通商を強要し、琉球の宗主国《そうしゅこく》である薩摩《さつま》は幕府と相談してこれを許したり、米国使節ビットルが軍艦二隻《せき》をひきいて浦賀に来て、通商を請《こ》うたり、日本近海に欧米の船がしきりに出没したり、つまり日本列島におしよせる欧米勢力の波頭がようやくきびしさを加えて来た時期であるが、国臣がそれにどう反応したか、伝えるものはない。

この時期に、彼が故郷の知人に寄せた手紙に、こんな意味の文句が見える。

「刀剣や小道具によいものが多数あって、割りに安いのだが、回がなくては叶《かな》い申さず、のどがかわきてたまり申さず」

ぼくは彼の生涯《しょうがい》を通観して、彼の本質は芸術家だったと思うのだが、刀や小道具にたいするこの関心の強さは、彼の美を好む心を語るもののように、ぼくには見える。

この手紙には、また、こんな意味の文句も見える。

「貸本屋に毎日行く。軍書、雑書、道書（漢学、和学等の学問に関する書だろう）、奇書、望み次第にあるが、暇がなくて思うように読めない。心外千万、察してもらいたい」

毎日貸本屋に行ってはいるのだから、暇がなくて思うように読めないとは、専心に読めないの意であることがわかる。実際はずいぶん読んだことであろう。

帰国するとすぐ結婚した。妻は家つきの娘お菊。彼二十一、妻十六。翌年、長男誕生。

この頃《ころ》から、正式に学問する。漢学は藩儒亀井暘洲《かめいようしゆう》に、国学は富永漸斎《ぜんさい》につく。富永は国粋主義者で、尚古《しょうこ》主義者で、佩刀《はいとう》も太刀造りのものを用いていた人であるという。国臣は学問だけでなく、この面でも強い影響を受けている。国臣が、

「月代《さかやき》をおくのは本来の日本の風ではなく、戦国時代以後のものである。当世の衣服は古制のものでない。刀のこしらえ、帯びようもまたそうである。皆よからぬことである」

といって、髪を総髪にし、毛鞘《けざや》の太刀を佩《は》いたり、烏帽子《えぼし》・直垂《ひたたれ》を日常に着用した

りしていたことは有名であるが、それは漸斎の感化なのである。
この尚古主義には同志があった。足軽なかまの日高四郎、藤《ふじ》四郎などという人々が
それで、いつも、
「故実を調べて、せめては太刀なりとも古制のものをととのえたい」
と語り合っていた。
もっとも、この頃までは実行はしない。実行したい気は大いにあったが、黒田の家
中として、また役付の者として、さらにまた養子の境遇として、世間とあまり調子の
違うことは遠慮しなければならなかったのである。
二十四歳の春、普請方手付としての仕事で、宗像《むなかた》郡大島に出張した時、北条右門《ほうじょううもん》と
いう人物と知合い、忽《たちま》ち親しくなった。
北条右門は元来は薩摩人で、木村仲之丞《なかのじょう》というのが本名である。一昨年から昨年に
かけて、薩摩に大さわぎがおこった。一派の藩士らがその頃はまだ世子《せいし》であった島津
斉彬《なりあきら》に早く家を嗣《つ》がせようと運動していたのが暴露して、一網打尽に捕えられ、それ
ぞれ処刑されたが、四人だけきびしい網の目をくぐって脱出し、黒田家に駆けつけた。
黒田家の当主斉溥《なりひろ》は薩摩から養子に来た人で、斉彬の大叔父にあたり、斉彬の人物を
買い、早く斉彬を家督させたいと、かねてから骨折っている人であったので、事情を

訴え、尽力を嘆願するためであった。

四人というのは、一人は鹿児島城下の諏訪《すわ》神社の宮司井上出雲守《いずものかみ》正徳、一人はこの木村仲之丞、一人は加治木郷士《かじきごうし》岩崎千吉、一人は同じく加治木郷士竹内伴右衛門だ。斉溥は四人を全部かくまって、前二人には五十俵ずつ、後二人には四十俵ずつの合力米を給することにした。以後、井上は工藤左門、木村は北条右門、岩崎は洋中藻萍《わたなかもへい》、竹内は竹内五百都《いおつ》と姓名を改めて、筑前領内の各地に潜居しているのであるが、この当時、北条は大島に住んでいた。

北条は学識ある人であり、とりわけ日本の歴史に造詣《ぞうけい》が深かったから、国臣はこれに引かれて親しくなったのだと思われるが、すでに親しくなってからの影響は他の面からであった。しかも、その影響はほとんど国臣の生涯の運命を決定づけたと言ってよいほどに大きい。

北条は前述のような履歴の人であるから、薩摩人との関係が深い。島津斉彬は、国臣が北条と知合いになった頃襲封《しゅうほう》して薩摩の当主になったのであるが、父斉興《なりおき》をはばかって北条らを召還しようとはしなかった。しかし、彼らの忠誠には深く感じていて、度々使いをくれて金品を贈ってはねぎらった。その使いを最も多くつとめたのは、西郷である。誠実な西郷は北条らを尊敬し、主命を受けて中央に往来する時にはいつも北条と工藤とを訪問して、中央の政情の変化や、それに対処する薩摩の方針を語った。国臣は北条の門弟のようになって、いつもその家に出入りしていたので、北条は西郷から聞いたことを国臣に語った。しぜん、国臣は中央の政情に通ずるようにもなり、薩摩に親しみを持つようにもなった。そして、このことがやがて彼の運命を決定するのである。

彼の著である「蓋志録《じんしろく》」に、

「壬子《じんし》（嘉永五年）、新論を読みて感あり、自ら非を恥ぢ、喫煙を絶ち、武を練る」

とある。「新論」は水戸の学者会沢正志斎《あいざわせいしさい》の著書で、この時代の青年らに聖典のような感激をもって愛読された書物である。

水戸学は本来雑駁《ざつぱく》な学問で、学問としての体系などありはしない。水戸光圀《みつくに》の「梅里先生行状記」には、神・儒・仏の三道、いずれをも偏頗《へんぱ》なく採用するとあるが、この時代の斉昭《なりあき》（烈公）の「弘道館記」では、猛烈に仏教を排撃して、儒学と神道だけを基準にしている。しかし、水戸学が当時の志ある若者らに喜ばれ、水戸にたいして聖地の念を抱かせたのは、ひしひしとしてせまって来る欧米諸国の脅威にたいして、他の学派が何の対策も持たず、茫々然《ぼうぼうぜん》としていたのに、水戸学だけがこれをとり上げ、これに対処する方法を説いたからである。その説く対策が現実に役に立つかどうかは、この時代にはわかる人は至って少なかった。しかし、対策を持っているということは、非常な魅力であった。西郷隆盛は藤田東湖、戸田蓬軒《ほうけん》の鉗鎚《けんつい》を受け、吉田松陰は水戸に遊歴して、会沢正志斎、豊田天民に教示されて、日本歴史の研究を志している。「新論」は、会沢正志斎が水戸学の精髄とする尊王論と国粋主義とによって、時局匡救《きょうきゅう》の方策を説いたものだ。青年らが熱狂したはずであり、従ってまた国臣が感動したはずである。

二

この翌嘉永六年、二十六の年の秋、また江戸に勤番を命ぜられて出府した。嘉永六年といえばペリーが軍艦四隻をひきいて最初に浦賀に来て、開国通商を要求する国書を幕府につきつけ、日本中が大さわぎになった年である。これは六月のことで、国臣の出府はこれから二、三カ月おくれるが、どんな気持でこれを受取ったか、定めて相当強烈な感慨があったろうとは思うが、確実に伝えられるところはほとんどない。ただ、上府の途中、京都で禁裡《きんり》を拝して、

大内の山の御《み》かまき（薪）樵《こ》りてだにつかへまほしし大君のへに

という歌を詠《よ》んでおり、江戸に出て後、将軍廟所《びょうしょ》のある増上寺の壮麗を見て、禁裡の質素と比較して慷慨《こうがい》したという故老の話がのこっている。

「藎志録」にこの頃のことを、彼は、

「この時官に仕へて江府邸に在り。始めて幕府・諸侯の憑《たの》み難《がた》きを知り、更に武技を練り、勉《つと》めて兵書を読む」

と書いている。実際、在府中は自らも武術道場や藩邸内の学問所に通い、足軽なかまの人々にもすすめて通わせたという。

かと思うと、天文を研究したり、笛を吹いて楽しんだりしている。彼の笛は和学の師富永漸斎に学んで、よほど巧みであったという。同輩の吉川新吉という者にすすめてひちりきを学ばせ、時々合奏して楽しんだという。彼ははげしい時代を最もはげしく生きた人だが、そうした中でも悠々《ゆうゆう》として趣味に遊ぶ余裕を生涯失っていない。天性の芸術家なのである。

安政元年秋、国臣は勤番をおわって帰国することになった。連れがあった。吉川新吉だ。国臣は、かねて国許《くにもと》の尚古趣味の同志らから、古制の太刀をこしらえたという便りを受取っていたので、自分もそれをこしらえた。鹿《しか》の皮の尻鞘《しりざや》をかけた太刀だ。ついでに古制の袴《はかま》もつくっておいた。義経袴《よしつねばかま》といわれているやつ。彼はこの袴をうがち、この太刀を佩いて旅立つつもりでいたが、異風に見えてよろしくないと、上役からさしとめられた。

しかたがないので、普通の旅装で藩邸を出、品川の茶店で装束がえしたが、ついうっかりして、打《ぶ》ッ裂《さ》き羽織《ばおり》を行李《こうり》の中に入れこんでしまったので、普通の羽織を着なければならなくなった。太刀の尻鞘は羽織の裾《すそ》から垂れて出て、狐《きつね》か狸《たぬき》のばけた侍のようで、まことに滑稽《こっけい》な様子となり、見送りに来ている友人らはにがにがしがったり、吹き出したりしたが、ご本人は得意満面、悠々たるものであったという。

同行二人、興に乗れば、あるいは歩きながら、あるいは街道わきの巌《いわ》の上や松陰で、笛とひちりきを合奏して、道中をつづけた。箱根路で、二人が牛に乗り合奏しながら来るのに、あたかも上府の途中にある筑前藩士が行きあって驚いたとも伝えられている。

翌安政二年の夏、国臣は岡部簇《あつむ》という上士の下役となって長崎に出張した。筑前黒田家は佐賀の鍋島家《なべしまけ》とともに、交代で長崎を守衛する役目があって、兵の屯所《とんしょ》が二カ所もあった。岡部はこの屯所の経理役として行ったのである。国臣の長崎勤務は七カ月にわたったが、その間に秋月藩の有職故実家《ゆうそくこじっか》坂田諸遠《もろとお》が長崎に出張していたので、ついてしばしば教えを請うた。しかし、正式の入門は後年である。秋月の黒田家は筑前黒田家の分家であるから、両藩の武士らは自然親しいのである。

坂田諸遠の教えを受けて、国臣の古風好みは益々《ますます》つのり、正式な烏帽子と直垂を調製したが、帰国すると、これを着用して外出するようになった。おりおりは笛をかなでながらだ。これにならって、日高四郎、藤四郎らはかねて調製の古式づくりの太刀を佩いて外出した。世間では、この人々を「お太刀組」と呼び、国臣をその首領と見た。もちろん、よくは言わない。

「気がおかしかとじゃろばい」

と言っていた。

養家のきげんがよかろう道理がない。養家を出なければならないと思いはじめた。

しかし、養家に来てすでに満十四年、お菊と夫婦になってから七年、その上、夫妻の間には一男二女がある。恩愛の情しのびがたい。実家でも思い直して辛抱せよという。だから、満一年こらえたが、どうにもがまんがなりかねて、翌年の十二月、太宰府天満宮に参詣《さんけい》に行くと言って家を出、消息を絶った。

養家も、実家も、友人らも心配して、手分けして方々さがしたが、そのうち友人らが、烏帽子・直垂の異装の人物が太宰府からほど近い二日市《ふつかいち》温泉にいると聞きこんだので、たずねて行くと、この地に隠棲《いんせい》している筑前藩士の長岡某の家から、のどかな雅楽の音が聞えて来た。その笛の音が、国臣の楽音のようだ。ここばいと、行ってみると、果して国臣が笛を横たえて、楽しげに主人と合奏している。

「皆しゃんが心配しとらすばい。ともかくも、一ぺん帰んしゃい」

と説いて、連れて帰ったが、その途中、国臣は、

「もう小金丸には帰らんばい」

とだけ言ったという。

福岡では実家に入った。

いろいろといきさつがあって、はっきりと離縁をとり、小金丸源蔵種徳（この当時の通称は源蔵）を改め、平野二郎能明となった。

昔の人はよく改名するが、この人ほどひんぴんと改名した人をぼくは知らない。センシブルな性質のあらわれのようにぼくには見える。

二郎と改称したのは、その尚古趣味によるのであろう。太郎、次（二）郎、三郎、四郎等は、兄弟の順序を示す呼称で、南北朝以前は皆これで呼ばれた。そういう昔の習わしを慕って、こう改めたのであろう。

間もなく、名のりを国臣と改めたが、これは養家を去ると同時に、病気を理由にして退職を願い出ていたのが間もなく許され、平野家に厄介分《やっかいぶん》の浪人となったことに関

係があろう。つまり、自分は誰《だれ》の家来でもない。天皇の臣であり、皇国の臣であるという心を寓《ぐう》したのではないかと思う。なぜぼくがこんな解釈をするかと言えば、この時から六、七年後の文久三年十月に、彼が筑前藩の勤王党の人々にあてた手紙の中で、

「君臣は天地の公道、主従は後世の私事《わたくしごと》」

と喝破《かっぱ》しているからである。頂天立地《ちょうてんりっち》、封建大名の家来ではないぞとの宣言が、国臣という名のりであると、ぼくは解釈したいのである。

　果してそうなら、彼は日本の将来の社会は、封建制を揚棄して国民社会とすべきであると考えていた可能性が大いにある。一君万民という形での国民社会だ。維新の志士らが封建制度を廃して郡県の制度にしなければ、日本の将来はないと気がついたのは、大体において明治二、三年頃である。国臣はこれに十二、三年先立っている。彼がいかに敏感――あるいは自由な考察をする人であったかがわかるのである。彼においては、この自由な考察は、たぶん芸術家の自由な魂から出たものであろう。

　さて、国臣の離縁が成立した時、その長男六平太は九つであった。彼は情の厚い人である。夜陰ひそかにその家のほとりに立って、子供らの声を聞いたこともあったという。

　いとをしみ悲しむあまり捨てし子の声立ち聞きし夜もありけり

世のために捨てては捨てしが年経ても忘れぬものはわが子なりけり
わが心岩木と人や思ふらむ世のため捨てしあたら妻子を

以上はこの頃《ころ》のことを思い出しての後年の作であろうが、この頃の彼の心をしのぶことが出来る。

三

逸することの出来ないのは、この頃、梅田雲浜《うんぴん》と会っていることである。雲浜は所用あって防・長地方に来た。実は商用のためであった。山城・丹波地方の産物を防・長地方に移出し、防・長地方の産物を山城・丹波地方に移入するという計画を抱いて、長州の家老浦靱負《うらゆきえ》に会うために来たのであった。雲浜はこれを自分のために計画したのではなかった。彼の門人で京都郊外川島村の富豪山口薫次郎《くんじろう》と備中連島《びっちゅうつらじま》の豪家三宅《みやけ》定太郎のためにはかったのだ。

雲浜は恐ろしく貧乏で、この翌年おこった安政大獄で捕縛された時、家具類は全然なく、大小刀もなく、わずかに「春秋左氏伝《しゅんじゅうさしでん》」と「新葉和歌集《しんようわかしゅう》」だけがあったので、捕吏らが驚いたという確かな話があるほどであるから、この商談がうまく行けば、生活費や政治運動資金くらいは出してもらえるだろうと思ったかも知れない。

計画は結局は成功しなかったのだが、この時点では大いに脈があった。雲浜は気をよくして、海峡を渡って博多まで足をのばし、かねてからの知合いである北条右門を訪問した。北条は知人を集めて、歓迎の宴をひらいた。国臣はその席に出て、雲浜の話を聞いた。このことはこの翌年に関係がある。

この頃、国臣はしきりに著述している。「弓馬古意《きゅうばこい》」三巻、「杖棒故実」等である。皆考証的な研究書である。

この年（安政四年）五月二十四日、彼は藩公に直訴している。犬追物《いぬおうもの》復興を願い出たのだという。身の利害をかえりみず、信ずるところを申上げたのは感心である故《ゆえ》、不敬の罪にはせぬということであったが、幽閉を命ぜられた。

この幽閉の間に、月代《さかやき》がのびたので、そのまま剃《そ》らず、ついに総髪となった。月代は後世の風俗で、本来は日本人は総髪であるべきであるというのは、以前からの彼の主張だ。もっけの幸いであったろう。

八月、師の富永漸斎が病死した。和学の方では問うべき人がない。そこで、翌月、父の許しを得て、秋月に行き、坂田諸遠に入門した。

秋月では坂田家に止宿して内弟子となって修学したが、大体八カ月から九カ月の間いたようで、翌安政五年の五、六月頃には福岡にかえっている。その証拠として、こんな話があるのだ。彼は犬追物の復興を直訴したくらいだから、馬術に大いに興味をもっていたが、馬を飼われる身分でない。人の馬を借りては稽古していたが、この頃工藤左門が小馬を一頭くれた。喜んだが、厩《うまや》がない。友人の藤四郎に相談すると、

「わしと共有にするなら、わしが家で飼うばい」

という。よかろうと、承知したが、藤だって厩はない。藤は馬をひいてわが家にかえり、壁一つへだてた土間につないだ。人馬同居である。藤の父親はおどろき、立腹して、叱《しか》りつけた。

しかたがない。海岸に連れて出て、露天につないで、数日立った。あたかも五月雨《さみだれ》時だ。馬が可哀《かわい》そうでならない。また、飼料の調達にもこまる。国臣がひそかに家から麦を持出そうとするのを、妹に見つかってとっちめられ、閉口したという話もある。

これらのことが高い噂《うわさ》になって、重役の矢野梅庵《ばいあん》という人の耳に入った。矢野はかねてから国臣の人物を買い、好意をもっている。面白《おもしろ》がって大いに笑い、国臣を呼んで、

「わしの家に空《あ》いた厩がある。貸してやるけん、連れて来い」

と言ってくれたので、そうした。

人々は浜辺の馬が急に見えなくなったので、

「平野の二郎しゃん達《たち》は、あの馬を干し殺しなさったばい」

と言ったという。以上のことは、この年の五、六月のことであるから、この時期には秋月から福岡に帰っていたはずなのである。

六月末のこと、国臣は北条右門の家に遊びに行った。この頃、北条は博多の大浜にいた。国鉄博多駅のあたりから真直《まっす》ぐに海に向って行き、海につきあたるへんが大浜である。

北条は国臣を見て、

「拙者は近いうちに上方《かみがた》にまいる」

といって、その理由を語った。この二十六日に、西郷が国から中央へ出て行く途中、ここへ立寄って、こう言った。——こんど、太守様（斉彬）は一通りならざるご決心をもって、大軍をひきいて東上される、自分は太守様の仰《おお》せを受けて当地の美濃守《みののかみ》様（斉溥）にお目通りして、太守様と力を合わせていただくようお願い申し、ご快諾をいただいた、今や天下の大変は眼前にある、あなたも早く中央に出てまいられよ云々《うんぬん》。

この斉彬の大決心とは、「有馬新七」で書いた井伊大老の独善暴圧政治をいきどおってのクーデター計画のことである。

井伊はこの時すでに勅許を得ずして開港条約を結び、また将軍世子を衆望を無視して紀州慶福《よしとみ》(後の家茂《いえもち》)に決定してしまっていた。この二つは当時の最も大きな問題であったので、中央では大非違としてごうごうたる非難の声がおこっていたが、筑前あたりにはまだ聞えていなかったのである。国臣は最も強い衝撃を受けた。

北条は七月一日、博多を出発、京に上った。

国臣も行きたかったが、路銀がない。

その頃、筑前の有志の間で、福岡近郊の七隈原《ななくまばる》にある菊池武時入道寂阿《じゃくあ》の墓に記念碑を立てようという相談がもち上っていた。寂阿入道の墓と称するものは福岡城の近くにもある。

「どれが本当かわからんばい。京都あたりの学者に考証してもろうたら、わかるかも知れん。また寂阿さんは後醍醐《ごだいご》天皇の綸旨《りんし》ば受けて、真先に義兵をあげなさったお人じゃ。楠公《なんこう》さんが大忠臣であらっしゃることは言うまでもなかことばって、真先に義兵をあげなさったのは寂阿さんばい。太平記にも、楠公さんがそげん言うて、後醍醐天皇に寂阿さんのことばほめなさったことが、はっきり書いてあるもんな。楠公さんの湊川《みなとがわ》の碑は、水戸の義公さんが建てなさり、その碑文は朱舜水《しゅしゅんすい》さんが書きなさった。寂阿さんのも、劣らんごと立派な人——出来《でく》ッなら、京の摂関家にでもお願いしようじゃなかか」

ということになった。

誰に行ってもらおうかということになって、国臣に白羽の矢が立った。浪人の自由な境涯《きょうがい》だったからである。

国臣にとっては、願ったりかなったりだ。一議におよばず引受けて、旅支度もそこそこに途に上る。藩許は得なかった。よほど急いだのであろう。八月はじめのことであった。

四

八月中旬、京についたが、北条の泊り先がわからない。国臣は寂阿入道の建碑の用だけのために上京したのではない。より大事なことがある。そのためには、ぜひ北条に会わなければならない。大いに苦心したが、ふと、

「北条さんは歴史の書物が好きばい。しげしげと書物屋に顔ば出していなさるに違わん」

と思いついて、書店を聞いてまわると、果して知っている書店があって、教えてく

れた。その宿屋も、「有馬新七」で書いた。錦小路《にしきこうじ》の薩摩藩邸の近くの、薩摩藩の定《じよう》宿鍵屋《やどかぎや》直助方。

国臣が鍵直についた時、西郷は江戸に下っていて居ず、北条右門、伊地知竜右衛門《いじちりゆうえもん》(正治《まさはる》)、吉井幸輔《こうすけ》(友実《ともざね》)の三人がいたはずである。もし国臣の到着が十七、八日以後であったら、新たに江戸から上って来た有村俊斎もいたろう。この人々に尊敬・信頼されている北条の紹介であったからでもあろうが、彼も忽《たちま》ちこの人々に信用され、親密になったようである。この宿屋には月照もよく出入りしたから、これとも知合いになったであろう。

これも「有馬新七」で書いたが、薩摩藩のクーデター計画は、斉彬の急死によって瓦解《がかい》したので、西郷は悲嘆のあまり一時は国に帰って斉彬に殉死する決心をしたが、月照の訓戒によって心を持ち直し、あたかも水戸家に下る密勅の写しをもって水戸家の意向を打診するとともに、斉彬の遺策を継承する道をさがすために江戸に下り、この人々は西郷からの連絡を待っているところであった。もちろん、国臣もそれを待つことにする。

菊池寂阿の建碑のことについても、相当には運動したが、寂阿の墓と伝えられる両《ふた》つのうちいずれが真であるかの考証は京都でもつかなかった。碑文のことについても、梁川星巌《やながわせいがん》を訪問して話したりしたが、うまく行かなかった。摂関家にとっては、そんなことどころではない時勢だったのである。

八月三十日に、西郷が江戸から帰って来た。国臣ははじめて西郷に会った。

西郷は江戸で同藩の有馬新七・堀次郎らと相談して、こういう策を立てた。諸藩の有志を結合すると共に、諸大藩に勅諚《ちよくじよう》を下してもらい、諸藩連合の勢力をつくり、これをもって幕府にせまって井伊を退職させ、幕政の改革を行い、時局を打開するという策。任務を分担し、有馬と堀とが江戸方面の運動を担当し、彼が朝廷にたいする運動を引受けて、帰京して来たのであった。これも「有馬新七」で書いた。

この運動の一環として、西郷は浪人学者らから、その出入りしている宮家や上流公《く》家《げ》に運動させることを考え、それを国臣に頼んだ。国臣にとっては、天下のことに働く手はじめだ。張り切って快諾して、梅田雲浜や梁川星巌の宅を訪問した。

梅田雲浜とは、去年の春、博多で会って、知合いになっている。雲浜もよろこんで迎えた。雲浜の宅で国臣は、去年雲浜が防・長地方に旅行する動機となった京都郊外川島村の山口薫次郎、備中連島の三宅定太郎に紹介されて、知合いになった。この人々は後に相当深い関係を、国臣に持つのである。

この頃、朝廷では天皇は、幕府のすることを不快に思召《おぼしめ》しておられたので、朝廷内の親幕派の大ボスである九条関白とその手下である両武家伝奏とに辞表を提出することを強要され、後任の関白を近衛《このえ》忠熙《ただひろ》に内定された。この人事の異動は、西郷らには自分らの運動が最も好調に進展するしるしと見えた。そこで、西郷は皆と相談して、国臣にこう頼んだ。

「貴殿もごらんの通り、まことに好調でごわす。そこで、貴殿にお願いがごわす。貴殿は筑前にお帰りになって、このことを貴藩の太守様に報告していただけまいか。貴藩の太守様には、拙者がこの夏こちらにまいる時お目通りして、ご同心をいただいています。それは拙者の先君の計画にたいするものでありましたが、こんどのことも、お知りいただけば、きっとご同心が願えると思います。工藤左門殿から御公用人の吉永源八郎殿に話してもらえば、しぜん太守様に通じましょう」

「よござす」

国臣は即座に承諾して、帰国の途についた。九月五、六日の頃であったようである。

国臣は帰国すると、西郷のさしず通り、工藤に報告した。工藤は吉永に告げ、吉永は斉溥に報告した。しかし、斉彬が生きていてやるなら知らず、西郷らがいわば浪人運動のような形でやることに、斉溥としては藩をひきいて協力するわけには行かない。聞き捨ての形となった。

国臣は、浪人とはいいながら藩士である父の厄介人であるから、藩籍はあるのだ。それをほしいままに藩を脱走して、京都に行き、こんな大それた運動をしていたのだから、目くじらを立てられれば、うるさいことになる。早々に家を出て、筑後や肥後地方に出かけた。

国臣が京都を去った後、西郷らの運動は全部瓦解した。井伊の最も強力な恐怖政策《テロリズム》がはじまったのである。国臣が出発した翌日か翌々日の夜半、梅田雲浜が逮捕された。梁川星巌も捕えられるはずだったが、その寸前にコレラで死んでいたので、妻の紅蘭《こうらん》女史が検束された。これを手はじめにして、苛烈《かれつ》な逮捕がつづき、月照も、西郷も、身辺が危険になった。そこで、西郷・有村・北条の三人は、近衛家からの依頼もあったので、月照を連れて、瀬戸内海を西に向った。

その頃、薩摩の隠居斉興《なりおき》は陸路、山陽道を帰国しつつあった。斉彬が死に久光の子又次郎が少年にして当主になったので、斉興は藩政後見となったのである。西郷はこれに下関で追いついて、月照の入国と保護を頼む心組みでいたのだが、風便《かざびん》が悪かったため、下関についてみると、斉興の行列はすでに昨日海峡を越えて南に向ったことがわかった。西郷は下関に一泊もせず、これを追いかけた。

後にのこったのは有村・北条・月照・月照の下僕《げぼく》重助の四人だ。北条の発議で、北条の知人である下関郊外竹崎の豪商白石正一郎の宅に一泊し、翌朝船を仕立ててもらって、竹崎から筑前の戸畑《とばた》にわたり、夜通し歩いて、博多につき、大浜の北条の宅についた。

ここで、有村がまた月照を離れた。

「ここまで来れば当分は大丈夫でごわす。わしは西郷を追って国に帰り、力を合わせてお迎えする支度をしとうごわす。お迎えに上るまで、北条殿に頼みとうごわす。お引受けいただきとうごわす」

と、言ったのである。

こうして、有村はその夜博多を出て、薩摩に向った。

しかし、西郷からも、有村からも、一向便りがなかった。西郷は懸命に藩当局に運動したのだが、当局は引受けるといわないのである。一方、井伊の魔手も九州までは及びはすまいという安心もあった。

月照もそう気にはしない。太宰府に参詣《さんけい》したりして、のんきに歌など作っていた。

ところが、十数日立って、十月十六日のことだ。下関の白石正一郎から北条にあてて知らせが来た。

「京都町奉行支配の中座の目明しで、徳蔵・甚助の二人が、白石家に来て、月照さんのことについて厳重に尋問し、貴地に向った。ご用心あるよう」

というのである。

足もとに火のついた気持だ。北条は工藤と相談して、当時月照が宿もとにしていた下名島町の高橋屋平右衛門の宅に行き、月照にこのことを告げ、急いで薩摩に行ってもらうことにした。

薩摩に行くといっても、薩摩は他国人の入国のむずかしいところだ。なかなか大へんだ。

「こげんことは平野君が最も得手《えて》とするところじゃに、居らんとは」

と、二人は残念がったが、居ないものはしかたがない。他の工夫をしなければならない。

その工夫——薩摩のお家騒動の時、彼らと一緒にこの国に脱走して来て、黒田斉溥の庇護《ひご》を受けている洋中藻萍《わたなかもへい》は、この頃博多と太宰府との中間の筒井にいる。また竹内五百都《いおつ》は上座郡大庭村《おおばむら》にいる。先《ま》ず月照を筒井に行かせ、洋中が護衛して大庭まで送り、大庭で竹内に薩摩入りを工夫してもらおうというのであった。

話がきまり、わざと月照の両掛の荷を高橋屋においてちょっとそのへんまで出かけたようによそおって高橋屋を出、博多郊外の住吉町の楠屋《くすや》宗五郎という、かねて北条の懇意な町人の別宅に行き、ここで旅支度をととのえ、月照主従を太宰府街道の筒井に向わせた。十六夜《いざよい》の月がかなりに西に傾いている頃であった。北条は途中まで送った。

一方、工藤は月照が高橋屋においた両掛の荷が心配になり、行って調べてみると、最も重要な文書が入っていた。斉彬のクーデター計画の時、斉彬は重臣鎌田《かまた》出雲《いずも》を上京させて、朝廷に運動させた。鎌田は月照のとりつぎをもって近衛忠煕と文書を交換したのだが、その往復文書の写しとその次第を記録したものとであったのだ。もしこれが京都から来た目明しに押収《おうしゅう》などされたら、近衛家にも薩摩藩にも大災厄《だいさいやく》となることは必然であった。

工藤はつめたい汗が出た。手早くそれらの文書だけをまとめてたずさえ、両掛はおいて立去った。実際、危機一髪であった。工藤が去って間もなく、中座の目明し共は黒田家の盗賊方二人を案内者にして、高橋屋に来て、きびしい詮索《せんさく》をした。もちろん、両掛の中をしらべた。しかし、両掛がおいてあるので、目明しらは、

(ハハン、遠くへずらかったのではないな。どこぞ近くにいるらしい)

と、数日の間、博多・福岡を中心にしてその近くだけを探したのである。

この時工藤の持去った文書は、後に国臣によって、近衛家にとどけられた。

五

途中まで月照を送って、楠屋の別宅にかえって来た北条は、月照のことが気になってならない。最後に引受けるべき竹内五百都は、薩摩を亡命の身で帰国するわけには行かない人だ。旅なれて、薩摩のこともよく知っている人を見つけてお供につけてやるようにとの手紙をつけてはやったものの、そんな人が急に見つかるとは思われない。やっぱり、これは平野君の役どころじゃがと、嘆息していると、その国臣がひょっこりとやって来た。筑後や肥後地方の旅行から今帰って来たところで、旅装のままであった。

北条は夢かとばかりに驚き、またよろこんで、庭にまわらせ、縁側に腰かけさせて、国臣が立去ってからの京都の情勢の変化を語り、月照のことを語り、月照の供をして薩摩に入ってくれるようにと頼んだ。

「よござす。引受けました」

言下に国臣は引受けた。いついかなる場合でも、国臣には胸のすくようないさぎよさがある。

その夜は久しぶりに自宅にかえって寝たが、翌日早朝に出発して、夕方、上座郡大庭村の竹内の寓居《ぐうきょ》についた。竹内と月照とが喜び、大いに心強くなったことは言うまでもない。

これから、国臣が供をしての月照薩摩入りの物語が展開するのだが、くわしく書けばくどくなる。途中で月照も国臣も山伏姿に変装して、醍醐《だいご》三宝院の使僧とその弟子僧と詐称《さしょう》しながら行ったことと、さまざまな困難を、国臣の機略と誠実さをもって切りぬけ、鹿児島城下に入ることが出来たとだけ承知していただきたい。鹿児島についたのは十一月十日のことだったから、大庭村以後、二十一日かかったわけである。

彼らが鹿児島に到着して四日目に、捕吏が鹿児島に入って来た。京都中座の目明し二人は、薩摩に入るのを危険がって、肥後の水俣《みなまた》にとどまったが、公儀風を吹かせて、筑前藩の盗賊方二人を鹿児島まで入らせて、月照の引渡しを要求させたのである。

藩庁では、西郷を呼び出して、

「しかじかで公儀の追捕《ついぶ》急である。城下で逮捕されるようなことがあっては、よくない。速やかに日向《ひゅうが》の関外《かんがい》に連れて行け。関外の地であるなら、領内のどこへ潜伏してもよろしい。今夜、夜半《よなか》船を出してやる故、必ずそれで福山（鹿児島湾の北端の村）まで行き、そこから陸路日向に行くよう」

と、申しわたした。

月照の窮厄は、月照が斉彬の依頼を受けて、いろいろと朝廷方面に立働いたためである。藩としては全力をつくして救わねばならない義理があると、西郷には考えられるのだが、藩は救おうとしない、縛って突き出すまでの悪辣《あくらつ》はしないが、関外の地に追いやろうとする、何たる義理知らず、何たる卑劣さであるかと、猛烈に腹が立った。薩摩の精神は先君とともにほろんだとも思った。先君に殉じて死ぬべきであったのを、今日までながらえていたためにこの恥を見るのだとも思った。

これらの心が、ついにその夜――霜月十五夜の寒月の下に、月照と相抱いて錦江湾《きんこうわん》に投ずることになる。その船中に、国臣はいたのである。

月照は死に、西郷は蘇生《そせい》した。

国臣と月照の下僕の重助とは、月照の遺骸《いがい》を鹿児島城下南林禅寺の西郷家の墓地の近くに埋葬した。この時、国臣は仮墓標を立て、近所の石工に石碑をあつらえ、また自分の費用で一基の石燈籠《いしどうろう》を寄進するよう手配した。

翌日、重助は筑前の捕吏に引渡され、国臣には明朝当地出発、大口街道をとって国外に退去せよと申し渡された。

この退去について、こんな話が鹿児島に伝わっている。国臣は、有村俊斎や伊地知竜右衛門や吉井幸輔（この二人も身辺が危険になって帰国していたのである）に会って、暇乞《いとまご》いもし、西郷のその後のことを聞きもしたいと工夫した。

翌日は早朝から護送の足軽が来て、出発をうながした。国臣は食事をおわると、出発の身支度にかかったが、それはこれまでの山伏姿ではなく、侍烏帽子《さむらいえぼし》に直垂《ひたたれ》を着、太刀を佩《は》いた姿であった。その姿で、笛を吹きながら座敷を三度めぐり歩いた後、立ち出《い》でたが、外に出てからも、笛を吹きすさびながら、足軽のあとにつづいた。

「竈祓《かまどはら》いの神主どののような姿であった」

と、長く鹿児島では語り伝えたという。

国臣は好んで異装した人であるが、この時は有村や吉井や伊地知らに自分の出発を知らせるための奇策であったのだ。

策は的中して、その日の夜になって、今朝国臣が追い立てられて城下を出発したというわさが、有村と大久保一蔵の耳に入った。二人は平野の泊められていた原田屋という宿屋に行ってみると、それは事実であった。そこで、同志の森山新蔵（「有馬新七」で書いた。彼らが藩地脱出用に用意した鰹船《かつおぶね》二艘《そう》を購入する代金を出した人物だ）を訪ねて、事情を語り、金子《きんす》五両出してもらって、追いかけた。

鹿児島の北方五里の海沿いに、重富という町がある。この町に国臣は護送の足軽と泊っていた。夜明け前、大久保と有村は追いついた。

寝ている座敷にいきなり入って来られて、国臣はおどろいた。てっきり藩がつかわした刺客であると思って、はねおきて刀をつかみとって、にらみつけた。

「拙者じゃ、拙者じゃ、有村でごわすぞ」

と俊斎がさけんだ。

「やあ、有村さんか」

とわかって、国臣は安心した。

双方ともに、積る話がいろいろとあった。月照のことが悼《いた》まれたことも、西郷が今はもう心配ないまでに回復したことが語られたことも、言うまでもない。

二人は用意して来た五両を餞別《せんべつ》としておくった。

「助かります。実は拙者はもう旅費がほとんど底をついとりました。ご領内は藩費旅行ですばってん、関所を出たあとは野宿して行くよりほかはなかと覚悟しとったとです。おかげで、その心配はのうなりました」

と、感謝して受けた。

別れるにのぞんで、二人は護送の足軽に、国臣を鄭重《ていちょう》に待遇してくれるように頼んだ。

国臣が出国の道として取るように命ぜられた大口街道の大口というのは、筆者の生れ在所である。ここは肥後境から四里の山間の盆地で、ここから二里ほど肥後に寄った山中に、小川内《こがわち》の関がある。この関所は、大口郷士の丸田氏が代々の関守《せきもり》となっており、その丸田氏を郷士らが交代に勤務して補佐する定めであった。

国臣は十一月二十三日にこの関所にかかっているが、その時には烏帽子・直垂を脱いで、また山伏姿になっていた。

「醍醐三宝院派の修験僧《しゅげんそう》なにがし」

と名のると、規則によって関役人が手荷物を検査すると言ったので、荷物を差出した。

包みを解くと、侍烏帽子が出て来た。

「これは何でごわす」

「それは兜巾《ときん》と申して、三宝院派の山伏のかぶりものでござる」

「ふうん、なるほど」

次に出て来たのは直垂だ。

「これは何でごわす」

「三宝院派山伏の法衣《ほうえ》でござる」

「ふうん、そうでごわすか」

こんどは笛の楽譜が出た。

「これは何でごわす」

「それは梵唄《ぼんばい》と申すもの」

「ボンバイとは何でごわす」

「三宝院派の山伏はお経に節をつけて誦《よ》むことがござる。その節を書いたものでござる」

「なるほど」

次には笛が出て来た。笛は知っている。

「これは慰みのためのものでごわすな」

「そうでござる」

役人がなお何か言おうとすると、奥座敷から、

「もうよか！」

と大喝《だいかつ》する声があったので、そのまま通過を許された。

大喝したのは、関守の丸田で、取調べにあたって、国臣にさんざんからかわれたのは、番にあたって手伝いに来ていた大口郷士の一人であったろう。案外、ぼくの先祖

か、親戚《しんせき》の先祖だったかも知れない。呵々《かか》、呵々。

六

国臣は十二月はじめ、筑前に帰りつき、北条・工藤・竹内らに会って、委細のことを報告した。

その数日後のある日、工藤は国臣に、

「実は月照さんが当地の高橋屋を立ち退《の》きなさった時、わざと両掛をおいて行かれましたが、その両掛の中に、至って重要な書類が入っていました。幕吏の手にわたれば、近衛家と島津家にゆゆしい災厄のおよぶべき書類であります。またまたご苦労をかけますが、貴殿これを近衛家に持って行って納めて下さるまいか」

と頼んだ。

「よござります」

いつもながらのいさざよさで承諾して、早速上京の途についた。

途中、下関の白石家に立寄る。国臣はこの時まで白石とは知合いでなかったのだから、工藤か北条に紹介状をもらって行ったのであろう。もちろん、月照と西郷のことを報告するためである。

　白石家には一夜泊って、富海《とのみ》から便船をもとめた。国臣も月照の逃走を幇助《ほうじょ》したというので、今ではお尋ねものとなり、筑前でもおちおち実家にも帰れない状態であった。だから、この旅行でも変名して、秋月藩の宮崎司と名のることにしていたが、富海から乗った船に京の堂上家に臣籍のある医者がいたので、うまく取入り、その一行に加わって、悠々《ゆうゆう》と京に入った。

　当時の京都は、老中間部詮勝《まなべあきかつ》が来ていて、大いににらみをきかし、井伊の恐怖政策《テロリズム》の絶頂期だ。検挙は浪人といわず、諸侯の家臣といわず、公家の家来といわず、はばかるところなく強行され、諸侯も幕府の意にそむくものはびしびしと隠居や蟄居《ちっきょ》を命ぜられ、朝廷も公家もふるえ上って呼吸《いき》をひそめている有様であった。とうてい、近衛家に寄りつけそうにない。

　そこで、この前上京した時梅田雲浜の宅で知合いになった山口薫次郎を川島村に訪問した後、桜井の駅址《えきし》に楠公父子訣別《けつべつ》の遺蹟《いせき》をたずね、対岸の男山八幡《おとこやまはちまん》に参り、河内《かわち》に行って小楠公の墓を弔った。安政六年の新年は大坂で迎えた。それから紀州に行った。これは摂海（大阪湾）の防備を心許《こころもと》なく思って視察に行ったもののようだ。紀淡海峡のへんの図面など写した。

この紀州の湯浅の浦で水戸浪士の桜任蔵《にんぞう》に会った。桜は「有馬新七」にも出て来た。彼が有馬と大坂で別れて鳥取藩に遊説《ゆうぜい》し、鳥取の有志者らから、事がおこったなら馳《は》せ参ずるという約束を取りつけたことは、新七伝で書いた。この時は鳥取から帰って来て間もない頃《ころ》であったわけだ。

任蔵は新七とも友達だが、西郷とはもっと親しい。国臣は新七とは面識はないが、名は知っている、為人《ひととなり》もまたよく知っている。西郷ともまた親しい。大いに話が合って、連れ立って京に帰った。

正月八日、国臣はひそかに近衛家に出頭し、清水寺《きよみずでら》の成就院《じようじゆいん》から来たと称して、老女の村岡の名あてにした文筥《ふばこ》を差出した。文筥の中には、九州から持参したあの文書にそえて、月照の次第を書いたものと、自分の上京して来たわけを書いた手紙とを入れたのである。

ところが、村岡はこの正月四日幕府に捕えられており、月照の弟で成就院の住職である信海も同じ頃に召捕られている。近衛忠煕は怪しみ恐れながらも文筥をあけてみると、前記のものが入っている。

忠煕は侍女に命じて、国臣に応対させ、感賞の意を伝えさせた上、禍《わざわい》にかからぬよう、一日も早く京を立去るようにと言わせた。国臣は感激して辞去した。

その後数日、任蔵とひそかに京都や伏見を視察した後、また川島村の山口薫次郎を訪問して、このあらしの時代、どこに忍んでいたらよかろうかと相談すると、山口が、「いっそのこと、備中連島の三宅定太郎殿を頼ってまいられたらどうでしょう」といった。それよりほかにない。そうすることにきめた。山口は旅費も用立ててくれた。

大坂に下り、便船をもとめて、桜に別れた。桜はその年の七月、大坂でコレラで死んだから、これが死別になったのである。

連島は島ではない。倉敷から七、八キロはなれた村だ。三宅家は備後《びんご》三郎児島高徳《こじまたかのり》の末といわれて、この近郷第一の豪家であった。最も快く国臣を迎えてくれた。国臣はほぼ満一年、ここにいた。その間、三宅のために長州や薩摩と物産交易の路《みち》を開くことに骨おったり、コレラに感染して病臥《びょうが》したり、事は多かったが、時代を吹くあらしからは安全であり得た。

彼はここにいながらも、下関の白石や北条などとは密接に連絡を保っていたので、薩摩藩士らとはたえず接触していた。たとえばこの年の夏有村俊斎の弟次左衛門兼清が帰国し、秋になってまた上府する際には、わざわざ連島に立ちよって国臣に会っている。この時、次左衛門は、

「当今、皇国の志士にとっての第一義は、井伊を斬《き》ることです。必ず斬ります」

と、激語したというが、この翌年の三月三日の桜田門外の事変で、井伊の首を上げたのはこの青年だったのである。

おしつまった十二月十五日、国臣は連島を去って、下関郊外竹崎の白石邸に移った。この頃は水戸人と在江戸の薩摩人との間に、井伊を斬る計画が熟し切って、機会を待つばかりになっていたので、江戸と薩摩の間の連絡がひんぱんである。年の暮には堀次郎、高崎猪太郎《いたろう》(後の五六)、原田彦右衛門、年が明けて正月末には山口三斎、二月十八日には田中謙助(初名直之進)、いずれも江戸から国許《くにもと》に急行するために下関を通過する。この人々は皆国臣に会って、井伊襲撃の機の切迫したことを告げる。二月二十六日には薩摩から堀次郎が江戸に出るために上って来た。堀は途中で田中と行きちがったことを知らないで出て来たのである。彼の役目は激し切っている在江戸の同志らの心をなだめるためであった。

「間に合わんかも知れん」

と言いながらも、策士である堀は、出発間際《まぎわ》の忙しい間に、黒田斉溥《なりひろ》にたてまつる建白書を書いて国臣にわたした。

「これをお差出し願います」

建白書の内容は、井伊大老は必ず近く暗殺され、天下は大いに乱れるであろう、ついては太守公におかれては、親族と故斉彬《なりあきら》との情誼《じょうぎ》によって、島津家と提携、進退を共にしてこれに処し、幕府の暴悪をおさえ、朝廷を安んじ奉《たてまつ》って、皇国の安泰をはかっていただきたいという趣意のものであった。

国臣は、自分も建白書を書いた。

「堀の上書にもある通り、水戸人らのこんどの計画は、ひとり井伊大老を除くだけでなく、横浜に押寄せて異人館や異国の軍艦を焼討ちする予定の由《よし》。これによって水戸人らは井伊大老を除くのは私怨《しえん》を晴らすためではなく、公憤によるのであることを天下に示すつもりの由ですが、これは以《もっ》ての外に不心得なことで、自らの清白を証明するために天下の乱を顧みざるふるまいでありますしかしながら、これは勢いでありますから、必ずそうなるでありましょう。とすれば、必然、皇国は外国と戦端を開くことになります。容易ならざること。

ついては、わが藩としては、その準備をしておかなければなりません。

一、出来るだけ大坂町人から金を借りておくがよろしい。事件がおこってからは、諸家皆借りようとしますから、なかなか借りられません。今のうちに器量人を派遣して、大いに借りておくべきです。

一、兵糧《ひょうろう》を十分に用意しておくがよろしい。手付を打って買いつけておいて、必要なだけずつ代金をはらって取寄せる方法がよろしい。このご用は下関竹崎の白石正一郎と申す者を使っておやりになるがよろしい。

一、火薬製造に必要な硝石《しょうせき》は十分にご用意あるべきでありますが、これは備後福山の大町人片山某が多量に持っています。片山は拙者の知人である備中連島の三宅定太郎の妹婿《いもうとむこ》です。拙者に仰《おお》せつけあるなら、拙者から三宅に談じて、御藩名などが世間の評判にならないようにしてご購入出来るようはからいます。弾丸用の鉛も同断。

一、わが藩の大砲は旧式です。薩摩藩が新式の大砲を製造していますから、ご注文になるがよろしい。その代金にはお国に多量に産する石炭をおつかわしになればよいのです。これについては、かの国の高崎善兵衛と申す者を拙者がよく知っています。善兵衛がご便宜をはかるはずです。

（高崎善兵衛は猪太郎の父。薩摩の商務官で長く下関に滞在していて、国臣はごく懇意にしているのである）

一、大乱勃発《ぼっぱつ》すれば、下関海峡の渡海も混雑することになりましょうが、白石正一郎を御用達《ごようたし》に仰せつけておかるれば、火急に軍勢などお出しになる際は、必ず支障なく処置するでありましょう。

一、万一、水戸人らが横浜の異人館や異国艦を襲撃などするなら、異人らは皇居を驚かすために摂海（大阪湾）に押寄せるかも知れません。とすれば、紀淡海峡、明石《あかし》海峡はごく重要なところになります。唯今《ただいま》のところ、両海峡は何の防備設備もありません。注意すべきことです。このことはわが藩には直接の関係はないことながら、皇国全体には大関係があります。御軍議の一端にもなることと存じますまま、申上げました。別紙図面を一枚相添えて献上いたします」

（この条の意見が昨年正月の紀州遊歴に関係のあることは言うまでもなかろう。また、この図面はその際の製作になったものが本《もと》になっていよう）

国臣の建白書の要領は以上のようなものである。井伊が殺され、その上横浜の外人館や外国軍艦が襲撃されれば、天下は大乱におちいることが必定《ひつじょう》であると思われていたことがわかる。井伊の暗殺だけでは、それほどのことにはならなかったことは、歴史の示す通りである。しかし、横浜の外人館や外国艦船にたいして焼討ちなどすれば、外交団は黙っているはずがない。十中八九は戦争がおこったろう。とすれば、この建白書で国臣が言っていることは、一々もっともである。

しかも、これと同時に、自分の恩人である白石正一郎や三宅定太郎や、知己である高崎善兵衛に、この機会に大いに報いようというのだ。やるものかなと、ほほえましいのである。

七

堀次郎と国臣の建白書は、工藤か北条を通じて、公用人の吉永源八郎に届けられ、吉永から斉溥に差出された。

これは早くて三月三日、多分五日か六日頃であったと思われる。この時江戸ではすでに井伊が討取られているのだ。電信のない時代は諸事まどろっこしい。

国臣はしばらく筑前にとどまって、家中の気概あり、ものわかりのよさそうな人々を訪問しては、時勢を説き、時勢の切迫を語って、大いに覚醒《かくせい》をうながした。筑前藩にも薩摩のように青年志士団を結成させようとしたのである。

幕末・維新の時代には、天下の諸藩それぞれに慷慨《こうがい》憂国の人を出しているが、多い藩もあれば、少ない藩もある。それは概言して、そのはじめにおいて徳川氏に恩を蒙《こうむ》ること深かった藩には少なく、薄かった家に多い。筑前黒田家は関ヶ原役以前は豊前《ぶぜん》中津十二万二千石に過ぎなかったのが、この役で一挙に四倍以上の五十二万三千石の大封《たいほう》の主となった。黒田家に大手柄《おおてがら》のあったことは言うまでもないが、それでもこのありがたさは、三世紀に近い年が経《た》っても忘れられない。筑前人は現代においても豪放濶達《かったつ》、最も男性的な人が多いのに、この時代には慷慨の士が至って少ない。それはこのためである。

ともかくも、桜田事変のあった時点までは、この藩には国臣以外には一人もいないのである。国臣がさかんに説き、その言う通りに桜田事変が勃発したので、はじめてどよめきがおこり、月形洗蔵《つきがたせんぞう》、鷹取養巴《たかとりようは》、中村円太《えんた》、江上英之進、浅香市作、海津幸一、等々の人々が輩出し、ついには重臣級にも加藤司書《ししょ》のような人が出ることになったのである。

国臣は三月十六日まで福岡にいて、その午後出発して、十七日海峡をこえて白石家に入ったが、その翌日、江戸で大変が起ったそうなというううわさを聞いた。とりとめたうわさではないが、おりがおりだけに、

「ついにやったのではないか」

という気がしたのは当然である。白石にそういうと、

「わたしもそんな気がします」

という。

「一つ下関に行ってみましょう。あそこじゃったら、いくらかくわしゅうわかりましょう」

と、下関に出て、阿弥陀寺《あみだじ》町の御手洗屋《みたらいや》という飛脚屋に行って、聞いてみると、この三月三日、上巳《じょうし》の節句に井伊が登城するのを、水戸浪士と薩摩人とが桜田門外に待ちかまえていて、討取って首をあげたということがわかった。

おどり上りたいほどのうれしさだ。宙を飛んで馳せかえり、白石に報告し、祝盃《しゅくはい》をあげた。報告の手紙を書いて、薩摩の大久保、有村俊斎、高崎猪太郎らに出し、また筑前の知人らにも書いて奮起をうながした。

ところが名もおもしろし桜田の火花にまじる春の淡雪

神風をなに疑はん桜田の花咲く頃の雪を見るにも

もののふの花桜田の春の雪つひに消えてもめでたかりけり

この頃の国臣の作である。いかに彼が桜田の一挙を壮とし、よろこんだかがわかるのである。

人の世のことは、しばしば思いもかけない動きをする。井伊が暗殺され、幕府の鼎《かなえ》の軽重《けいちょう》が天下の人の関心になり、日本中の慷慨家らが一斉《いっせい》に生気を回復し、筑前藩にも慷慨の士らがにょきにょきと出て来たのであるが、この形勢がかえって国臣の不利を招いた。

筑前藩の当局者らは、井伊が殺されたことによって、かえって幕府を恐怖したのだ。手負猪《ておいじし》を恐れる心理だ。こういう目に逢《あ》ったのだから、幕府は権威回復のために一層検察を厳重にし、いささかの嫌疑《けんぎ》があっても、仮借しないであろうと思い、藩士らの取締りを厳しくしたのだ。

そうなると、国臣は最もこまる人物だ。とりわけ、桜田事変の以前にそれを予言し、対処する方策を建議し、また藩士らに奮起を煽動《せんどう》している。桜田の一味かも知れんぞと、疑わないではいられない。

一体、国臣という男は、家中の厄介人《やっかいにん》のくせに、藩法にも服せず、勝手放題に天下を飛びまわっている。それだけでも、捨ておけないやつである。

「ともあれ、公儀に嫌疑せられ、お家に迷惑をおかけすること必定のやつである。引ッ捕えよ」

ということになり、捕吏が縦横に嗅《か》ぎまわりはじめた。

疑いは、薩摩亡命の北条右門ら四人にもおよんで、四人とも玄海の島々に移され、島外に出ること、島外の人に会うこと、通信すること等を禁ぜられた。

捕吏は海峡を渡って下関にも来た。国臣はある時は白石邸に、ある時は下関新地の春帆楼《しゅんぱんろう》にひそんで、難を避けていたが、やがて幕府の捕吏も出張して来て厳重な探索をはじめたので、関門から北九州地方にはとどまっていることが出来なくなった。

しばらく、国臣の逃避行がはじまる。あるいは南走して薩摩に入ろうとして出来ず、また北にかえって諸所に出没した。すでに捕吏の手に落ちたこともあった。

太宰府《だざいふ》近くの二日市温泉のあたりであったという。盗賊方の一人池野永太とひょっこり逢った。池野とはかねてからよく知っているなかだ。どうにも弱った。国臣は笑った。

「百年目じゃな。あきらめたばい。逃げはせん。ついては、とっくり話しておきたかことがある。どこかそのへんの料理屋で座敷を借りて話そう」

といって、小料理屋に入った。

料理が来、酒が来る。国臣はいかにも打ちとけた風で、話をしていたが、とつぜん側《そば》の火鉢《ひばち》をとって天井に投げ上げた。座敷中は灰かぐらになる。

「あっ！」

と池野が立ち上った時には、国臣はもう庭に飛んで出、垣根《かきね》をこえつつあったという。ずっと後年の池野の思い出話だという。

こうして国臣が逃避をつづけている間、薩摩の誠忠組は大久保が首唱して、挙藩勤王の方針をきめ、浪人的の運動には一切相手にならないことにして、「有馬新七」で書いたように、桜田事変後、あの事変の現場の指揮者であった関鉄之助が、西目口《にしめぐち》の関外に来て、誠忠組の人々に呼びかけた時にも、相手にならなかったほどであるが、国臣にたいしてはずいぶん好意をもって、黒田斉溥に、国臣の追捕《ついぶ》をゆるめてくれるように働きかけている。ついに成功はしなかったが、ずいぶん努力している。よほどに当時の薩摩人に好かれていたと見てよい。

九月になると、国臣は肥後に入り、玉名郡高瀬近くの安楽寺下村の松村大成《たいせい》の宅に厄介になった。松村は医者で、学者で、尊王心の厚い人である。一体、肥後人には一国一城の主《あるじ》をもって任ずる、いわゆる肥後モッコスの人が多く、なかなか一つにまとまらない土地である。同じ尊王家といっても、一党にはならない。小党が並立しているのである。しかし、松村大成は、宮部鼎蔵《ていぞう》、轟木武兵衛《とどろきぶへえ》などとならんで、肥後尊王党の一中心となっている人であった。

しばらく松村家に滞在しているうちに、松村はしきりに久留米《くるめ》の真木《まき》和泉守保臣《いずみのかみやすおみ》の人物を推称して、学識といい、人物といい、志といい、天下屈指の人であるらしいという。松村自身は一度も真木に会ったことはないのである。

真木は久留米郊外瀬下《せした》の水天宮の宮司であったが、ずっと以前、同志とともに久留米藩の政治改革を企てたのが藩当局の怒りに触れ、宮司をやめさせられ、弟の大鳥居《おおとりい》理兵衛にお預けとなっている。久留米の南方十五、六キロの地点に、水田村というのがある。大鳥居理兵衛はこの村の天満宮の宮司である。だから、真木はここの大鳥居家の邸内に蟄居《ちっきょ》させられたのである。戦争中の昭和十九年の春、ぼくはこの村を訪ねたことがあるが、その頃までは真木の蟄居していた建物というのがのこっていた。せいぜい六畳くらいの広さを持ったただ一間だけの、茶室めいた、至って粗末な建物であった。

この水田村は、筑後平野の一隅《いちぐう》の農村にすぎないが、維新時代、ここから勤王志士が輩出して、淵叢《えんそう》の観がある。これはすべて真木の薫陶《くんとう》によるのである。彼の幽囚の期間は八、九年だったと記憶しているが、この間彼は熱心に村の青少年らを教育したのである。

あまり松村がほめるので、国臣は会ってみたくなって、出かけた。松村の長男の深《しん》蔵《ぞう》が同行した。

この時のことは、真木の日記に出ている。九月二十六日の夕方であったという。真木が蟄居中の身であるとて、会うのをことわると国臣は、

世の中にひき乱されて四つの緒のひとをも今はしらべあはなくに

と歌を作って差出し、ぜひ会ってほしいと強要した。国臣は、この歌を、真木がかねて琵琶《びわ》をたしなむと聞いていたので、すべてを琵琶に関係したことばで構成した。「ひとを」は「一緒《ひとお》」であり、また「人を」である。藩庁の思わくを恐れて、会わないと仰《お》っしゃるんですか、いくじがないじゃありませんか、くらいの意味であろう。

真木は会うことを承諾した。

「国臣は恋闕《れんけつ》第一等の人なり。午年《ごねん》の禍に係《かか》りて、今亡人《ぼうじん》となり、薩に入らんと欲《ほっ》すれども、関硬うして入れず、東火の間に逡巡《しゅんじゅん》するという」

と、真木は漢文で日記に書いている。

「国臣は最も熱烈純粋な勤王の士である。安政五、午年《うまどし》の大獄によって追いまわされて、亡命者となっているのだ。薩摩に入って身をかくさんとしているのだが、関所の守りが厳重で入れてくれないので、東肥後のへんにさまよっているのだという」

という意味である。国臣が打ちとけて、月照事件その他の閲歴を語ったこと、真木が大へん国臣を気に入ったことが、簡潔乾燥をきわめたこの文章から酌《く》みとることが出来る。

その夜は、近所の門弟下川家に泊らせた。

翌日、国臣はまた来た。真木は大鳥居家に連れて行き、大鳥居家の息子らに国臣の話を聴聞させた。重ねて言う。よほど気に入ったのである。この時、真木四十八、国臣三十三。

この時は、国臣はこれだけで辞去したが、以後、真木との交情は益々《ますます》密になり、ついには真木の娘お棹《さお》と恋愛することになるのだが、これはこの翌年のことになるようだ。

八

松村家に帰って来て二、三日目、薩摩人村田新八が、国臣を訪ねて来た。国臣は村田とこの一月ほど前、白石正一郎の宅で会った。国臣が捕吏に追いまわされて苦しんでいることは、薩摩の誠忠組の壮士らには有名なことになって、皆同情している。だから、村田はこう言った。

「拙者は京坂の情勢を見るために出て来たのですから、そう長くならないうちに帰国します。その節、何とか工夫して、貴殿を国にお連れしましょう」

助け船の思いだ。

「ぜひそう願います。それでは、拙者はおおよその日を見て、肥後のこれこれのところに行ってお待ちしています」

と、松村のところを告げたのである。

その村田が約をたがえず来てくれたのだから、国臣のよろこびと安心は言うまでもない。感謝のことばを述べた後、村田に上方の話を聞いた。

この頃京では和宮《かずのみや》の降嫁《こうか》問題がもめていた。幕府は井伊大老の横死後、急激におとろえつつある幕府の権威を回復するために、皇妹和宮を家茂将軍の御台所《みだいどころ》にいただきたいと、熱心に運動しているのだが、朝廷ではなかなかお許しにならないのであった。最も有名な事件だから国臣もあらましは知っていたが、村田の話によると、どうやら、とうとうご聴許になるらしいという。実際、これはお許しになったのだ。九月十八日にご聴許というのだから、それはこの時から十二、三日前のことであった。

国臣はご降嫁には大反対だ。

「どうしてお許しになるのでしょう。幕府の存念は明らかです。和宮様を人質に取り奉るつもりであるにまぎれありませんのに」

と、歯がみをして、憤《いきどお》った。

「同感でごわす」

と、村田も言う。

そういうところに、税所《さいしょ》喜三左衛門が来た。これも上方からの帰途、白石正一郎の宅で国臣がここにいることを聞いて、立寄ったのである。国臣が薩摩人に大へん好意を持たれていたことが、ここでもわかるのである。

三人で相談して、方法がきまった。国臣を村田の家来ということにして、関所を越えようということ。

難なく、薩摩の西目口の関所——野間の関を越えることが出来た。落ちついたところは、伊集院の坂木六郎の屋敷。坂木が有馬新七の叔父であることは、新七伝で書いた。

村田や税所の心づもりでは、こうして国臣を連れて来た以上、同志一同と相談して連名で藩庁に願い出れば、ご領内居住は許されるであろう、筑前藩では工藤左門殿・北条右門殿ら四人を合力米まで賜うて保護しとられるのじゃから、お国でも出来んはずはないと思ったのである。月照が来た時とちがって、頑固《がんこ》な保守主義者であった斉興は去年の秋死に、久光が藩政後見になっている。久光は誠忠組の壮士らに好意を見せ、やがて全藩の運動として天下のことに乗り出すつもりだから、辛抱して待てという直書を、藩公に書かせて壮士らに下賜《かし》したほどであるから、彼らがそう思ったのは無理はなかった。

相談は誠忠組の幹部らの間で行われたが、大久保が反対説をとなえた。この頃、大久保は久光に密着することに専念している。全藩の力をもって天下のことに乗り出す方法としては、これ以外にはないと、見きわめをつけているのだ。

大久保は強い男だ。一度決心したら、決して動かない。国臣には月照事件以来、深い義理がある。立派な人物だと思って、自分は大好きだ。しかし、久光公はきちんとしたことがお好きで、浪人的運動はおきらいだ。従って浪人もおきらいだ。気の毒だが、当国に居てもらうわけに行かないと、考えたのである。

激論が行われたが、議論では負けたことのない男だ。ついに説き伏せた。

「そんなら、おはんが説いて、平野さんに納得させてくれるじゃろうな。おいどんらはそげん不人情なことは言えんぞ」

「よかとも。わしが言う」

大久保は伊集院に向った。堀、有村、有馬新七、村田、税所、田中謙助、高崎猪太郎等の人々が同行した。このうち、堀、有村の二人は大久保の意見に心から同意であったろうが、他の人々は大いに異議はあるが、義理において忍びないから同行したのであろう。これまでの行きがかりや、後年のこの人々の行動によって、こう判断するのである。

吉左右《きっそう》いかにと待っている国臣のところに来て、大久保は懇々と説明した。国臣の失望は言うまでもない。しかし、議論も出来ない。

「そうですか。しかし、拙者は久光公に建白したいことがあります。その建白書を差出すために、一度だけお城下まで行かせて下さい」

と頼んだが、これも拒まれた。

何日、伊集院に滞在していたろう。この時詠じたのが、あの、

わが胸の燃ゆる思ひにくらぶれば煙はうすし桜島山

の絶唱であるという。

これはこの翌年、三度目に薩摩に潜入した時の作であろうという説もあるが、この時伊集院での作と見た方が味わいが深いというのが、名著「平野国臣伝」の著者、春山育次郎氏の説である。ぼくもそう思う。翌年説を取る人々は、伊集院からは桜島は見えないというが、春山氏は伊集院のある地点からは桜島の頂が見えるといっている。ぼくは見えんでもかまわんという説だ。歌は記憶や想像で作った方がよい場合もある。国臣はこの前々年に月照を送って来て、とっくりと見ている。その記憶で十分に作れるはずである。

数日の滞在の後、国臣は薩摩を去る。大久保、堀、有村俊斎の三人が天草《あまくさ》の牛深《うしぶか》ま

で見送った。行程三日にわたるのだ。この鄭重《ていちょう》さは、おわびのつもりであったろう。この見送りの時のことを、国臣は「藎志《じんし》録《ろく》」に、「滑稽《こっけい》、夜を継ぐ」と書いている。三人が国臣の心を引立てようとして、つとめていろいろとおもしろいことを言ったのであろう。

国臣は天草から熊本を経て、高瀬の松村家に帰って来たが、十一月十一日にはまた真木を訪問している。

この頃、筑前藩では家中の勤王派の大検挙が行われ、月形洗蔵、鷹取養巴、海津幸一の三人は重臣に預けられ、その他九人の人々が親族預け、組預け、逼塞《ひっそく》等を命ぜられている。これだけの処置をしておいて、斉溥は江戸参覲《さんきん》に出て行った。これはこの人々が従来の藩政の非違を攻撃し、藩政の改革を主張していたからである。これらはすべて国臣の煽動《せんどう》によるもので、国臣こそ元凶であると考えられたので、彼にたいする探索もうんと強化され、捕吏共はしきりに竹崎や下関のあたりを嗅《か》ぎまわった。まさか肥後に行っているとは、考えられなかったのである。

国臣は松村の家で、文久元年の正月を迎えて、三十四になった。

正月の十五日は熊本の藤崎神社の大祭であるが、神事の一つとして流鏑馬《やぶさめ》が行われる例になっている。国臣はこれを見物に行き、数日熊本に滞在していると、ある日、河上彦斎《げんさい》がたずねて来た。

彦斎はこの翌年の秋頃から、暗殺名人として人斬《ひとき》り彦斎と呼ばれて京都で鬼神のように恐れられる人になるのだが、この頃は松村大成を尊敬してよく松村家に来て、国臣もごく懇意になっていた。小男で、色白で、やさしい顔の人物であったという。

「田中河内介《かわちのすけ》殿がご子息の瑳磨介《さまのすけ》殿をお連れになってお出《い》でになり、酢屋《すや》に泊ってお出でるそうですばい」

と、彦斎は言った。河内介は、豊後の岡藩の勤王家小河弥右衛門一敏を訪問しての帰りがけであるそうなとも語った。

田中は激烈・純粋な勤王家として、当時有名な人物であった。後に明治天皇となられる祐宮睦仁《さちのみやむつひと》親王の母君は中山大納言《だいなごん》家から出た人なので、祐宮は中山家でお生れになり、中山家でお育ちになった。田中は宮の六つの時まで中山家の家司だったので、お傅役《もりやく》となって、熱心に傅育《ふいく》申し上げた。祐宮はまだ皇太子にはなっておられないが、当今《とうぎん》ただ一人の皇子であられるから、事実上の皇太子である。この意味でも、田中の名は高かったのである。

「訪ねてみようじゃござらんか」

と、二人は酢屋に行った。酢屋伍作ははたご屋なのである。

田中は快く会ってくれた。話が大いに合ったので、誘い出して、高瀬に連れて行き、松村にも引合せた。

田中のこの時の九州遊歴が、この年の冬の清河《きよかわ》八郎の九州遊歴となり、国臣の三度目の薩摩入りとなり、翌年の伏見寺田屋の事変となるのである。歴史の糸は、大密林の落葉の下の細流のようである。どこにどう脈絡があって沼をたたえたり、滝をかけたりするか、はかりがたいものがある。

九

それから間もなくのことだ。筑前藩の捕吏共も、どうやら国臣は関門や博多地方にいず、筑後・肥後方面があやしいと気がついて、国臣の身辺は大いに不安になって来た。そこで、河上彦斎が心配してくれて、潜伏場所を天草下島《しもじま》の南端牛深の近在に移し、寺小屋の師匠となって生活《たつき》を立てることになった。

国臣が牛深に潜んで二、三カ月の後、筑前藩では藩内の勤王分子の処分を実行したが、苛烈《かれつ》で、また広範囲にわたった。切腹や死罪になった者こそなかったが、減禄《げんろく》、流罪《るざい》、牢舎《ろうしや》、押込め、外出禁止、免職、譴責《けんせき》、謹慎等、総数で三十余人にもおよび、それは支藩の秋月藩にまでおよんだ。(筑前藩はこの三年後の慶応元年に、藩内の勤王分子を大量に切腹、斬罪《ざんざい》等に処している。ついに勤王藩にはならなかったのである。先祖が領地を四倍以上にしてもらった恩は根強いものであった)

国臣は牛深にいる間に、「尊攘《そんじょう》英断録」なる、漢文の長篇《ちょうへん》文章を書き上げた。この文章のことについては、「有馬新七」で書いたが、ここでも書かないわけに行かない。薩摩侯への建白書の形式をとり、堂々七千余言のものである。

「日本今日の急務は、外難を克服して国の独立を確保することであるが、そのためには挙国一致の体制となることが絶対肝要である。挙国一致は薩摩のような富強な大藩が奮起すればわけなく出来るのである。すなわち、朝廷に請《こ》うて討幕の勅をいただき、兵をひきいて東上し、大坂城を抜き、天下に義兵を募り、粟田宮《あわたのみや》(前《さき》の青蓮院宮《しょうれんいんのみや》、後の中川宮、久邇宮朝彦親王《くにのみやあさひこ》)を将軍とし、鳳輦《ほうれん》を奉じて東征し、箱根に行在所《あんざいしょ》をおき、幕府の降をうながし、幕府が罪を謝して降伏するなら寛宥《かんゆう》して諸侯とし、然《しか》らざれば断乎《だんこ》としてこれを伐《う》つのである。かくて、日本は天皇を中心とする、最も強固なる結束を持つ国となるのである」

というのが、要領だ。討幕論である。

この時点ではまことに乱暴な意見のようだが、この六、七年後には、大略この段取りをとって、維新政府が設立されたのであるから、最も鋭敏な見識と称すべきであろう。

もちろん、こうして出来た新政府の政治方針についても、構想されていて、それはなかなか雄大である。

一体、ペリーが来航して開国を強要して以来、多数の憂国の士が社会の各層に出て、国を憂《うれ》えて熱心に言論、奔走してなかなかさかんなことであったが、安政の大獄までは、幕府否定の意見も、運動もなかった。最も尊王心の純粋・強烈な人でも、その時局匡救《きようきゆう》の方策の根本は、

「幕府は日本の政治の中心である故《ゆえ》、今日外難輻湊《ふくそう》の時にあたっては、急速に強化する必要がある。そのためには、幕府は日本人の精神の中心である朝廷を尊崇し、重んじ申さなければならない。そうすれば、日本は挙国一致の体制となり、国難を解決し、独立を確保し得る力が出来る」

というに尽きた。安政大獄以前の時点では、まだ「公武合体」という政治上の成語はなかったが、条約問題や将軍世子《せいし》問題などありはしても、つまりは公武合体論であった。

ところが、井伊大老が最も強力な恐怖政治を強行し、日本人中の最優秀分子、最愛

国者を大量虐殺《ぎやくさつ》したので、網の目をこぼれて生きのこった志士達《たち》、新しく出て来た志士達の中に、幕府の存在に疑いを抱く者が出て来た。

「幕府がこういうものであるなら、日本にとっては有害無益のものではないか。日本には国初以来の朝廷があって日本人の精神の中心になっているから、これを政治の中心にもすればよい。武家政治のはじまるまでは、日本はそうだったのだ。つまり、これは本来の日本の姿でもある。本来にかえるべきである」

人間の考えは、そう大きな飛躍はなかなかしないものであるから、それはごく少数の人々ではあったが、たしかにあった。吉田松陰はすでに大獄の進行中、彼の捕えられる少し前、門弟入江杉蔵にあてた書簡中に、討幕のことをほのめかしている。薩摩の有馬新七、浪人志士では清河八郎がやはりこの思案に達している。田中河内介もそうであったと思われる。

しかし、こうまではっきりと筋道を立てて、討幕の計画と新政府の方針とを構想し、文章にまで書いたのは、国臣一人である。これはもちろん、彼が筑前藩に藩籍はあっても足軽の家の厄介人《やつかいにん》という身軽な身分である上に、純然たる浪人同様に自由に飛びまわれる境遇にいるところからの所産に違いない。しかしながら、天下に足軽は多い。浪人も多い。その中に彼だけがこうであったのは、彼が天性の自由な魂の所有者であったからだと思わないではいられない。この自由な魂が、彼が本質において文学者であったことに関係のあることも言うまでもなかろう。

国臣は秋の半ば頃《ごろ》、天草から出て来て、松村大成と真木に、「尊攘英断録」を見せた。二人とも感嘆して読み、ぜひ早く薩摩侯に献納せよとすすめた。

国臣と真木の娘のお棹との恋愛がはじまったのは、この頃のことのようである。この頃以外には時間がないのである。具体的のことは一切わからないが、彼の歌がある。

恋ひわたる妹《いも》の門べの川の名の千歳《ちとせ》の契《ちぎ》りかはらずもがな

一日《ひとひ》だに妹に恋ふれば千歳川つひの逢瀬《おうせ》を待つぞ久しき

千歳川は筑後川の別名である。お棹のいる久留米瀬下の水天宮は筑後川べりにある。

この時国臣三十四、お棹二十一。

国臣が薩摩入りの志を抱きながらも、真木のところと松村の家とを往来している時、出羽庄内の郷士清河八郎が松村を訪ねて来た。清河は京都で田中河内介に会い、そのすすめで九州の志士を結束して攘夷討幕の挙をおこす計画を抱いて来たのであった。その同行者があった。清河の子分とも弟分とも言うべき安積《あさか》五郎と伊牟田尚平《いむたしようへい》。前者は江戸浪人、後者は薩摩の重臣肝付《きもつき》氏の家来で脱藩者。

清河にも「英断録」を見せる。これも感嘆して、早く薩摩に入って献ぜよとすすめる。

当時薩摩では久光が近く多数の壮士をひきいて中央に乗り出す準備を進めつつあったこと、それは公武合体によって時局を収拾しようとするものであったこと、国臣と伊牟田とが関所破りして薩摩に潜入したこと、大久保に会って久光の手許金《てもときん》から十両ずつもらったこと、有馬新七、田中謙助、柴山愛次郎、橋口壮助等の誠忠組左派の人々と会って密謀したこと、ついにそれが寺田屋の集結となり、惨劇におわったこと、皆「有馬新七」で書いたから、この伝では省筆する。

ただ、二つ書いておきたい。一つはこの時国臣が上方に出るにあたってのお棹との訣別《べいべつ》だ。お棹は国臣にこんな歌を贈っている。

梓弓《あずさゆみ》春は来にけりますらをの花のさかりと世はなりにけり

これにたいする国臣の返歌、

ますらをの花咲く世としなりぬればこの春ばかり楽しきはなし
数ならぬ深山桜《みやまざくら》も九重《ここのえ》の花のさかりに咲きはおくれじ

お棹の歌を、有馬新七は大へん感心して、寺田屋の二階で出陣の支度をした時、足を投げ出し、天井を仰ぎながら、数回朗吟したという。

もう一つは、寺田屋のさわぎの時に国臣が居合せなかったいきさつについてだ。

寺田屋事変から十一日前の四月十二日のことである。彼らはその頃、薩摩の大坂藩邸の二十八番長屋にいたのだが、その長屋に同志の一人の秋月藩士海賀《かいが》宮門《みやと》が外出先から帰って来て、

「今、拙者の藩邸で聞いて来た。美濃守《みののかみ》様（筑前藩主黒田斉溥）は唯今《ただいま》江戸参観の途中で、近日中に当地にご到着なさるが、当地に着かれた上は、直ちに和泉殿《いずみ》（久光）にお会いになって、忠告なさるご予定とのこと。つまり、今和泉殿がなそうとしておられることは、幕府の最もいやがっていること故、自然島津家の難儀になる。だから、京へは上らず、伏見から直ちに関東に向われよと勧めなさるおつもりであるそうじゃ。果してそうなら、われわれにとっては大障碍《だいしょうがい》だぞ」

と言う。

黒田斉溥にとっては、島津家は実家だ。心配なのは当然である。また、斉溥が去年藩内の勤王党を大量処分したことから考えると、いかにもありそうなことに思われる。居合せた人々は一様に顔色をかえた。すると、国臣は、

「よかばい、わしが何とかしようたい」

と言って、伊牟田尚平をさそい、大坂を出て西に向った。

斉溥の行列は、翌日、播磨《はりま》の大蔵谷《おおくらだに》についた。大蔵谷は今は明石《あかし》市内だが、旧明石

の東方にあって、ずっと昔からの名邑《めいゆう》だ。二人は伊牟田は島津久光の使者、国臣はそれに付添って来たということにして、斉溥の旅館に乗りこみ、一封の書面を差出した。書面の差出人の名は伊牟田になっているが、中身は国臣が書いたのである。こういう内容だ。

「島津和泉殿の忠誠とこんどの思い立ちとに、天下の志士らは感激して、今や京摂の間に集まること数百人、和泉殿を助けて、義のために身をなげうたんことを期していますす。何とぞ斉溥公におかせられても、志を振起して、和泉殿と共に力を尽していただきたい。申しにくいことながら、公が幕府を重んじて因循の説を墨守していられる噂《うわさ》は、天下の志士ことごとく知っていて、あるいは公の行列をさえぎって駕前《がぜん》に鮮血を流さんと暴言する者もある状態です。切にご思案願いたい」

斉溥も、重役も驚愕《きょうがく》した。取次ぎの役人にくわしく聴き取るようにと命じた。国臣は役人らにたいして、時局を説明し、京・坂の情勢の切迫をくわしく説いた。相当強いことばを用いたには違いないが、おどかしではなかったはずだ。もし黒田家の行列がそのまま大坂に入ったら、危険のある可能性は十分にある当時の形勢だったのである。

黒田家ではよほど恐れたらしい。斉溥の病気を理由にして大蔵谷から帰国することにしたばかりか、二人の労を手厚くねぎらって、辞去をゆるしたのだから。逮捕しようとして数年追いまわしている国臣にも何の咎《とが》めもなかった。二人は大いに気をよくして、近所の宿屋に引取って祝盃《しゆくはい》をあげた。二人とも酒好きだ、深酔《しんすい》して寝ているところに、いきなり捕吏がふみこんで来て、縄《なわ》をかけた。

黒田家の捕方ではなく、島津家の捕吏であった。これは久光の浪人ぎらいのあらわれである。久光は国臣らが大坂を出発した日の前日か前々日に大坂に到着した。大きらいな浪人らが多数藩邸の長屋に止宿しているのを見て、おどろいた。不機嫌《ふきげん》になって、かかりの者に詰問《きつもん》すると、この収容を取りはからったのは堀次郎だが、堀は、

「これは『戦国策』にいわゆる〝護《まも》ると言ひて、実は拘《とら》ふるなり〟でございます」

と答えた。野放しにしておいては何をやり出すかわからない連中ですから、庇護《ひご》するという名目で監禁しているのですという意味だ。

漢学好きの久光は、この答えが気に入って、機嫌はなおったが、それでも役人らに、決して浪人共に勝手なことをさせんように気をつけるのだぞと、きびしく念をおした。だから、役人らが大いに気をつけていると、国臣とともに伊牟田が飛び出した。伊牟田は薩摩人でありながら、数年前から脱藩して浪人となり、過激な言動をしている人物だ、こんなのを黙過したら、久光がどんなに怒るかわからない。直ちに捕方を出

して、追跡させたのであった。伊牟田だけを捕えればよいのだったが、どちらが伊牟田であるかわからないので、国臣も一緒に捕えたのであった。

捕方は伊牟田を連れて大坂に帰った。やがて伊牟田は国許に送りかえされ、押込めになって、慶応四年までゆるされないのである。国臣は黒田家に引渡された。

国臣にたいする黒田家の待遇は、実に鄭重であった。すぐ縄を解き、新しい衣服を給し、

「その方の申したことの趣意はよくわかった。帰国の上、よく詮議《せんぎ》して、しかるべく取りはからうであろう」

と申しわたして、行列の一員に加えたのである。

この好遇は、本心からのことではなく、めったなことをしては、浪人共がどんな乱暴なことをするかもわからないとの恐れからのはからいであったが、仮にも大々名の家が、そんな惰弱な計算を立てていようとは、国臣には考えられない。さすがに頑迷《がんめい》な藩も、時勢でものわかりがよくなったのだろうと、安心しきって旅をつづけ、途中で建白書まで上《たてまつ》っている。

「この前大蔵谷で申し上げた際、ご決断あって、和泉殿とことを共になされたなら、天下に魁《さきが》けての勤王となって、お家は無上の面目あることになったのですが、残念で

あります。こんどはご病気によってご帰国になるのですが、世間では決して真のご病気とは思わず、ご臆病《おくびょう》によってかくのごとしと言い立てることは必定です。この上は、帰国なされたなら、九州諸藩に呼びかけ、勤王の連合軍を組織、山陽道や四国の諸藩にもお呼びかけなされよ。その際は、不肖《ふしょう》ながらわたくしが上京して、綸旨《りんし》を申し受けてまいります。このように大奮発あれば、薩摩をしのぐ大勲功となり、この度のお引返しも、このための深謀であったということになって、かえってご名誉になります。ご先祖如水《じょすい》公が、戦さには下駄《げた》と草履を片々にはいて駆け出す心得があるべきものと仰《おお》せられています。兵は拙速を尊び、巧遅を忌《い》むの意であります。ご英断あって、ご帰着から二十日の間に着手遊ばしますよう、願い上げます」

また、こんなこともあったという。道中のどこでか、猟師が生きた梟《ふくろう》を売っているのを見て、買取って、お供の中の若い者にくれて、鷹《たか》のように拳《こぶし》にすえて歩かせて、面白《おもしろ》がったという。いつどんな際にも遊びを忘れないところが国臣であるが、よほど機嫌よく旅をつづけていたこともわかる。

寺田屋の惨劇は四月二十三日のことであるが、その頃、国臣は三田尻《みたじり》のあたりにいる。何にも知らないのだ。人間はかなしいものである。

二十七日、行列は下関についた。下関には藩の船日華丸が来ている。西洋型の帆船で、去年アメリカから買入れたものだ。斉溥を迎えるために来ていたのだ。斉溥の乗船は明日ということになっていたが、国臣は役人の内許をもらって、この日船の見物に行った。

「おお、さようか、ごらんなされよ」

船役人は快く乗船させ、方々見せてくれたが、船中に盗賊方の役人がいて、あっさり捕縛されてしまった。

安政五年八月、島津斉彬のクーデター計画に馳《は》せ参ずるために上京して以来、足かけ五年、藩と幕府の厳重な網の目をくぐって巧みな逃避をしながらも、国事に奔走をつづけていたのに、ついに罠《わな》にかかったのである。

十

この時から満一年、国臣は福岡の荒津の浜にある牢《ろう》につながれる。

「筆硯《ひっけん》と紙とを許してもらいたい。そのかわりには一食を減ぜられてもよい」

と願い出たが、獄吏は法を楯《たて》にとって許可しない。いたし方なく、支給される塵紙《ちりがみ》でこよりをつくり、それをひねって文字として別の塵紙にはりつけ、数篇《すうへん》の著述をした。蓋志録一巻、体勢弁一巻、制蛮策一巻、征寇説《せいこうせつ》一巻、大体弁一巻、神武必勝論三巻、囹圄《れいご》消光三巻等がそれである。「神武必勝論」は七、八千言もある長大なものであるという。「囹圄消光」は歌集である。

極度な不自由と困難の中にいながら、こうしてまで著述せずにいられなかったのは、むしろいたましいものがあるが、一面では楽しみでもあったろう。どんな場合にも、遊びを見つけ出すことの出来る心の余裕のある人なのだ。

こんな話もある。ある時、藩庁の役人が巡視に来たところ、国臣の独房の壁に額がかかり、「天地」という文字が黒々と筆太に書かれ、その前に国臣が悠然《ゆうぜん》とすわっている。

「筆墨はご制禁である。獄卒共が勝手なはからいをしたに相違ない」

と怒って、調べてみると、それは毎食につけられる胡麻塩《ごましお》の胡麻だけをえらんで集め、飯粒で塵紙にはりつけて文字にし、あり合せの木の盆を額としたものであったという。

こんな話もある。獄屋に敷かれている畳から糸をぬきとって壁に張ったり、毎食の食物を盛るメンツウの底に張ったりして、一絃琴《いちげんきん》と名づけて音曲を奏していたという。これも巡視役人に見つかって、

「鳴物はゆるされん掟《おきて》じゃ」

と没収されたという。

また竹屑《たけくず》を見つけて、それで独楽《こま》をつくってまわして楽しんでいたところ、これも没収されたという。随所に遊びを見つけることの出来る心の余裕と才能とを見るべきであろう。

「囹圄消光」にはよい歌が多く、彼の詩人的才能をうかがうことが出来る。少し上げてみる。

かしこしな世のため民の上思《おぼ》しお寝《とど》も御饌《みけ》も安くまさずと

聞ゆべき人しあらねば大王《おおぎみ》は雲井にひとり物思《おぼ》すらん

これは天皇のことを偲《しの》びまつっての歌だ。

年老いし親の嘆きはいかならん身は世のためと思ひかへても

国のため君のためなればいかにせん親もゆるせや年月の罪

これは両親を思っての歌。この牢屋敷から両親の住む地行三番町の家は、一筋の川を間に、わずかに数町の距離にあったという。

今日かかる身となるまでぞ尽してぞますらをのこの甲斐《かい》はあるべき

囚人《めしうど》と身はなりながら天地《あめつち》に愧《は》ぢぬ心ぞたのみなりけり

世にたぐひあらじと思ふさびしさはひとやのうちの雨の夕暮
ますらをの習ひとかねて知りながらひとやのうちは住み憂《う》かりけり

これはおりおりの述懐だ。

逢ふことを妹も千歳の川の瀬の下にこがれて待ちわたるらん
かかる身となりぬと聞きて契りてし妹もや我をうとみ果つらん
妻とだに契りおかずばかくばかり逢はざる妹はしのびざらまし

これはお棹をしのんだもの。

一絃琴に合わせて歌ったという琴歌もある。

ひとやのうちの日長さは千歳の秋の心地せり。ここは異なる神の世か、さらにいのちものびぬべし。もとより囚屋《ひとや》に住まふ身のわびしといふもおろかなり、かなしといふも余りあり、楽しと言ひてやみなまし。

一年経《た》って、文久三年三月末日、国臣は出獄した。これは北条右門と工藤左門の尽力であった。この頃、北条は村山斎助、工藤は藤井良節と名のって、京都にいて、久光に信任され、薩摩藩の代表として宮家や公家《くげ》達《たち》の屋敷に出入りしていたが、国臣の友人から国臣のことを聞くと、公家衆に頼み、朝旨として、筑前藩に国臣の釈放を諭《さと》してもらったのである。この前年の半ばから三年の秋までの間は、勤王勢力のうんと盛んになった時期で、勤王の名によってさかんに暗殺が行われ、勤王でなければ夜も日も明けない状態であったのだから、筑前藩もいたし方はない。釈放したのである。

うづもれし深山桜《みやまざくら》も時を得て花咲きぬべくややなりにけり

というのが、この時の彼の詠である。

藩はさらに、徒罪方付《かちつみかたつき》の役に任じ、差当っての心付けとして米十俵を給することにした。賤役《せんやく》であり、鼻くそほどの微禄《びろく》だが、これで適当に優遇し、朝廷への言訳を立てたつもりであったのである。しかし、間もなくこれではひどい不足であることがわかった。六月十五日、在京の藩の重役を輔佐《ほさ》して働くために、京へ上れよと命じた。急激に時勢がかわって、重役らの古い頭ではどうしてよいか、わからないことだらけだったのであろう。

出獄してからこの時までの期間に、かねて国臣の親しくしている野村望東尼《もとに》が、国臣とお棹を結婚させようとして、真木家に行ったりなどして骨折り、めでたく行きそうだったが、国臣にこの新しい任命があって上京することになったので、そのままになってしまった。以後、国臣は死ぬまでお棹に会わないのである。

二十八日、出発した。この時の歌、

海山に潜みし竜《たつ》も時を得てけふは雲井に立ちのぼるなり

事情があって、途中から引きかえし、改めて出発して、京についたのは八月九日であった。

十一

この頃の京は、長州藩を中心とする勤王攘夷《じょうい》派の絶頂期で、薩摩藩や会津藩らの主張している公武合体説は俗論ということになって、まるでふるわなかった。

朝議も長州藩の意のままであった。長州藩は若い血気な公家達を説きつけて抱きこみ、その人々に朝議の席で激烈な議論を展開させた。天皇や摂関家等の人々は、長州の主張する議論や方策は過激にすぎると、本心では不同意であったが、それをそうは言えない時の勢いであった。

この長州の藩論を指導していたのは、真木和泉守保臣《いずみのかみやすおみ》であった。純忠至誠で、風采《ふうさい》堂々、学識もあり、弁舌もあり、経綸《けいりん》もあるので、人々の尊敬が集まって、「今楠公《いまなんこう》」とまで言われていた。

この真木が、大和行幸・攘夷親征という意見を打出して、建議した。天皇が大和に行幸されて、神武天皇陵と春日《かすが》神社に親拝され、しばらく駐輦《ちゅうれん》あって攘夷の軍議をもよおされ、その後伊勢《いせ》神宮に行幸されるというのだが、実はこの裏に討幕の密謀がかくされていた。大和から諸大名に綸旨を下して勤王の義軍を召集し、東に向って幕府を伐《う》つというのだ。

天皇も、上流公家達らも、裏面のことは知らない。ついに裁可され、八月十三日に発表された。二十七日にご発輦《はつれん》ということもふれ出された。この八月十三日は、国臣が京についてから四日目である。この日、国臣も行幸の供奉員《ぐぶいん》に任命された。

ささらがた錦《にしき》のみ旗なびけやとわが待つことも久しかりけり

と、国臣はその感激を詠じた。

翌々々日の十六日、国臣は学習院出仕に任命された。

学習院は書いて字のごとく、本来は朝廷の学問所だが、この時代には別な機能を持ったものになっていた。国事がかりの公家達の会議所になっていて、朝廷の政策を決定したり、ひろく志士らの建議を受けつけたりする役所であった。この時期の朝廷の政務は攘夷以外にはないのだから、攘夷実行臨時事務局というのがその実質であった。当時としては一番権力のある役所だ。ここの出仕とは、つまりはここの評議員だ。彼の筑前藩における身分は足軽であり、役目は徒罪方付だ。諸藩の足軽にしてここに出仕を命ぜられた例はない。大抜擢《だいばってき》であり、大名誉であったのだ。

この翌日、学習院長的格式である三条実美《さねとみ》と東久世《ひがしくぜ》通禧《みちとみ》とに呼ばれて、

「その方、急ぎ大和に下り、中山忠光卿《ただみつきょう》の一味を取鎮《とりしず》めよ」

と命ぜられた。

大和行幸・攘夷親征のおふれ出しのあった日、土佐人吉村虎太郎《とらたろう》、三河人松本謙三郎（奎堂《けいどう》）等の人々四十四人は、行幸の先駆をするために、中山大納言《だいなごん》家の次男前侍従中山忠光を元帥《げんすい》におし立てて大和に下った。どうせ討幕戦争になるのだから、大和地方の幕府勢力を掃蕩《そうとう》し、強力な先鋒隊《せんぽうたい》をこしらえておこうとの意図であった。いわゆる天忠組である。

長州藩やその派の公家達は、この人々とはじめから相当な連絡があったのだが、出してやってから不安になった。闇雲《やみくも》に過激なことをされては、天皇や摂関らに行幸中止と言い出されるかも知れないと思ったのだ。そこで、国臣にこの命令が下ったわけであった。

国臣は十九日に、桜井で中山忠光らに追いついたが、彼らはすでに一昨日、つまり国臣が任命を受けた当日だ、天領である五条の代官所を襲って、代官鈴木源内をはじめ五人の役人を血祭に上げ、ひしひしと戦闘準備を進めつつあったのだ。

もう手おくれだとは思ったが、使命は達しなければならない。三条らのことばを伝え、自分の意見ものべ、論争しているところに、思いもかけない知らせがとどいた。この十七日の深夜から十八日の早暁までの間に、京に大変事があったというのである。薩摩と会津とが握手して、中川宮（前青蓮院宮、粟田宮、後に久邇宮朝彦親王）を動かし、こんどの大和行幸の件は、長州藩一派の陰謀で、裏に討幕の陰謀がかくされている、ゆゆしい大事になりましょうと密奏してもらった。天皇は驚愕《きょうがく》され、中川宮と相談してクーデター計画をめぐらされた。すなわち、十七日の深夜、会津・薩摩の兵を召集して禁裡《きんり》の九門を警備させ、それまで長州藩の任務であった堺町《さかいまち》御門守衛の任を解き、皇族・堂上といえども召命なきものは参入を許さないということにされた。だから、長州藩も、その派の公家達も、一夜にして権力の座から逐《お》われた。勤王攘夷派の志士達はいきり立ち、京都中鼎《かなえ》の沸くようなさわぎであるというのである。維新史上に最も名高い、八月十八日政変である。

天忠組の壮士らも、国臣も驚きあきれたが、くわしいことはわからない。

国臣は大急ぎで京に帰ってみると、長州人らは憤《いきどお》りのあまり、その派の公家である三条実美以下の七卿《きょう》を奉じて、国許《くにもと》に引きあげてしまっていた。勤王攘夷派総潰滅《かいめつ》だ。学習院も雲散霧消だ。

国臣の学習院出仕はたった二日でおわったのだ。彼ほどの者でも、時勢に翻弄《ほんろう》されたの感があって胸が痛むのである。

以後、国臣の運命はもうひらけない。

彼は天忠組に呼応するために、但馬《たじま》の生野《いくの》銀山で挙兵したが、元帥の沢宣嘉《さわのぶよし》卿が近習《きんじゅう》五人とともに、軍用金をたずさえて、誰《だれ》にも知らせず逃亡するという、最もみじめな形で失敗し、豊岡藩兵に捕えられ、京に送られて六角の牢に入れられた。

翌年七月、長州兵が大挙上京して、いわゆる蛤御門《はまぐりごもん》の変がおこった時、六角の獄中で、同じように囚《とら》えられている志士達と共に、新選組に殺された。彼はこの時三十七であったが、肉落ち、骨枯れ、髪もひげも雪のように白く、眼光だけがけいけいとかがやく相貌《そうぼう》となっていたという。

その絶命の詩と歌、

憂国十年
東に走り西に馳《は》す
成敗　天に在り
魂魄《こんぱく》　地に帰《き》す
見よや人あらしの庭のもみぢ葉はいづれ一葉《ひとは》も散らずやはある

一説によると、この時の死刑は普通の死刑でなく、牢にいるのを外から槍《やり》で突き殺したので、皆恐怖し、怒り、さわいだという。とすれば、国臣のこの歌は、人々を戒めたのであろう。彼自身は、格子《こうし》に近づき、胸をひらいて突かせ、二槍で絶息したという。

しばしば書いて来たように、国臣の本質は詩人である。もし平和な世に生れ合せたなら、彼は文学者になる人であったろう。彼自身もそれは知っていた。こういう歌がある。

君が代の安けかりせばかねてより身は花守となりてんものを

ここの花守が「美を作る人」あるいは「美の探究者」であることはことわるまでもないことであろう。

清《きよ》河《かわ》八郎

一

出羽国田川郡清川村《きよかわむら》——最上川《もがみがわ》を河口の酒田市から三十キロほどさかのぼると、立《たち》谷沢川《やざわがわ》というのを合わせる、その合流点にある村である。今は山形県東田川郡立川町清川。この村に斎藤という豪家があった。地主であるとともに酒の醸造業をいとなんで、豪富で、名字帯刀を許されていた。幕末の頃《ころ》、この家の当主は治兵衛《じへえ》豪寿《たけとし》といったが、八郎はこの人の長男として、天保《てんぽう》元年十月十日に生れた。本名は元司。清河八郎とは、後年自らつくった名前である。いわば、ペンネームのようなものだが、この稿ではめんどうを避けて、ずっと八郎で通したい。

江戸時代の田舎の豪家の主人には学問好きや風流人が多く、それを頼って歌人、俳人、学者、画家などがよく来て滞在し、時によると滞在数カ月にもわたったものである。芭蕉翁《ばしょうおう》の旅など、多くはそういう家を次々にたよって行ったのである。

ともあれ、こんな風で、江戸時代には地方の豪家の主人には知識人が多かった。これが時勢の激化で、幕府政治に批判的となり、政治志士らのシンパとなり、あるいは自ら志士となる者も出て来る。「平野国臣」伝で書いた下関竹崎の白石正一郎兄弟や備中連島《びっちゅうつらじま》の三宅《みやけ》定太郎などがその好適例である。さらに明治十年後になると、この人々が民権運動の志士やシンパとなるのである。

さて、こんなわけで、斎藤家にも旅の文人、学者、画家などが来て滞在して行ったが、八郎の十七の時には、藤本真金《まがね》が画家としてやって来ている。藤本は鉄石という号で有名である。備中の人で、後に天忠組の大和挙兵の際の総裁の一人となった。学問あり、武芸に達し、憂国の志ある人で、画技は最も長ずるところであったので、この頃は旅絵師として諸国を巡歴していたのである。しばらく斎藤家に滞在している間に、八郎に強い感化をあたえたと言われている。

八郎は七歳の時に父から漢籍の手ほどきをしてもらい、十歳から十三歳まで庄内藩の清水郡治に入門し、鶴岡《つるおか》にとどまって学問しているが、彼の書いた「旦起私乗」という漢文体の日録によると、この遊学中によく家に帰り、また遊びほうけて先生に叱《しか》られて両親に心配させたことが多かったとある。勤勉でおとなしい生徒ではなかったのだ。甘やかされて育った豪家の子供であり、またわがままでもあったのだろう。こんなわけで、十三の年の暮には村にかえったが、翌年四月、ちょうどその頃、村にある関所の関守《せきもり》として来た庄内藩士畑田安右衛門に入門して勉学することになった。畑田はよほど学問のあった人らしく、詩経、易経、礼記《らいき》、左伝などを教わっている。

逸することの出来ないのは、畑田に入門した月、酒田の天王祭の見物に行って、楊《やなぎ》楼《ろう》という妓楼《ぎろう》に登って遊興していることだ。「始登二于楊楼一」と書いているから、最初の登楼ではあるが、数え年十四である。恐れ入ったものである。この後もちょいちょい酒田に行って女を買っている。女は終生を通じて好きであったようである。

八郎は長男のことではあり、父母は大へん可愛《かわい》がったようだ。十五の時、父母は仙台から松島にかけて遊覧旅行に出ているが、彼を連れて行っている。もっとも、この時の旅行はずいぶん大人数で、八郎の弟妹、師の畑田夫婦も同行している。八郎は旅行好きで、その短い生涯《しょうがい》の大部分が旅に費やされているが、それはこの時にはじまるのである。

十七の時、藤本鉄石が来て、強い感化をあたえたことは、すでに書いた通りであるが、この翌年江戸遊学の志をおこしたのは、その影響かも知れない。

この翌年、すなわち弘化《こうか》四年だ、八郎は当時の師である関守の畑田に頼んで、自分を江戸に遊学させる意志が父にあるかどうかを、打診してもらったが、父は、

「費用のかかるのをおしむわけではありません。ごらんの通り、てまえの家は貧しく

はございません。しかし、江戸に出す料簡《りょうけん》はさらにございません。もし、せがれが無理に江戸に上るのでしたら、せがれは家をつぐことをあきらめたものとして、勘当して、勝手にさせましょう」

と、言った。畑田はこれを八郎に伝えて、

「わしは母上からもくれぐれも頼まれた。考え直すがよい」

と言った。

八郎は落胆したが、思い切れない。

その頃、八郎はしきりに嫁見をさせられている。嫁を持たせたなら、江戸へ行くなどとは言わないだろうとの両親の思案だったのであろう。八郎は別にいやがりもせず、候補者を見に出かけている。結婚する気はなくても、女が好きなのである。

間もなく、畑田が藩の用で江戸に行くことになった。八郎は鶴岡に行って畑田の屋敷を訪ねて、

「先生はこんど江戸にお上りと聞きましたが、わたくしを連れて行っていただけますまいか。もしそうしていただけるのであれば、わたくしは上之山《かみのやま》まで行って、お待ちしていますが」

と、頼んだ。畑田はことわりもし、訓戒もしたが、八郎はついに説きつけて承諾さ

せた。畑田にしてみれば、治兵衛はああは言ったものの、思い切って飛び出してしまえば許すにちがいないと考えたのであろう。

話がきまったので、五月二日、三年間だけ暇をいただきたいとの書きおきをして、払暁《ふつぎょう》家を出た。嚢中《のうちゅう》わずかに一両三分であった。間道伝いに二日かかって上之山について、旅籠《はたご》に泊ったが、その夜早速女を買っているのだから達者なものである。お定という女であったと書いている。

翌日、打合せた宿屋に移って待っていると、夕方家の支配人の惣助《そうすけ》という者が来て、大旦那《おおだんな》様のお使いで呼びかえしのために来たのだという。

「大旦那様もどうしても許さないとはおっしゃらないのです。親御様のお許しも受けないで駆落ちなさったとあっては、世間体も悪いゆえ、一ぺんお帰りになって、ちゃんとお許しを受けられてからなさるようにと、仰《お》っしゃるのでございます。畑田様のご出立も延びたということでございます」

八郎は聞かない。翌日、惣助と別れて、単身江戸に向い、十七日に江戸につき、馬喰町《ばくろうちょう》の旅籠に投宿した。「この日始めて富嶽《ふがく》を見る」と書いている。当時は江戸からあざやかに富士が見えたのである。

もう嚢中のこるところ百二十四文しかないので、家の知合いをたずねて一両借り、大丸で夏衣を買ったが、翌日は早速吉原見物に行っている。見るからに田舎者然たる服装をしているので、牛太郎《ぎゅうたろう》共が全然かまわない、思うがままに見物して帰ったと書いている。登楼はしなかったのである。帰りに湯島天神の近くで日尾荊山《ひおけいざん》の家を見、さらにお玉ヶ池を過ぎて東条文蔵の家を見た。日尾は亀田鵬斎《かめだほうさい》の学統をつぐ儒者であるが、国学にも通じた学者で、その家塾《かじゅく》を至誠堂といい、東条は一堂と号して、昌平黌《しょうへいこう》の教官や生徒まで従学する者が多かったというほどの学者であった。いずれも名声一世に高く、八郎も国許《くにもと》でその名を聞いていたから、興味深く見たのである。

翌日、八郎は母方の伯父三井弥兵衛に手紙を出した。弥兵衛は鶴岡の人であるが、この頃商用で江戸に出て来ていたのである。文面は、亡命の次第を述べ、困窮を訴え、どこかに奉公の口をさがしてくれ、「奴隷《どれい》も厭《いと》はざる所なり」というのであった。苦学するつもりであったことは、手紙を飛脚屋に頼んでおいて、その足でお玉ヶ池の東条塾に行って、文蔵に会って入門を申しこんでいることでもわかる。あるいは横着で、あるいは少年ながら機略があって、伯父は自分を見殺しにしはしないと見通していたかも知れない。

東条には、かくさず亡命の次第をのべて入門を乞《こ》うている。文蔵は許した。

東条塾から旅籠にかえっていると、黄昏《たそがれ》時分、伯父が来て、金をくれたが、明日わしの宿もとへ来いという。翌日、出かけると、伯父は、父からの手紙を見せた。「ぜひ帰らせてくれ。祖父《じい》さまが温海《あつみ》の温泉に行っていなさるが、まだ知らせてないのだ。知らせたらどんなに驚きなさるかわからない」

などと書いてある。八郎が祖父に可愛がられていた孫であることがわかる。伯父は口をきわめて、帰国をすすめたが、きかなかった。

ものわかれになって、八郎は馬喰町の旅籠に帰ったが、その翌々日、伯父が来た。伯父は八郎の熱心に負け、その心を通してやる気になって、勤め口もさがして来ていた。宿賃をはらってやり、勤め口に連れて行った。深川堀江町の米屋喜七という者の家だ。喜七は町人ながら南軒と号して詩を作っている男だ。米屋という屋号ではあるが、米穀商ではない。米の値段を諸国に知らせる職業である。

八郎は米屋喜七の家に満二カ月いて、八月一日に東条塾に寄宿生として移っている。この間は雇人とは言いながら、喜七はしばしば詩文の会につれて行ったり、学者の家を訪問するにも連れて行っている。居心地の悪いことはなかったようである。有名な学者の門前を過ぎた時には八郎は必ずそれを日録にしるしている。彼の志が学者となって名をあげるにあったことがうかがわれる。

東条塾に寄宿生として入ったのは、伯父の了解があったからである。伯父は必ず父を説きつけてやると約束し、学費を知合いにあずけ、毎月二分ずつ受取るようにと指示している。東条塾に入って数日して父からの許可も来た。

東条塾では、彼は熱心に勉学しているが、時々吉原に遊興にも出かけている。

東条塾の左隣は千葉周作の道場玄武館である。学問をはじめたばかりだから、入門はしなかったが、心は大いに動いた模様で、

「千葉氏は一刀流の剣客で、江戸第一の名手である。その次男の栄次郎は自分と同年であるが、門下中これにおよぶものはないという」

と書いている。

その年の暮、おしつまった二十八日に、伯父の弥兵衛とその弟の金治とが出府して来て、わしらは商用のために上方《かみがた》に上る、そなたも一緒に行けという。どうやら父の命を受けて、これで八郎の心を学問から引きはなし、やがて国へ連れもどす計略のように思われたので、いろいろ辞退したが、伯父らは聞かない。ついに正月九日、江戸を立って西に向った。

この旅行はずいぶん大旅行であった。大坂で商用をすますと広島に行き、岩国に行って錦帯橋《きんたいばし》を見、厳島《いつくしま》に詣《もう》で、四国にわたって多度津《たどつ》、丸亀《まるがめ》を見物し、中国路の室津《むろつ》に引きかえし、姫路、高砂《たかさご》、須磨《すま》、明石《あかし》を経て大坂にかえり、宇治を経て京都に入り、

御所を拝し、泉涌寺《せんにゆうじ》に天皇方のお墓を拝み、大津に行き、また大坂にかえり、和歌山から高野山に登り、吉野、多武峰《とうのみね》、奈良を見物し、伊勢路《いせじ》に入って伊勢の両宮を拝し、それから東海道を下って鎌倉を見物して、江戸に帰ったのが、四月二十四日であった。

この旅行の間に諸所で妓《おんな》を買って遊興している。伯父さん達《たち》二人も一緒なのであるから、昔の人の気持は現代人にはよくわからない。旅に出たら女は買うべきものというのが常識になっていたかも知れない。

伊勢の古市《ふるいち》の杉本屋で十三になるお金、お貞という美少女が酌《しやく》とりに出たのを見て、この娘らは将来必ず名娼《めいしよう》となるであろうから、自分は十余年したら功成り名とげて再遊してやろうと決心したりしている。

かと思うと、旅のつれづれに「慶安太平記」を読んで、由井正雪《ゆいしようせつ》が五年の間ニセ聾《つんぼ》となっていたとあるに至り、「始めて英傑の豪胆に感あり。またひそかにその不遇をかなしむ」と書いている。彼は英雄、豪傑が好きで、やがては自らも英傑をもって任ずるようになるのだが、ここにはじめて英傑好きが出て来たのである。

二

東条塾にかえってみると、新しく入塾している青年がいた。安積《あさか》五郎といい、呉服橋に住む売卜者《ばいぼくしゃ》安積光徳のむすこであった。年は八郎より二つ上である。安積は片目の悪い、あばた面《づら》のみにくい青年であったが、八郎は気に入って終生の親友にしている。親友といっても、弟分か子分の格である。年は上だが、多分、八郎が容貌《ようぼう》も秀麗であり、才気縦横であるのに魅惑されて、慕いよって来たのであろう。醜貌で常に劣等感を感じている青年には、よくそういうことがある。男色感情とは別だ。

その年の七月七日、弟の熊次郎が死んだので、帰国した。以後、嘉永《かえい》三年の正月まで故郷にとどまった。この一年七カ月の間に、さまざまなことがあった。両親は彼を引きとめて家を嗣《つ》がせようとして、しきりに縁談を持ちこんだ。またこんなこともあった。関所番頭《ばんがしら》のせがれの十八歳の少年が、雪中の道で八郎の袖《そで》が触れたと言って、はげしく叱りつけたのである。

「余、自若として去る。ああ、田舎の一卑士、何ぞ不義の甚《はなは》だしきや。尺寸の雪路、あにこれに触れざるを得んや」

と書いている。自若として去っても、よほどにくやしかったのであろう。

維新時代に脱藩して浪人志士として活躍した連中のほとんど全部は、陪臣・郷士《ごうし》・直参《じきさん》でも下士階級の者だ。広い世間に出れば志士として縦横の活躍が出来、上は公家《くげ》から諸藩の上士らにもずいぶん尊敬もされるのに、国許にいては階級制度に圧せられて軽視されていなければならないというところから、脱藩したのが多いのである。この時代の浪士の活躍はこの面からも観察する必要があるのである。

妓《おんな》買いも依然としてつづけている。そのために便毒《べんどく》（横根）にかかり、温泉に療養に行っているが、その温泉場で美女を見て、話をつけて遊んでいる。お清という名であったという。

鬱々《うつうつ》として楽しまない生活を送っていたが、ついに家を出る決心をする。嘉永三年の正月二十四日の日記に、

「ああ、古《いにしえ》より功を天下に立つること、あに容易ならんや。慷慨《こうがい》孤苦、つねに饑《き》寒《かん》困窮、世路の至険に抵触し、人情の得失を貫徹（知りつくし）し、以《もっ》て非常の労を尽して、非常の功を成すなり。余や中民家に生れ、衣食に窘阨《きんやく》する（苦しむ）なしといへども、然《しか》れども素性豪邁《ごうまい》、空《むな》しく群俗の間に駢死《へんし》する（群俗と同じく死ぬこと）を憂《うれ》へ、一たび功名を天下に立てんと欲《ほっ》す。哀《かな》しいかな、地辟《ちへき》（片田舎）にして四方に通ずる能《あた》はず、身姪弟《てってい》（ここでは次三男）にあらざるにより父母を去る能はず。奔走常に兀々《こつこつ》として年を窮《きわ》むること久しけれども、豪邁の心自ら雌伏する能はず。つひに去つて覇府《はふ》に遊び、学に就くこと周年、幸ひに京坂に遊び、跡を錦帯橋にとどめ、その

間歴《ふ》るところの名山大川、人情の変態、これを文字に質《ただ》して以て学び、すこぶる解発するを覚ゆること、意《おも》ふに九仭《きゅうじん》の功、その一を得たり。あに図らんや、忽《たちま》ち家弟の夭《よう》折《せっ》に遭ひ、青雲の志これがために阻《はば》まれ、帰りて父母を慰む。あにまた命なるかな。今茲《ことし》、弔祭了《おわ》り、家事やや閑なり。宿志を追ふの時すでに至れり。すなはち、志を京城《じょう》に期し、学成りて後、西陲《せいすい》を極め、天下の大観を尽《つく》し、再び覇府に出《い》で、玄珠《げんしゅ》を取りて以て深淵《しんえん》に潜まんと欲す。意《おも》ふにはかに命を請《こ》はば、すなはち逆鱗《げきりん》に触れ倫《りん》を残《そこな》はん。しかず、鶴岡にゆき、伯氏（伯父）によりて命を請はんには。すなはち明《みょう》旦《たん》をもつて鞭《むち》を揚げんと欲す。ああ」

と、書いている。

ここではっきりと、自らをもって英雄の素質ありと任ずるところが出て来た。英雄の資ある故《ゆえ》、功名を天下に立てようと思い、そのためには大いに京都に出て学問し、さらに大いに旅行して見聞をひろめ、江戸にかえって功名を立つべき機会を待とうというのである。その功名がどんな功名であるか、この文章ではよくわからないが、多分学問か文章をもって天下に名を馳《は》せようというくらいなところではなかったろうか。

彼は鶴岡に出て、伯父の弥兵衛に頼んで、両親の了解をもらい、北陸路をとって新潟に出、善光寺に下り、木曾路《きそじ》を経て、関ヶ原から近江路《おうみじ》を経て、三月十二日京都に入った。

京都では岡田六蔵に入門した。岡田は月洲《げっしゅう》と号する学者で、おそろしく貧乏で、その塾は狐《きつね》の穴のようであると書いている。大へん吝嗇《りんしょく》で、酒を飲むにも八郎にかくして飲むという有様であるので、一ぺんにいや気がさして、「君子の道を学ぶところとは言えない」とか、「こんなやつと一緒にはいられない」とか書いている。貧乏人をきらい、気前のよくない人間をきらうのは、八郎の生涯を通ずる性質である。貧寒に育った成上りものにはよくある性質だが、八郎のように豪富の家に生い立った人にはこれはめずらしい。ぼくがあまり八郎を好きになれないのは、この性質のためである。

岡田の家に入塾している間に、画家の横山華谿《かけい》、梁川星巌《やながわせいがん》、大坂の篠崎《しのざき》小竹、藤沢南岳（藤沢桓夫《たけお》氏の先祖）、後藤松陰（山陽の弟子）、広瀬旭荘《きょくそう》等の人々を訪問して、書を書いてもらっている。八郎には書画収集の趣味があるが、これらの訪問は有名人に会って志を養おうというのもあったのであろう。

時々妓《おんな》買いをしたこともちろんである。

岡田塾にはずいぶんがまんしていたが、やりきれなくなって、六月十九日、退塾して、京で知合いになった家に移った。入塾わずかに三月である。九州地方に旅に出たいのだが暑いさかりなので、少し涼しくなるのを待つためであった。

七月はじめ京を出て西に向い、薩摩《さつま》・大隅《おおすみ》・日向《ひゅうが》をのぞいて、くまなく九州を見物して、学者・文人を訪問している。豊後《ぶんご》の日田《ひた》で広瀬淡窓《たんそう》を訪ねているが、淡窓はちょうど喪中にあって会ってくれなかった。その日の日記にこう書いている。

「淡窓は詩をもって有名である。不便なところであるのに、諸方から従学する者が多い。盛んなりと言うべし。ああ、先生は足九州を出でずして、その名がこうまで天下に高い。それは詩が上手であるためだけではあるまい。必ず人にすぐれた行いがあるためであろう。先生が喪にあられるため、不幸にしてお目にかかることが出来なかったのは、運命である。少しも先生を怨《うら》みには思わない」

この頃《ころ》の八郎の志を知ることが出来る。学者・文人として天下に名を揚げようと思っていたのである。

長崎では出島のオランダ屋敷を見物している。後年彼は激烈な攘夷家《じょういか》になるのだから、その見物記を訳出しておこう。

「宿屋の主人は、自分を商人に変装させ、その親戚《しんせき》の老人に託した。老人は衆を連れてオランダ屋敷にむかった。門番に念入りに懐《ふとこ》ろを検査された後に門を入った。自分は人々を離れて邸内をさまよい歩き、よく見た。この日は役人が貿易品である銅をオランダ人にわたす日で、引渡し場は大へんにぎわっていた。日本、オランダ両方から役人が立合って、むかい合って監視している有様はまことにめずらしい光景であった。オランダ人の面貌はまるで猿《さる》である。近くによるといやな臭気がすること犬のようである。衣服は美麗であるが、食物がいやらしいのでこうなのだ。オランダ人の料理番と話していると、一人のオランダ人が来て側《そば》にすわり、琴をとって弾きはじめた。料理番が葡萄酒《ぶどうしゅ》をすすめたので、口をつけてみたが、酸っぱくて飲めるものではなかった。琴をひいている男がそれを見て笑って、自分に、『日本の酒と同じだよ』と言った。なおなんとか言ったが、それはわからなかった。正午頃、出た。この屋敷の出入りはなかなか厳重で、長崎の町の者もすぐには入れないのである。自分は遠い所から来た旅人であるのに、主人の好意で、こうして思うままに見物することが出来た。大へんな幸いであった」

大して毛嫌《けぎら》いはしていない。数年の後激烈な攘夷家になるのは、時勢の影響である。

ペリーが浦賀に来て開国を強要したのは、この三年後である。

れいによって、丸山に妓買いに行っている。この日の午後二時頃だ。それをこう書いている。

「花月楼に遊んだ。自分は風景よき土地を経る時には、必ず遊里に行って遊び、その土地の人情を観察することにしている。単に色好みのためではない。土地の人情の特色は最も遊里においてあらわれる。旅人には最も知りやすいのである」

それはまあそうでもあろうが、酒田や鶴岡や清川の近くの温泉場でもさかんに買っているのだから、言わん方がよかろう。ましてや日記には。それとも、人に見せるつもりで書いた日記だろうか。そういう疑いも、この人にたいしては抱かれるのである。

満二カ月を旅で送って、八月末、京都にかえった。彼は後年、真木和泉守《まきいずみのかみ》、平野国臣《くにおみ》、肥後の松村大成、豊後岡藩の小河一敏と最も深い関係が出来るのだが、この時は全然会っていない。時勢はまだ彼を国事に駆り立てるほど切迫していないのである。

三

九月八日に京都を引きはらって江戸に向い、二十一日に江戸についた。庄内屋清右衛門というのは庄内の物産をとりあつかう商家のようだが、先《ま》ずここに行った。金をつかいつくして、困窮しきっていたからである。するとここに伯父の三井弥兵衛が来た。偶然である。うれしかった。伯父に、「松の陰居」に住むように骨折ってくれと頼んだ。「松の陰居」というのは、首尾の松のあたりにある「松陰亭《てい》」という、今で言えば花屋敷のようなところであったようである。彼がこう説明しているからである。

「この園は尾上《おのえ》菊五郎のこしらえたものである。松樹が翠《すい》を積んで池に臨み、そのつくりは実に都下第一である。かつて前将軍（家斉《いえなり》）が来て、〝松の陰居〟という名をたまわったのである」

伯父は八郎のために骨折ることを約束した。

二十九日に、呉服町に安積五郎を訪問した。五郎とはずっとおりにふれては文通していたのである。東条塾の風儀は前と少しもかわらず粛然たるものであるという。

十月はじめ、松陰亭に引移った。亭の主人の吉五郎というものが、亭の自賛をした。

曰《いわ》く、

「自分は古の豪傑にして学を好む人の様子を見るに、あまり都会から遠いところにいては狷介《けんかい》にして見聞がせまくなる恐れがあり、都会の真中にいては外物に心が乱される恐れがある。この点から言うと、隅田川は都会の雑踏をはなれて田園の清爽《せいそう》さがあり、ちょっと外へ出れば身分の高い人々の姿が見られるし、家居していれば風月の美を詠ずる便りがある。豪傑の士が志を貯《たくわ》え、生を養うには、これほどよいところはない」

八郎はこれを記して、「自分もそう考えたから、ここに住むことを考えたのだ」と結論している。彼の豪傑ぶりは益々《ますます》進んで来た。

二十三日に安積五郎が訪ねて来た。八郎は、おりから西の空に雪をいただいて天際に見える富士山を指さして、昂然《こうぜん》として、

「見たまえ、あの富士を。われわれは功名を天下に立てねばならんが、その功を成すにあたっては、あの富士山のごとく天下一でなければならん。われわれは富士たることを望まなければならん。群山とその名をひとしくしてはならんぞ」

と言っている。彼がいかに功名心に燃え、いかに自ら持するところが高かったかを示すものである。

この頃、彼の郷里では妹に婿《むこ》を迎えることにしたので、父母ももう彼の心にまかせて学問に専心させることにし、学資を送ってよこすようになった。

その年の暮から翌年正月にかけて、よい手蔓《てづる》が出来て、昌平黌に入った。昌平黌の学生はそれぞれ教官の誰《だれ》かに入門する規定になっているので、彼は古賀家に入門した。古賀家は寛政の三博士精里《せいり》の後である。長男の穀堂《こくどう》は鍋島家《なべしまけ》につかえ、次男の晋城《しんじょう》と三男の侗庵《とうあん》の子謹堂とがいたはずであるが、どちらに入門したかわからない。規則を履《ふ》むためだけの入門であるから、どちらでもよかったのであろう。昌平黌について、彼はこう書いている。

「学校の寮を見ると、塵《ちり》だらけ、煤《すす》だらけで、まじめに学問する気風のすたれている

ことがわかる。自分がこれに入ろうとするのは、学校の蔵書が多いからなのだ」

昌平黌入学とともに松陰亭は引きはらった。昌平黌にたいしては、彼は豊富な蔵書以外にはまるで軽蔑《けいべつ》していたのだが、さすがに古賀塾の学風はきびしかった。古賀の監督の下に塾生らが輪講するのだが、その精密なことおどろくべきで、十分に勉強していない出席者は居たたまれないほどであると、書いている。

一月ほど経《た》って、二月一日、千葉道場に入門した。儒学生の身として突然剣術なんぞ学びはじめたので、学友らはおどろき疑ったが、「自分としてはもちろん考えがあったのだ、心に強く触れるところがあったので、素養をつけておくのである」と書いている。

この期間、学問にも武道にも、ずいぶん精出して、夜は午前二時に寝《い》ね、四時には起きている。睡眠わずかに二時間だ。さすがにこたえたのであろう、十月半ばになって、就寝時を夜半零時にくり上げている。

十二月半ばには、古賀塾では、彼に塾頭になるようにと話があったが、彼は近いうちに退塾するつもりであるからとことわっている。

明くれば嘉永五年、その二月一日、安積艮斎《あさかごんさい》の塾に入った。艮斎もまた昌平黌の儒官である。学識も広く深かったが、とりわけ文章をもって有名だった人だ。八郎の志は学問より文章にあったようであるから、これに入門したのであろう。

艮斎塾にいながらも、千葉道場には通いつづける。いずれも進歩いちじるしいものがあった。山岡鉄舟と知合いになったのはこの期間に千葉道場においてであるというが、この頃までは知合いになったというだけで、深い交りはなかったのであろう。二人の交際が深くなったのは、数年後のことである。

翌嘉永六年三月、八郎は帰郷したが、四月には遠く北に旅行し、津軽海峡をこえて松前にわたり、北海道をめぐり歩き、秋になって帰国した。ペリーが浦賀に来て日本の開国を強要する国書をつきつけたのは、この旅行中のことであるが、その以前から日本の近海に欧米の船が出没したり、通商を乞《こ》うたりしたことはひんぴんとしてある。感受性の鋭敏な者には、何かただならないものが感ぜられたはずだ。八郎もそれであったかも知れない。あるいはまた、大文章家たらんとするものは、万巻の書を読み万里の旅をして、壮大な気宇を養う必要があるという、中国伝来の考えからであったろうか。

翌年は安政元年である。彼は二月江戸に出て、昌平黌に復学したが、十一月には退学して神田《かんだ》三河町に、文武を教授するとて、私塾をひらいた。彼が江戸に出て本格的に学問の道に入ってから満七年、千葉門に入って剣を学びはじめてから三年十カ月にしかならない。年はといえば数え年二十五だ。多士済々《せいせい》の江戸で開塾するのだから、自信がなくては出来まい。超人的ともいうべき努力を積んで来たことは、我々が見て来た通りであるが、その天に稟《う》けた素質がよほどにすぐれなければこうは行くまい。しかしながら、相当以上の自信やであったことも間違いないであろう。自信に満ち、気を負うというのが顕著なる彼の特質である。彼は生涯《しょうがい》をそれで貫くのである。

開塾の翌月、名を清河八郎と改めた。斎藤元司よりこの方が颯爽《さっそう》たる感じがあるからであろう。清河がその故郷の清川村から取ったものであることは言うまでもない。ついでに名乗りを紹介しておく。正明《まさあき》というのである。

この開塾にはずいぶん抱負もあったことであろうが、間もなく火災に遇《あ》って、家が全焼したので、翌安政二年正月には帰国した。再び塾をひらく金策のためであったかも知れない。

三月に、母を奉じて遊山《ゆさん》旅行に出た。新潟から善光寺に行き、伊勢参宮し、京都を見物し、四国・九州をまわり、大坂にかえり、東海道を江戸に下り、日光を経て、帰国している。約半年かかった。江戸が大地震によって潰滅《かいめつ》したのは、この旅行から帰国してしばらくの後であった。

翌年はずっと家にいたが、何しろ退屈だ。せっせと庄内に出かけては遊女屋通いをしたが、ついにお蓮《れん》という女を落籍して、妾《めかけ》とした。この女は出羽国熊井出村の医者の娘で、つき出しの日に八郎が買い、他の客に出さずに身請けしたのである。年十八、美しいばかりでなく、貞淑で、かしこくもあった。物がたい父がこんなことを許したのは、長男に生れながら家を嗣《つ》がない八郎をあわれんだのであろう。もちろん、妹婿が八郎のためにとりなしもしたのであろう。

翌年の春か夏頃、八郎はお蓮をつれて江戸に出て、八月から駿河台《するがだい》に塾をひらいた。前と同じく文武教授である。

四

翌年は安政五年である。その前半は開国条約締結の問題と将軍世子《せいし》問題とで、幕府の上層部と特定の諸大藩の上層部はずいぶんはげしくもみ合っているが、一般は至って物静かなものであった。しかし、後半になると、これはもう上層部だけの問題ではなくなった。米国との通商条約を勅許なしに幕府が締結調印したことと、将軍世子を輿論《よろん》を無視して紀州侯慶福《よしとみ》（後の家茂《いえもち》）に決定したこととのために、一時に世論が沸騰《ふっとう》して来たのである。

これらの処置は、世間には大老井伊直弼《なおすけ》の独断専行であると思われた。実際はそうではなく、条約締結は幕府の外交方全員の意志であり、世子問題は大奥の意向を受けてのことであったのである。しかし、責任が首相たる井伊にあることは言うまでもない。井伊もまた責任を回避しようとはしなかった。秘書に責任を負わせてケロリとしているような近頃の首相や大臣とは違うのである。

井伊は囂々《ごうごう》たる非難に真正面から立ちむかった。水戸老公斉昭《なりあき》、当主慶篤《よしあつ》、尾張慶勝《よしかつ》、越前慶永《よしなが》、一橋慶喜《よしのぶ》らが彼を詰問《きつもん》するために不時登城して来ると、これに会ってこれを説破して少しも譲らず、やがてこの人々を将軍の命として処罰した。隠居・蟄居《ちっきょ》・謹慎等を命じたのである。

井伊のこの弾圧に抗して、薩摩、水戸等の藩士らの間にクーデター計画がめぐらされる。勅諚《ちょくじょう》を水戸をはじめ諸大藩に申し下して、諸藩の連合勢力を作り、井伊をしりぞけ、幕政の改革を行おうとするのだ。

これを知ると、井伊は弾圧を強化する。いやしくも嫌疑《けんぎ》のあるものは、公家《くげ》の家臣といわず、諸藩士といわず、浪人といわず、僧侶《そうりょ》、百姓、町人、男女をわかたず、皆検挙した。検挙は翌年も続行され、十月に処刑する。獄中に死んだ者十人ばかり、切腹・死罪に処せられる者八人、獄門の極刑一人、遠島、永謹慎、押込め、重追放、中追放、所払い、構い、叱《しか》り等に処せられるもの六十人、徳川幕府はじまって以来の大獄（大裁判）であった。

公家、大名にも及んだ。鷹司政通《たかつかさまさみち》、近衛忠熙《このえただひろ》、鷹司輔熙《すけひろ》、三条実万《さねつむ》らは関白、左右大臣、内大臣等の閲歴者であったが、いずれも落飾・隠居、青蓮院宮尊融法親王《しょうれんいんのみやそんゆう》、内大臣一条忠香《ただか》、二条斉敬《なりゆき》、久我建通《こがたてみち》、広橋光成、万里小路正房《までのこうじまさふさ》、正親町三条実愛《おおぎまちさねなる》は謹慎という次第。大名では土佐侯山内豊信《とよしげ》、宇和島侯伊達宗城《だてむねなり》が隠居を命ぜられた。

このテロリズムによって、日本中ふるえ上ったが、同時にこれによって時事に目ざめ、国を憂《うれ》うる心をおこした者も多数あった。とりわけ、この頃から開国貿易の思わざる結果があらわれて、幕府の用意不足と不注意のために、通貨が大いに流失し、諸物価が昂騰《こうとう》しはじめて、国民の生活はおそろしく苦しいものになりはじめたので、一層のことであった。

「条約は即時に破棄し、外夷《がいい》は追いはらえ」

と、激語する者が輩出した。その論はまた国民に支持された。通貨流出、物価騰貴が開国に原因することは事実なのである。当然のことであった。今日的の考えから、この時代の攘夷説を単純に笑ってはならない。これに類することは現代でもある。

八郎も攘夷家となった。彼の志は学問や文事から去って、当面の国事に向いはじめたのである。

大獄の強行されている最中の安政六年の八月、彼は駿河台から神田お玉ヶ池に居をうつしたが、その頃《ころ》には彼の塾はもう単なる文武教授所ではなく、憂国者である政治青年らの集会所のようになっていた。八郎が、いささか東北なまりのあることばで、滔々《とうとう》と慷慨《こうがい》悲憤の説を吐き、それに引きつけられて青年らが集まったことであろう。庄内地方には、時々こういう人物が出て来るのかも知れない。大川周明《しゅうめい》や石原莞爾《かんじ》も庄内人である。

集まって来た政治青年らの中に、伊牟田《いむた》尚平、樋渡《ひわたし》清明、神田橋直助の三人がいた。いずれも薩摩人である。

伊牟田は「平野国臣」にも出て来た。彼は島津家の直参《じきさん》侍ではない。島津家の家臣の肝付《きもつき》家の家来で、揖宿《いぶすき》郡喜入《きいれ》の生れである。父は山伏（薩摩では山伏は武士である）であったが、彼は医者になる目的を立て、安政二年に江戸に出て来て、蘭学《らんがく》の修業をはじめたが、安政五年以後の天下の情勢に、蘭学より国事に引きつけられ、八郎の家に出入りするようになったのである。

万延元年の三月三日に、桜田門外の事変があって、天下は益々多事になった。八郎の心は益々国事に傾斜して行く。激烈な議論が虹《にじ》のように吐かれ、それに引きつけられて政治青年らは益々集まって来る。捕吏らがようやく目をつけはじめた。

あたかもその年十二月、米国公使館の通訳官ヒュースケンが、麻布《あざぶ》古川橋で斬《き》られた。斬ったのは攘夷派の者という見当がついただけで誰であるかくわしいことは幕府役人にはわからなかったが、実は伊牟田尚平、神田橋直助、樋渡清明の薩摩人三人であった。神田橋と樋渡とは藩邸に帰ったが、伊牟田は八郎の塾に逃げこんだ。八郎はこれを羽がいに抱いた。

この頃、水戸領内は騒然たるものであった。元来、桜田事変は水戸藩士と薩摩藩士の合作で、桜田で井伊を斬除《ざんじょ》すると共に、京都で薩摩藩士らが朝旨を奉じて兵を挙げ、幕政の改革をはかるというのが、その共同謀議の全貌《ぜんぼう》であった。しかし、この計画は井伊を斬除するという半分だけでおわった。この経過については、「有馬新七」で書いた。

計画半ばでふりすてられた水戸人らはやるせない。水戸領内の所々に集結して、攘夷の気勢をあげていた。それが江戸には、あるいは突出して横浜を焼払うつもりだそうなとか、あるいは長駆して京に上って勤王するそうなとか伝わった。

この頃は、八郎は江戸在住の攘夷浪士の一方の旗頭だ。

「よし、水戸人らが突出して来たら、おれもわが党をひきいて合流し、一働きしよう」

と、心がけていたが、なかなか出て来ない。

年が明けて文久元年になって間もなく、この頃、潮来《いたこ》にいる水戸の攘夷党の勢いが恐ろしく盛んになり、下総《しもうさ》の佐原《さわら》へんまで横行して、土地の豪家から軍用金を集めているといううわさが聞えて来たが、依然として出て来ない。

「どうも、手ぬるい。行ってみよう」

と思い立って、僕《しもべ》一人を従えて出かけた。佐原近くの神崎《こうざき》には、剣友の村上俊五郎が武術修行に出て、その知人の石坂周造の家に滞在している。それへの訪問もかねての旅行であった。

佐原に到着すると、人々の水戸激派（これを天狗《てんぐ》という）らを恐れること虎《とら》のごとく、宿屋のおかみなどは、早くお帰りなさるがよいとすすめる始末だ。翌日途中で逢《あ》った八州の捕吏数十人も、八郎を天狗と思ったらしく、かえって恐れる風である。石坂は元来は彦根《ひこね》浪人で、神崎について、村上俊五郎に会った。村上は石坂を紹介する。石坂は元来は彦根浪人で、ここで医者をしているのである。

「なかなかの豪傑です。あなたの話を聞いて、あなたを尊敬していますので、近々に拙者と一緒に江戸に出て、あなたをお頼みしようということになっていたのです」

と、村上は言った。

英雄・豪傑をもって自任し、功名心旺盛《おうせい》なだけに、八郎は自分を尊敬し、自分の子分になりたがっている人物は大好きである。大いに気に入って、「終夜、豪談にて明かしぬ」と、その著「潜中始末」に書いている。夜っぴて威勢のよい議論をし合ったことがわかる。

その夜の石坂の話によって、この頃佐原あたりまで出張って横行している水戸天狗は、乱暴狼藉《ろうぜき》して、地方民に蛇蝎《だかつ》のごとくきらわれている、どうも皇国を憂えて夷狄《いてき》を攘《はら》わんとする者の所為とは思われないということがわかった。

そこで、翌日、村上と石坂とを同道して、潮来に行き、天狗らに面会しようとしたが、天狗の方で恐れて面会を避けたので、軽蔑《けいべつ》もし、失望もして、江戸に引上げた。村上も石坂も同行した。

当時の情勢を、八郎はこう分析している。

「幕府では天狗党の壮士らを恐れること虎のごときものがある。実際はさほどにない天狗だのにだ。幕府積弱の勢い見るべきものがある。だから、天狗党としては、上策は直ちに横浜に打って出ることである。中策は遠近を経略して兵を募るべきである。下策はその地において戦い、同志の意気を昂揚《こうよう》すべきである。このいずれにも出ず、方々に散って庶民を苦しめ、庶民にきらわれる愚策を取っているのは、まことに情けない」

しかしまた、一介の浪人が首唱して事をあげてよい情勢になっているとは思っていない。時機の来るまで、同志を集めることに専念したが、夏になるとその同志も次第に多数になった。安積五郎、村上俊五郎、石坂周造、西川練造、芸州の安岡総三郎、薩摩の伊牟田尚平、樋渡清明、神田橋直助、益満《ますみつ》新八郎（後に休之助と改名）等々であるが、このほかに山岡鉄太郎も同志になっている。幕臣である山岡がどうして幕府の方針に違反する攘夷運動に加担したか、よくわからないが、ぼくは故三田村鳶魚《えんぎょう》翁にこんな話を聞いたことがある。

いつの頃か、山岡が暴勇な壮士らを集めては、毎夜のように豪傑おどりというのをやらせた。酒をのみ、唄《うた》をうたいながら、肩ひじ怒らして、座敷内をまわらせるのだ。これは壮士らの気を殺《そ》いで暴に至らせないためであった、というのである。あるいはこういうことから、加入していたのかも知れない。それくらいの機略はある山岡である。もっとも、もしそうであっても、それは幕府の高級役人らから頼まれたのではなく、山岡自らの思い立ちでやったのであろう。

ともあれ、談合して、横浜の異人館と江戸の公使館とを一挙に焼きはらう計画を立てたが、暑熱の間は人の心も弛《ゆる》んでやりにくいから、爽涼の季節になってから決行しようと、大体の期日も定め、それまでは同志一同思い思いに散らばっていようと、話をきめた。

五

ところが、五月二十日、思いもかけない事件がおこった。この日、八郎は両国《りょうごく》の料理屋万八楼でひらかれる書画会に誘われた。あまり行きたくなかったが、学者としての付合いで行かないわけには行かなかった。すると、同志らが六人ついて来た。近くばらばらになるのだから、帰りに別盃《べっぱい》を酌《く》もうというのだ。

八郎はその連中を連れて万八楼に行った。この書画会には水戸藩士らも来ていたので、いろいろと時務談もあった。事件はそこを出てからおこった。八郎は予定の通り同志の連中と一酒家に立寄り、別盃を酌んで、そこを出た。もはや黄昏《たそがれ》であった。連れ立ってぞろぞろと歩いている時、前方から来た酔っぱらいが八郎に突きあたったばかりか、からんで来た。実はこの酔っぱらいは町方同心の手先で、八郎らをさぐっていたのだ。こんなことで因縁をつけて八郎にとり入り、のっぴきならない証拠をおさえようと思ったのであろう、しつこいことが一通りでない。八郎は腹を立てて斬ってしまった。

一同ぱっと散って、夜になってそれぞれ家に帰った。見事にあとをくらましたと思っているから、皆平気であった。八郎は前から川越《かわごえ》に同志を獲得に行く予定にしていたので、翌二十一日には伊牟田、安積、村上らを連れて出かけたのだが、そのあと捕吏が来て、妾のお蓮、弟の熊三郎、石坂周造、弟子の池田徳太郎の四人を一網打尽に捕えてしまった。

八郎らはそんなこととは知らない。川越近くの広福寺で西川練造や北有馬太郎（中村貞太郎）らと会って、二日の間快談していると、二十四日に川越浪人の某が来て、西川に、

「先刻、入間川宿《いるまがわじゆく》の村長《むらおさ》方に八州取締の者三人が、百人余の手先を連れて来ていた。ひょっとして伊牟田殿を目がけているのかも知れない」

と語った。そこで西川を様子を見にやったが、その西川がなかなか帰って来ないばかりでなく、八州方の間者と覚しい者が様子をうかがいに来た。もはや猶予《ゆうよ》は出来ないと、四人は逃げた。北有馬はのこったが、あとで捕えられた。

夜通し歩いて、夜の明ける頃新宿につき、四谷《よつや》から大塚《おおつか》に行って山岡の屋敷を訪ね

たが、山岡は泊り番で講武所から帰らないという。ここで二組にわかれ、村上と伊牟田はお玉ヶ池の道場の様子をさぐり、八郎と安積は池田徳太郎の宅の様子をさぐり、昌平橋際《ぎわ》の大坂屋で落合おうと約束した。

八郎と安積とは池田の宅に行った。ぴったりと門を閉ざし、呼んでも返事がない。はなはだいぶかしい様体だ。思い切ってお玉ヶ池の自宅の近くに行き、安積に様子をうかがわせると、これまた門戸を閉じ、静まり返っていて、召捕られたとしか思われない様子であるという。

ともかくも、大坂屋へと行って、留守宅のものが皆召捕られて、揚屋《あがりや》に入れられたことがわかった。村上と伊牟田は先刻来たが、すぐ立去ったという。

もはや江戸の町を公然とは歩けない身となったことがわかったので、変装して、また大塚の山岡の宅に向った。八郎は天性すぐれた気性をもち、勇気ある人物であったには相違ないが、何といってもこれまでは安らかな世を送って来たので、今この窮地に陥っては、もはや自殺するよりほかに縄目《なわめ》の恥を免《まぬが》れる術《すべ》はないと思いきわめながら歩いていると、市ヶ谷八幡《はちまん》の近くで友人水野行蔵に逢った。連れ立って八幡の境内の茶店に立寄り、事情を語って、

「今はもう致し方はない故《ゆえ》、自殺して、せめては友人らが罪を免れるようにしたい」

といった。水野はひどく恐怖している風で、

「それよりほかはあるまい」

という。

父母におくる書置をしたため、水野に届けてくれるように頼んだ。水野は受取り、逃げるように立去った。

山岡の宅に行ってみると、山岡は帰宅していて、すぐ会ってくれたが、言う。

「万事露見してしまった。いずれ拙者にも逮捕の手が及ぼう。村上、伊牟田の両君は先刻来たが、水戸へ行くと言って立去った。貴兄も水戸へ行きなさるがよい」

乾飯《ほしいい》をくれた。この屋敷にもその筋の目が光っているように思われて、ぐずぐずしていられない。

市ヶ谷八幡の境内に引返して自殺しようと思って、そう言うと、安積五郎が、

「そうせくことはない。死ぬのはどこでも死ねる」

ととめて、上野近くの団子坂まで行った。

この日は陰暦五月二十五日であったが、今の暦では七月二日だ。焼けつくような炎天の日だ。昨夜から歩きつづけで疲労しきっている。茶店に入って酒肴《しゅこう》を注文し、父母や兄弟への遺書を書き、安積に渡して、万苦をしのいでこの場をのがれ、自分の志

を同志の人々に語ってくれ、なお自分の故郷にも行ってこの手紙をとどけてくれるように、君は自分ほどにらまれてはいないはずだから、必ず脱出出来るはずだと言って、酒を酌みかわした。

上野の山で午睡し、夕方に目をさますと、安積が言う。

「嵩《すう》春斎を訪ねてみようではないか。春斎はこんなことになっているとは知るまい」

嵩は名は真、字《あざな》は玄真、篆刻家《てんこくか》で、豪快な人がらであったという。八郎はかねてから懇意にしていた。訪ねて行くと、嵩は事情を知らない風だ。快く迎えてくれた。夜に入って、安積が事情を語ると、おどろきはしたが、

「何とか助かる途《みち》があろう」

と言う。とにかくも、自殺の決心をしていることではあり、遺書もすでにしたためてあることなので、もし捕吏が来たら即座に切腹するつもりで、落着いていた。「この夜、北斗にあたつて彗星爛然《すいせいらんぜん》とあらはる。頗《すこぶ》る意気を感動せしむ。運命きはまるとはいひながら、この光景の世界に空《むな》しく志を呑《の》んで地に入るのみならず、父兄兄弟に大辱を及ぼし、祖先の名を傾くるこそ無念なれと、慷慨にたへず」と、書いている。感慨は悲壮だったのであろう。

翌日、嵩は酒宴をもよおしてくれた。

その翌二十七日、嵩に頼んで、薩摩屋敷の樋渡と神田橋とに手紙をとどけてもらうと、昼頃、二人が来た。二人は嵩とともに八郎を諫《いさ》めて、死を思いとどまらせ、逃走手段を工夫してくれた。

達した工夫は、永代橋《えいたいばし》の上に訴状と大小とをおいて投身自殺したていによそおい、八郎も安積も町人に変装して逃走するというのであった。

翌二十八日は両国の川開きであるから、人の多く出ないうちにと、早々と嵩家を出て、用意の品を永代橋の北の番所のそばにさしおいて、立川通りを過ぎて行徳《ぎようとく》船に乗った。

最初は水戸へ行くつもりであったが、土浦のあたりまで行って茶店で様子を聞くと、警戒が恐ろしく厳重だというので、道をかえて筑波《つくば》に向い、筑波山に上った。ここから間道を水戸に入るつもりだったが、この道も八州役人どもが厳しく警戒しているという。安積は片目で痘痕《とうこん》満面という特徴的な容貌をしているので、戒心特に強く、水戸入りには気が進まない。

「拙者の懇意にしているものが越後の新潟で医者をしている。それを頼って行こう」

と言う。

そこで、宇都宮、日光、会津を経て、西街道をやっと新潟に出たが、頼って行った医者は、二人の変装姿をあやしんで、逃げ口上ばかりかまえて、さらに取合わない。安積に愚痴を言ったり、朋友《ほうゆう》をえらぶべきことについて説教したりしたが、追いつくことではない。

こうなると、ひとしお思われるのは、故郷の父母のことだ。ついに、海路、温海《あつみ》の温泉場まで行くことにする。八郎はここに待っていて、安積だけが鶴岡の城下に潜入して様子を聞いて来るというわけだ。安積は温海から鶴岡に向ったが、翌日帰って来た。

「警戒が厳重をきわめて、近づけない。急いで立去らなければ危ない」

という。いたし方なく、また新潟に帰った。

ひたすらな逃避行がえんえんとつづく。その間に八郎には新しい嫌疑がかかっていた。八郎が江戸を亡命した夜、水戸浪士らが英国公使館となっている品川東禅寺を襲撃し、英人二人を傷つけた事件があったのだが、これは八郎が首謀者で、水戸浪士らを語らってやったのだと疑われていたのである。八郎はこれを埼玉地方の郷士で、知人である尾高長七郎に聞いた。尾高は渋沢栄一の近い親戚《しんせき》である。八郎は各所を潜行しながらも、江戸に入って、同志らの動静もしらべた。神田橋と樋渡は藩の汽船で国《くに》許《もと》にかえり、彼をかくまってくれた嵩春斎は捕えられていた。

六

八月中旬、八郎は仙台の藩校養賢堂の剣道師範桜田敬助の世話を受けて、城下はずれの東蒲生《ひがしがもう》に潜んでいると、伊牟田がたずねて来た。

伊牟田は江戸を去った後、真直《まっす》ぐに水戸に行ったのだが、八郎らが来ないので、また江戸に引返した。しかし、その後、水戸に帰って、滞在していたというのである。

伊牟田は再会をよろこび、とうていこの世ではもう会うことは出来ないと思っていたと、涙を流した。八郎も同じ思いである。

「村上君はどうしている」

「無事で水戸にいます」

「うれしや」

酒になって、大いに飲んだ。席を塩釜《しおがま》の妓楼《ぎろう》にうつして、さらに飲んだ。

翌日、伊牟田は言う。

「現在の水戸は当主の慶篤《よしあつ》さんが俗論派なので、正議党はまるで勢いがありません。それで、武田修理《しゅり》（耕雲斎《こううんさい》）を首領におし立て、十一月を期して海陸から京都に上り、天子を擁して義旗を挙げようとの計画を立てています。そこで、拙者に、薩摩に帰って、薩摩の勤王の士を募って京都に駆け上ってほしいというのです。拙者は引受けましたが、それについて用事があって相馬まで来たところ、図らずも貴殿がこちらにお出《い》でであることを聞いて、まいったのです」

「そうか、それでは、拙者も江戸にかえり、江戸と甲府の同志を集めて応じよう」

約束が出来、伊牟田は一応水戸にかえった。

八郎は久しい旅で路用もない。服装もととのっていない。元来が堂々たる威容が好きである上に、こんどは同志を急速に獲得しなければならない遊説《ゆうぜい》の旅に上るのだから、それも大いにほしい。そこで桜田敬助に頼んだ。桜田は承諾はしたが、これとても余裕のある身ではないから、急には運びかねる。そこで、気仙《けせん》見物を兼ねて遠野あたりまで行って来るから、それまでに頼むと言いおいて、別れた。

気仙沼の風光をめでた後、遠野に向う途中、世田米《せたまい》という土地で一泊し、朝出発しようとして宿屋を出ると、安積五郎の来るのが見えた。おどろいた。

「どうしたのだ」

と、歩きながら聞くと、八郎と自分とを探索する者が来たとて、桜田が知らせて旅費をくれたので追って来た、その探索方の者が国を立去った頃を見はからって帰って来るようにとのことであったという。

「そうか、そうか。ともあれ、すぐ会えて幸運であった」

同道して、遠野に入った。遠野は南部藩の分家一万三千石の城下である。八郎はこの家中の江田大之進という者と江戸で親しく交際していた。親切に待遇してくれた。

ここから海岸の大槌村《おおづちむら》に出、遠野に引返し、岩谷堂《いわやどう》、水沢を経、平泉に藤原三代のあと、高館《たかだて》に義経《よしつね》の遺跡を見、一関《いちのせき》に出て、知人に金の無心をしたが、「得《え》わからぬ返事せり。まことにあぢなき士とこそ思はるれ」であった。

一関から山間の道を出羽に向い、領分境に近い星の湯という温泉場に泊って、安積を前から実家で世話している商人のもとに金借りにつかわした。二日の後、安積は二十両と八郎の父母の消息を聞いて帰って来た。

「清川村では八郎は叛逆人《はんぎゃくにん》というので、ずいぶんきびしい探索が行われたが、父母には別段なことはなく、壮健であるという。だが江戸では八郎の連累《れんるい》で召捕られる者が二十人にもおよび、嵩春斎はついに牢死《ろうし》したという」

ここも安全な場所ではないとわかったので、急いで出発して、岩出山《いわでやま》を経て仙台にかえった。すると、仙台でまた伊牟田尚平に逢《あ》った。伊牟田の言うのはこうであった。

自分は水戸に帰ってみたのであるが、水戸の同志らは軍用金の工面がつかないので猶予の体である。そのうち、住谷《すみや》寅之助《とらのすけ》が、自分を呼んでこう言った。

「この頃、幕閣の安藤対馬守《つしまのかみ》が和学講談所の塙《はなわ》次郎（保己一《ほきいち》の子）に命じて、廃帝の故事と譲位の儀式を取調べさせている。これは次郎の子から有志の士に漏らしたのだから確実のことである。次郎の子は尊王の心ある者で、父を諫めたが父は聞かなかったのだという。安藤の意図しているところは明らかである。大逆無道である。そこで、安藤を斬《き》ろうということになったが、今はそれにあたるべき者が五人しかいない。もう五、六人ほしいものである。ついては、清河を説いてあたらせてくれまいか」

だから、自分は来た。来てみると、あんたは気仙沼から遠野に行かれたというので、あとを追ったのだが、一関から踪迹《そうせき》を失って、こちらに帰って来た。しかし、水戸から拙者のあとをつけて来た捕吏共がうるさいので、明日はもう立去ろうと思っていたところ、こうして逢うことが出来たのは、まことに幸いである云々《うんぬん》。

八郎は伊牟田の言うところをつくづくと聞いて、答えた。

「それはやめたい。君も手を引くがよい。桜田一件以来、閣老らの警戒は尋常でない。第一、十人という人数が江戸へ入るのさえ出来そうもないことだ。たとえ入れたとしても、十人くらいの人数ではとうてい出来はせん。あたらいのちを落して、国家に寸《すん》毫《ごう》の益もないことになる。ましてや、これは桜田一挙の真似《まね》だ。人の真似なんぞして、どうなるものか。やめるがよい」

八郎の説諭で、伊牟田も手を引くことにした。

そのうち、伊牟田がこんな話をした。伊勢の外宮《げくう》の御師《おし》の山田大路《おおじ》という者は、薩摩藩領の士民と師檀《しだん》の関係があり、中山大納言家《だいなごんけ》とも姻戚（忠能《ただやす》の妹が山田大路の妻）であるというのだ。

聞いていて、八郎の胸に忽《たちま》ち策が組み上った。この山田大路の紹介によって中山大納言に近づき、大納言を通じて一封の奏書を天覧に供し、何らかの密旨をいただいて九州に下り、薩摩の有志を十五、六人も糾合しつれて来て、甲州から関東を横行して義兵を募り、尊王攘夷の義挙を上げよう、もしくは京都地方の方が工合がよかったら京都でやってもよいという策。

二人に説くと、もちろん同意だ。

早速仙台を出発して、西に向った。はじめは甲州路から木曾路《きそじ》を取るつもりであったが、あたかも和宮《かずのみや》の関東御降嫁《ごこうか》の行列に途中で出逢いそうであったので、甲州から富士川を下って東海道に出、桑名から参宮路に入って、山田についた。

参宮の後、山田大路に会った。山田は年四十余の、風采《ふうさい》のよい人物である。学識もあり、弁才もあった。その意見は公武一和で、現状維持のなまぬるいものであったが、酒肴など出して応対鄭重《ていちょう》であったので、八郎は好意を持った。「現在のように落ちぶれはてた自分の姿を見ては、かねて懇意な者でも避けようとするのに、こんなに鄭重に待遇するのは感心の至りである、思想はともあれ、頼みになる人物、伊勢一国はもちろんのこと、近国第一の人物である」とほめている。

朝廷にたいする上書のことを相談すると、

「それはもと中山家の諸大夫《しょだいぶ》であった田中河内介《かわちのすけ》にお頼みなさるがよい。河内介は志ある人物です」

と、教えてくれた。

伊賀路を取って、奈良に入り、奈良から宇治を通って京都に入って、田中河内介に会った。伊牟田は以前から河内介と数度の面識があるので、先《ま》ず伊牟田とともに訪問した。

八郎と田中とが会った時のことは、「有馬新七」と「平野国臣」とで略述したと思うが、一応また述べる。

田中は八郎らを鴨川《かもがわ》に臨んだ二条の自分の宅に泊めて、こまやかに談合した。

「当今の時勢を論じ、志のほどを述べた拙者の文章を乙夜《いつや》の覧《らん》に供したいと思うのですが」

「なんとかなりましょう」

田中の調子は至って手軽だ。八郎は一時に田中を信頼する気になって、大いに論じた。

曰《いわ》く、和宮の降嫁は、幕府が宮を人質にし奉《たてまつ》らんとしての姦策《かんさく》である、曰く、当今世上に取沙汰《とりざた》されている廃帝譲位の計画云々も、すでに降嫁あった上は必ず実行に移されるであろう、曰く、臣子の分として我々はこれを黙視していることは出来ない、曰く、ましてや方今の民の疾苦は幕府の誤れる開国交易のためである以上は。曰く何。曰く何。曰く何。快弁にまかせて、滔々《とうとう》と説いた。

河内介は一々うなずいていたが、やがて言う。

「貴説の通りです。そのことについては、大納言の長男の忠愛《ただなる》中将も憂えています。唯今《ただいま》相国寺にご幽居のお身の上であらせられる青蓮院宮もご案じであります。拙者はこの春九州に旅行しまして、肥後では松村大成父子、大野鉄兵衛、河上彦斎《げんさい》、豊後では岡の小河一敏、薩州では美玉三平、是枝柳右衛門《これえだりゅうえもん》、その他七、八人ほどに会って、交際を結んでまいりました。九州の有志らはなかなか頼もしいですぞ。どうでしょう、あんた九州に下りなさらんか、そして、青蓮院宮の令旨《りょうじ》が下ることになっていると言って説き、有志らを糾合して、上って来られては。その上で、宮を相国寺から奪い出して、征夷大将軍《せいいたいしょうぐん》に奏請し、攘夷実行ということにしては。天下のこと成るべしですぞ」

宿志に合っている上に、壮大なる計画である。好みにぴったりだ。八郎は血湧《わ》き肉おどった。

「いいですな。やりましょう！」

計画はさらに練られて、九州の同志らが京都に上るとともに関東の同志らも京都に入り、青蓮院宮を奉じ、天子を擁し、天下に号令を下し、第一手として所司代酒井忠《ただ》義《あき》を誅《ちゅう》し、それから夷《い》狄《てき》征伐にかかるということにきめた。そのために、八郎は水戸へも、江戸の山岡鉄太郎にも、甲府の同志にもこのことを知らせる手紙を出した。

十一月十五日、八郎ら三人は、田中河内介から九州人らへの紹介状をもらって、九州に向った。

大坂から小倉船に乗り、下関について、白石正一郎の宅に泊った。白石は八郎の気に入らなかった模様である。待遇が予期したほど鄭重でなかったためである。「要するに町人根性で、大計にくらく、自らの利をはかるだけの人物で、取るに足りない。富豪なので、よかったら万事を打ちまかせて、衣服なども頼むつもりであったが、案外な男だったので、立ちぎわに伊牟田から一両だけ無心させた」と書いている。

七

彼らが肥後に入り、松村大成の家にいる時、平野国臣と会って、「尊攘英断録」を見せられたこと、平野が伊牟田とともに薩摩に潜入したことは、「平野国臣」で書いた。

八郎はまたこの期間に、真木和泉守《いずみのかみ》をその潜居にたずねて会っている。倣岸《ごうがん》にして容易に人を許さない彼も、真木には感心している。「そのてい五十位の総髪、人物至ってよろしく、一見して九州第一の品格あらわる。すこぶる威容あり」と書き、また真木が八郎の計画に同意して、この切迫した情勢である以上、一族ことごとく挺身《ていしん》すると盟《ちか》ったので、その赤心の精なるに覚えず感涙をもよおしたと書いている。

肥後の壮士らにたいしては、彼は好意を持っていない。議論ばかりして埒《らち》のあかん連中だと言っている。熊本県人は今日でも一国一城の主《あるじ》の気味がある。今のことばで言えば主体性があって、納得の行かんことには同意しないのである。いわゆる「肥後モッコス」というやつ。なかなか八郎の説得に乗らなかったのである。彼がわずかに買ったのは松村大成と河上彦斎だけであるが、これとても、「勇気はあるが、浅薄の人物にて困り入る」と条件つきだ。

阿蘇《あそ》の大宮司家は南北朝の時、南朝方について勤王したという事蹟《じせき》もあり、真木和泉守もその人物を推称しているので、添書を乞《こ》うて阿蘇に行った。快く会ってくれて、話を聞き、先祖惟澄《これずみ》が多々羅《たたら》浜《はま》で足利尊氏《あしかがたかうじ》と戦った時に使ったという来国俊《らいくにとし》作の名刀を見せてくれたりした。

この刀には名高い伝説がある。この日戦いは敗れたのであり、その刀も刃こぼれして鋸《のこぎり》のごとくなり、曲って鞘《さや》にも入らなくなったのであるが、その夜、その刀を枕《まくら》許《もと》において寝た惟澄の夢に、いく千いく万とも知れぬ蛍《ほたる》が舞い立ち、刀身の上に集まると見た。夢さめて、刀をかきよせて見ると、むざんな刃こぼれはすべてなくなり、玲瓏《れいろう》たる刀身となっていたので、「蛍丸」と名づけられるようになったという伝説。ついでに書いておく、この刀はこの戦後の刀狩で、米軍人に持去られて行くえ不明である。

こんな大事なものまで見せた上に、酒食の饗応《きょうおう》までしてくれた。そこで、こんどの大事をすすめる文章を出して読ませると、翌日返事したが、それは拒絶であった。

「家来共が必死にとめます上に、まろもこの老年でははかばかしいことが出来ようとは思われません。まことに残念です」

正直に言われたので、それほど悪い感じはしなかったようである。

かれこれしている間に、平野と伊牟田が薩摩から帰って来て、島津久光の引兵《いんぺい》上京のことがわかったので、真木、平野とその後のことをきめて、豊後の岡に小河一敏を訪問し、これとも話をきめた。

元日は小河の宅で迎え、二日に出発して帰京の途についた。

彼は小河から二百両ばかり金を借りて、京都での軍資金にしたいつもりであったが、言い出す便りがなく、出立の間際《まぎわ》に、

「出来ますなら、金子《きんす》を御調え願いたいのですが」

というと、小河は即座に、

「承知しました。五十両ほど出しましょう」

と言って、くれた。まことに感じ入った心である、肥後人などの及ぶところでない、訳もなく五十両もの金をくれるのは、実にめずらしい志だと、激賞している。金がなくてはこまることはもちろんだが、こう金のことによって人物を品等するところは、ぼくには少々不愉快である。

京都にかえりついたのは、正月十一日であった。田中に報告すると、田中も大へんな喜びようだ。中山忠愛中将を招待して酒宴をひらき、田中もともども、

「九州にお出《い》で願えましょうか」

と言うと、忠愛は行くという。

その頃《ころ》、肥後から宮部鼎蔵《ていぞう》と松村大成の子の深蔵が上京して来た。宮部は吉田松陰の親友で、肥後勤王党の長老だ。この前清河が来て説いたことが事実かどうかを調べに来たのだ。

その頃、八郎は小河からもらった五十両の金はあり、元来遊びは好きであり、しげしげと中山中将を招待して、東山、円山《まるやま》、祇園《ぎおん》の一力《いちりき》などで遊興している。鼎蔵はその酒席に呼ばれたが、中山が八郎の言うことに口うらを合わせるので、すっかり信用して、中山の手紙をもらって、同志を駆り集めるために帰国した。

やがて、九州各地の志士らは続々として入京して来る。長州藩もまた藩全体をもってこれに投入する勢いを見せる。土佐藩の吉村虎太郎、吉松縁太郎らも上京して来る。小河も、真木も来る。西日本の志ある壮士らは全部京坂の地に集まる有様となった。

もちろん、こういう情勢になったのは、八郎の画策だけによるのではない。島津久光が容易ならない覚悟をもって精兵《せいびょう》千余をひきいて東上するというのでこうなったのだが、八郎の力もいくらかは作用している。

度々言う通り、八郎は英雄豪傑をもって自任しており、ずいぶんうぬぼれの強い性質だったから、これらはもとを正せば全部自分の働きによっておこったものと考えていたようである。

間もなく、彼ら浪人組は、薩摩藩のお小《こ》納戸《なんど》堀次郎の世話で、大坂藩邸の二十八番長屋に収容されることになるのだが、その頃（四月八日）、故郷の父母に彼の出した手紙にこうある。

「今日のような海内《かいだい》鼓動の情勢になったのは、私が中山家の諸大夫田中河内介と談合して計策をめぐらし、安積も連れて九州に下り、肥後、筑後《ちくご》、豊後等の諸有志を訪問し、尊王攘夷の義兵をすすめ、あるいは文章を投じ、あるいは詩賦《しふ》をもって感動させ、古代の蘇《そ》秦《しん》・張儀等《ら》が運動したように千辛万苦したためです。また、薩摩には先年来拙者の同志が多数いますので、私から檄文《げきぶん》を三通おくって義兵をすすめましたところ、あたかも薩摩侯においても義挙を企てている時でありましたので、私の文章や詩賦等がのこらず薩侯の目に触れまして、各国の義徒におくれてはならずと、薩州全般の大奮発となり、唯今のような情勢となったのです。（中略）以上のような次第で京都においても至って盛大にやっているのですが、しだいに志士達が集まって来て、万一事前に間違いがあってはならないというので、先月（三月）二十日から、同志ら五十余人を引連れ、大坂の薩摩屋敷に引移りました。今はもう一層安心で、ひたすらに義挙の工夫だけしています。もちろん、薩摩侯から招かれたのです」

八郎の相当滑稽《こっけい》な自信を見るべきである。薩摩侯から招かれてその藩邸に移ったというのは、父母にたいする見栄《みえ》であろう。あるいは孝心のためのウソと考えてよいかも知れないが、権勢にたいする劣性コンプレックス、またはそのための飢餓感の発露でもあろう。

ところが、これほど勢いこんでいた八郎が、四月十三日に薩藩邸を立去ってしまい、義挙とは無関係になってしまっている。

その頃、越後寺泊《てらどまり》の郷士本間精一郎が、肥後の松田重助に連れられて、二十八番長屋に来た。八郎は江戸で安積艮斎の塾にいた頃、本間とは同門であったよしみがある。数回往来もしている。久闊《きゅうかつ》を叙したわけであるが、本間は志士らの間でひどく評判が悪かった。お洒落《しゃれ》で、体裁ばかりつくっていて、言うことは激越であるが、行いはこれに合致しないというところからだ。何にも知らない若い志士らには相当影響力があるので、一層きらわれていた。きらわれていることがわかるから、本間としては、昔のなじみである八郎に頼らざるを得ない。頼られれば、英雄をもって任じている八郎としては、庇護《ひご》せざるを得ない。何かにつけてかばっていた。

四月十三日に、本間は、八郎と安積と藤本鉄石（かつて旅絵師として八郎の少年の頃に清川村に来た鉄石は、この頃京都で八郎に会って、こんどの同志になっていたのである）とを、舟遊びにさそった。きげんとりのためであったろう。本間の実家は寺泊の豪商であるから金廻《かねまわ》りはよいのである。

「よかろう。わしもこの十数日工夫ばかりしていて、少し疲れた」

八郎は承諾して応じた。土佐の吉田某も同行した。

妓《おんな》をのせ、酒をのせ、安治川《あじがわ》に浮んで海に出ようとすると、検見所の前で、船頭がご番所でございますから、お客さん方のお名前をと、言った。

「何だ？　名だと？」

本間はさけんで、

「拙者は荒木又右衛門だ！」

すると、安積五郎も、

「おもしろい。拙者は後藤又兵衛だ」

とさけんだ。

船頭はびっくりして、ご冗談をという。冗談なものか！　そんならお書きつけを願います。

「よし！　書いてやる」

本間は矢立《やたて》の筆をとり、懐紙にすらすらと書きつらねた。荒木又右衛門、後藤又兵衛、真田《さなだ》左衛門尉《さえもんのじょう》、由井正雪、石田治部少輔《じぶしょうゆう》、楠 兵衛尉《くすのきひょうえのじょう》などというような出たらめな名前ばかりだ。

船頭はおそるおそる番所役人にさし出した。番所役人は見てびっくりした。

「いずれの御家中だ」

「長州藩士、船遊びにまいった。ハハハ、ハハハ」

本間は馬鹿《ばか》にしたように、はらりと扇子をひらいて、招くように振った。さすがに、役人は立腹した。

「ふざけなさるな！　われわれを何とお考えだ！」

聞くや、本間は刀をひっつかんで船を下り、つかつかと番所に進み入った。安積もつづいた。とめたが、酔っているから、たまらない。番所内で滔々と弁じまくり、言いこめて帰って来た。

「役人風を吹かしおって、われわれが役人なぞをこわがるとでも思っているのか」

川口まで船を出し、三味線太鼓で大さわぎして、日暮れ方帰って来た。また番所の前を通ったが、全然とがめられない。揚々と藩邸にかえった。

これが問題になって、ついにその夜の深更、八郎、藤本、安積、本間らは二十八番長屋を出ることになったのである。この際二十八番長屋を去ることは、この挙兵計画との訣別《けつべつ》でもある。寺田屋事変関係者のなかに彼の名前が見えないのは、このためである。人生は何が幸いになるかわからない。

八

八郎はしばらく京都にとどまって九条家の諸大夫島田左近を暗殺しようとしたり、近畿《きんき》諸国を巡歴したりしていたが、八月下旬江戸に帰着した。その翌月閏《うるう》八月に妾《めかけ》のお蓮が獄中で死んだ。彼はそれをかなり後になって知ったようである。九月二十一日に仙台から郷里の父に出した書中に、お蓮の生前の貞実を書きつらねた上、「私の本妻同然と思召《おぼしめ》され、家内に位牌《いはい》を建て、事すみの上は石塔などもよろしくねがひ奉り候《そうろう》。今のうちは公辺の憚《はばか》りもある故、内々にてごふびんに思召し下さるべく候。『清林院貞栄香花信女』と法名相付けくれ候。私本妻同然に思召し下され候はば、私においてもいかばかり大慶に存じ奉り候」

と、書いている。

間もなく江戸に帰った八郎は、山岡や松平主税介《ちからのすけ》を動かして、幕府に浪士隊の組織を建白した。当時幕府は朝廷の執拗《しつよう》な命令で、将軍家茂が上洛《じょうらく》しなければならないことになっていたが、その頃の京都の政情はおそろしく血なまぐさいものであった。過激な尊王攘夷《じょうい》派の連中によって、しきりに天誅《てんちゅう》と称する暗殺が行われて、物情騒然たるものであった。こういうところに、将軍が行かなければならないことは、幕府としては頭が痛いのである。八郎はそれに乗じたのである。将軍護衛のための浪士隊が必要であろうというわけである。

もっとも、他に海防のためという名目をかかげて建白したのであるが、餌《えさ》は「非常の警衛」というにある。必ずひっかかるはずだと踏んだのである。あたった。幕府は見事に乗って、この建白を納受し、募集費用として二千五百両という大金を出した。

十二月から募集にかかって、日ならず、二百三十四名が集まった。諸藩の浪人もいれば、郷士もあり、百姓で剣術の達者というのもある。祐天仙松《ゆうてんせんまつ》などという博徒がありもあった。これがいわゆる新徴組だ。松平主税介が取扱役、山岡鉄太郎と松岡万《よろず》とが取締役、池田徳太郎と石坂周造とが外事係。以上池田と石坂とをのぞく外は皆幕臣である。八郎が何の役にもついていないのは、幕臣でないからであろうが、彼においてはいいかげんな役をもらうより何にもない方がよかったろう。恐らく総裁をもって自任していたろうから。

年が明けて文久三年の二月十三日、将軍は東海道をとって上洛の途についたが、その五日前の二月八日、新徴組は先発している。これは中山道《なかせんどう》をとった。この時は取扱役は前駿府《すんぷ》町奉行鵜殿鳩翁《うどのきゆうおう》にかわっている。

二月二十三日、新徴組は京について、壬生《みぶ》村《むら》の真徳寺に宿をとった。ところがだ、その翌日、八郎は六人の腹心の者を学習院に出頭させて、かねて草しておいた建白書を呈出させた上に、こまかに演説させた。趣旨は、

「われわれが将軍上洛の前衛として上洛したのは、征夷大将軍がその職責によって尊王攘夷の道をつらぬくというのであったからである。われわれは一身を挺《てい》して報国のまことをいたしたい、幕府の世話で上京はしたが、禄位《ろくい》を受ける気は毛頭ない、尊攘の大義をつらぬくことこそ、われわれの素志である」

というのである。

当時の学習院が実質は攘夷実行臨時事務局であり、こうした建白や上書の受理所であったことは、「平野国臣」で説明した。

学習院のかかりである公家《くげ》らは、皆年若で、ラジカルな攘夷主義者だ、五、六日経《た》って、呼び出して、勅諚《ちよくじよう》を授け、攘夷の実効を奏するようにとの旨《むね》をさとした。なお

また関白鷹司輔熙《すけひろ》からも呼び出しがあって、

「先日の上言には深く叡感《えいかん》あらせられた。なおこの上とも国事に関する意見あらば、憚らず言上せよ」

と申し渡された。

八郎の得意は言うまでもないが、幕府は仰天した。大急ぎで処置を相談して、あたかも昨年八月、島津久光の従士らが武州生麦村《なまむぎむら》で英国人一人を殺し、二人を負傷させた事件で、英国が交渉のらちのあかないのをいきり立って、江戸に軍艦をさしむけるといっているのを利用して、

「しかじかで関東が大変だ、急いで帰れ」

と、申し渡した。

八郎としては、当分は滞京をつづけ、うまく機会をつかんで、新徴組を朝廷の親衛隊にしたいくらいに思っていたのであろうが、結成の目的が目的だから、この命令は拒めなかった。見事に逆手を取られた気持だ。

江戸に帰るのをいやがって、無断で居のこった者が二、三十人いた。これが新選組になったのである。

新徴組は三月十八日に江戸に帰着した。英国がむずかしいことを言っていることは

事実だが、にわかにどうというわけではない。してやられたとの感は益々《ますます》切である。しかも、東帰後の新徴組は、元来が無頼の徒もかまわず入れた組織だけに、風儀がまことに悪い。攘夷の軍用金調達のためと称して、商人らを脅迫して金をせびり取り、酒食に費やす者もある。

このままでは、何のために新徴組をつくったかと、八郎の立場がなくなる。八郎としては、何としてでも局面の打開を考えなければならないことになった。

八郎は横浜の居留地襲撃を計画したが、こうなると、朝廷からいただいている「攘夷の実効を奏せよ」という勅書が錦《にしき》の御旗《みはた》だ。ところが、この勅書は、鵜殿鳩翁が保管している。鵜殿にわたすように言ったが、鵜殿は今はもう八郎を、何をするかわからない人間として危険がっている。言を左右にして渡さない。八郎はせめ立てる。鵜殿は弱って、これを山岡に渡した。山岡はもちろん渡さない。八郎も山岡とは喧嘩《けんか》出来ない。ぐずらぐずらとかけあいがつづいた。しかし、同志の連判状も出来ていたし、近日中に決行することにして、八郎はすべての始末をしている。荷物類は全部山岡と山岡の義兄の高橋伊勢守《いせのかみ》へあずけ、著述類はかねて親しくしている上之山藩の金子与三郎に渡して、上之山藩の文庫の蔵書にしてもらうことにしている。四月十二日には故郷の父母にこまごまとした遺書も書いている。

一方、幕府側では、八郎を亡《な》いものにする計画がめぐらされつつあった。それはすでに新徴組が京都を離れる時から布陣されていた。幕府は新徴組に新しいかかりを数人任命している。取締に逸見又四郎、取締出役に佐々木只三郎《ただきぶろう》、高久安次郎、広瀬六兵衛、調役《しらべやく》に依田哲二郎、永井寅之助、山内八郎、中山修助等だ。いずれも武術の達人ばかりである。この連中が、周到に暗殺計画をめぐらしつつあったのである。

四月十三日、八郎がふと高橋伊勢守の屋敷に来た。真青な顔をしている。高橋は、

「大へん顔色が悪いようだが、ご病気ではありませんかな」

と聞いた。

「病気ではありませんが、昨夜からひどい頭痛がするのです。寝ていたいのですが、上之山藩の金子与三郎の家に行く約束をしているので、無理に起きて行くのです。しかし、途中まで来たら、にわかにお目にかかりたくなったので、まいりました」

「約束は約束でも、そんなに頭痛するのに、無理に行くことはあるまい。おやめなさい」

と高橋はとめたが、きかない。そのうち、高橋のそばに白扇のあるのを見ると、とり上げて、

「昨夜詠《よ》みました。お目にかけましょうか」

と言って、和歌をしたためた。

魁《さきが》けて又魁けん死出の山迷ひはせまじ皇国《すめろぎ》の道

高橋は見て、おどろいた。まるで辞世の歌だ。一層行くのをとめた。

八郎も一旦《いったん》はその気になったが、高橋が登城のために出て行くと、やはり上之山藩邸に向った。そして、上之山藩邸からの帰途、麻布の一の橋で、佐々木只三郎、逸見又四郎、中山修助、高久安次郎らのために斬《き》られたのである。

八郎が斬られたという知らせが山岡邸に達すると、山岡は石坂周造を呼んで、

「清河君の懐中には連判状がある。役人の手にわたっては、えらい怪我人が出る。すぐ行って、それと清河君の首を取って来い」

と言いつけた。

「よし来た！」

石坂が宙を飛んで駆けつけてみると、八郎の死骸《しがい》は現場におかれ、町役人が見張っている。まだ検視役人が来ていないのだ。しめたとばかりに、石坂は町役人に、

「これは何者であるか」

とたずねた。清河八郎とおっしゃる浪人衆です。とたんに、石坂は刀を引きぬき、

「年頃さがしもとめたる不倶戴天《ふぐたいてん》の仇《かたき》、清河八郎、今ぞ思い知ったか！」

と、どなるや、首を打ちおとし、ふところをさぐって連判状をぬきとった。町役人らがおどろいて駆けよって来ると、

「邪魔するならば、うぬらもかたきの一味と見て、撫《な》で斬りにしてくれるぞ！」

と、刀をふりまわしながら、夜陰にまぎれて走りかえった。

山岡は連判状を焼きすてた後、八郎の首を隣家の高橋邸に持って行った。そして、最初床下に、次に道場の床下に、次に塵捨場《ちりすてば》に埋めたが、暑熱の頃とて臭気がひどい。ついに山岡の邸内の小高いところを五、六尺掘って埋めた。

後に小石川伝通院《でんずういん》内の処静院に葬《ほうむ》ったが、さらに明治四年に八郎の弟の誠明が郷里の清川村に改葬した。


維新時代の浪人志士にはいろいろな人がいるが、いずれも薩摩や長州等の大藩の力を借りて志をのべている。そうするよりほかはなかったのである。真木和泉は長州藩により、坂本竜馬《りょうま》は薩摩と長州の両藩により、平野国臣は薩摩によっている。ただ一人、清河八郎だけがどこの藩にもよらない。ほんのしばらく薩摩によろうとしたが、すぐやめている。彼は傲慢《ごうまん》にすぎたのである。頭を下げることがきらいだったのである。権勢にたいする飢餓感がありながらだ。よほどに傲慢だったのである。あの時代、

強力な背景なくして志をのべようとすれば、勢い権謀術数によらざるを得ない。しかし、権謀というものは、大きな背景があれば目ざましく生きて来るが、でないかぎり、人の警戒心を呼ぶだけで、危険千万なものだ。彼はついにそのために死んだのである。

長野主《しゅ》膳《ぜん》

一

三重県飯南郡《いいなんぐん》（昔は飯高郡）滝野村（今は飯高町内）は、国鉄紀勢《きせい》本線の相可《おうか》駅から櫛田川《くしだがわ》に沿って二十五、六キロも入った、櫛田川沿いの峡谷地帯にある山村である。櫛田川に沿って古い街道があって、奈良県の吉野地方を経由して和歌山市に至るのである。三重県にある部分は和歌山街道といい、県境をこえた部分は伊勢《いせ》街道という。江戸時代の北部紀州や吉野地方の人々の伊勢参宮はこの道によったのである。またこの地方から松坂《まつさか》にかけては、紀州家の領分であった。こんなくわしい説明をしたのは、滝野村が山間の村でありながら相当にぎわっていた土地であり、紀州と関係の深い土地であったことを知っていただきたいからである。後の話に関係がある。

天保《てんぽう》十年のこと、この村にひとりの男があらわれた。年頃《としごろ》二十五、六、やせて、長身で、きめのこまかな面長《おもなが》な顔は蒼白《そうはく》で、目鼻立ち端正で、髪は公家《くげ》や、神主や、国学者によくある総髪であったが、それがうるしのように黒く、また量が多かった。芝居道で、美男子の悪人を「色悪《いろあく》」と言っているが、つまりその色悪的相貌《そうぼう》であった。先代萩《せんだいはぎ》の仁木弾正《にっきだんじょう》的相貌。名は長野主膳義言《よしとき》。この時代は主馬《しゅめ》と名のっていたはずであるが、めんどうだから主膳で通したい。

これが長野主膳の形迹《けいせき》が世にあらわれたはじめである。彼がどんな素生《すじょう》で、どこで生れ、これまでどこでどんな生き方をして来たか、一切雲霧の中にある。彼はこの時から三年この滝野村で過すのだから、そんなことを黙っていたとは思われないのであるが、村の口碑にものこっていないところを見ると、それらに関しては語らなかったとしか思いようがない。語っていれば、何かのこるはずである。長野は維新史上の大怪物である。維新の騒乱は井伊直弼《なおすけ》の大老就任からはじまったと言ってよいのであるが、周到な計画をめぐらして井伊を大老にしたのは彼であり、井伊が大老としてやったことのほとんど全部――紀州慶福《よしとみ》を将軍世子《せいし》に決定したことも、勅許なくして条約を結んだことも、大獄をおこしたことも、和宮降嫁《かずのみやこうか》の運動に着手したのも、すべて彼の方寸に出たことである。おしつめた言い方をすれば、井伊はロボットで、陰でそれをあやつっていたのは長野であったのである。彼こそは維新史上の大怪物とも、大魔王ともいうべき人物である。滝野村に上述のような現われ方をし、その以前の経歴がまるでわからないというのも、いかにも大魔王的出現で、興趣が深いのである。

長野は国学者であるというふれこみで、滝野村にあらわれ、本陣宿である滝野次郎《じろ》左衛門《ざえもん》の家に投宿した。

一体、このへんから、松坂、山田、宇治のあたりにかけては、神宮の神職の渡会《わたらい》・荒木田の両家や本居宣長《もとおりのりなが》らの影響で、国学のたしなみのある大町人や大百姓が多い。滝野次郎左衛門もその一人であったので、会って話をしてみると、なかなかの造詣《ぞうけい》である。学識も深く、和歌も巧みである。長野の国学は本居宣長の系統であり、和歌は速吟《そくぎん》で、しかも上手であったという。次郎左衛門は大いによろこんで、引きとめて滞在させたが、日を経る間にこの村に住みついてもらいたくなって、すすめると、そうしてもよいという。そこで、次郎左衛門の家の離《はな》家をその住まいにあてがった。

次郎左衛門は自分が弟子となったのはもちろんのこと、近郷近在の同好の人々を説いて弟子入りさせ、村の子供らもまた手習子《てならいこ》となったので、長野の生活は一応おちついた。

長野は前述したような一種の凄《すご》みのある美男子であって、学識がある上に、なかなか威厳があったという。彼は濃く太い眉《まゆ》をし、その下の目は眼裂《がんれつ》が大きく、少しつり気味で、真黒なひとみが時々異様なくらい強烈な光をはなったので、人々は恐れたという。また、その立居ふるまいはもの静かで、いかにも上品高雅であった。どう見て

も、素生のいやしい人とは見えない。だから、いつか、

「京の堂上家のおとし胤《だね》じゃとよ」

というわさが立った。無遠慮に彼にたずねる者もあったが、彼は笑っているだけであったという。

長野は滝野村に足かけ三年とどまるのであるが、この間に紀州の付家老《つけがろう》である水野土佐守忠央《とさのかみただなか》と知合いになったようである。直接の証拠はなんにもないが、こう考えなければ、後年におこる事件の解釈がつかない。水野は後に紀州侯慶福を十三代将軍家定の世子に立てようとして猛運動するのだが、その運動の最後の段階に井伊直弼、従って長野と共同戦線を張って、ついに成功するのである。水野は紀州新宮《しんぐう》の領主であったが、国学に強い趣味を持ち、国学者達《たち》に依嘱して「丹鶴叢書《たんかくそうしょ》」という大部な古典の叢書まで刊行している。紀州領内である滝野村に住み、国学者であり、功名心旺盛《おうせい》である長野が、何らかの方法でこれとコネクションをつけないはずはないのである。和歌を詠じて献ずるとか、水野の施政ぶりを讃美《さんび》した和文を書いてたてまつるとか、滝野村地方の歴史や史蹟《しせき》を調査した文書を差出すとか、方法はいくらもある。

それはさておき、長野が滝野村におちついてからのいつであったか、その年のうちか、その翌年か、よくわからないが、次郎左衛門の妹で滝という女が、婚家先から不

縁になって帰って来た。長野より四つ年上だったという。美しかったか、美しくなかったかも、わからないが、この女が長野の国学の弟子となった。師弟となって接触している間に、二人の間に恋が芽生えた。ぼくの推察であるから、本当のことはわからないが、現代とちがって昔は男が年上の女に恋することはあまりなかったのだから、滝の方が積極的で、長野は受身であったのかも知れない。出もどりで、年も二十九か三十（長野は滝野村に来た時二十五であるといっていた由《よし》）になっているとあっては、長野のような美男子と同じ屋敷に日夜に会っていれば、積極的になるのは普通であろう。

女の方から持ちかけられれば、男が二十五、六にもなって山里にひとりぐらししていれば、箸《はし》をとらざるを得まい。儒学青年には往々にして色恋の道には至ってものがたい人物がいたが、国学青年には先《ま》ずそんなのはいない。自然の感情をおさえ矯《た》めるのは漢心《からごころ》であるとして排撃したのである。

なお細かには、こうではなかったか。

長野は後年の行動から見ても、権謀最もたくましい性格である。また旧彦根藩士の家に生れ、井伊家で編纂《へんさん》した「井伊直弼伝」の主たる編述者であった大久保余所五郎《よそごろう》（湖州）は長野に最も同情ある見方をした人であるが、しかもなお、長野は主義の人ではなく、功業を目的とする人物であったと論断している。長野が功名の念さかんで、しかも権謀たくましい人であったとすれば、その恋愛はこんな風に運ばれたと、ぼくには想像される。

この女をとりこにすれば、自分の生活は安全であるという打算があったのではなかったか。とすれば、受身ではあっても、それは形の上のことで、実はそうなるように最も微妙な誘惑をしたのではなかったか。

あるいは、長野の計算はもっと深かったかも知れない。すなわち、彼はいつまでもこんな片田舎にいる気はなく、いずれは京都なり、江戸なりに出て、学問で立身を心がけていたのだが、それには相当な財力がいる。

「この女をとりこにして妻にすることが出来れば、次郎左衛門からその費用を出させることが出来るはず」

と計算して、いろいろと工夫したのではなかったか。

いずれにせよ、このへんのところ、小説ならいろいろと書けるところである。

ともあれ、二人は恋におちたのであるが、この恋を次郎左衛門がよろこんだか、こまったものと思ったか、これもわからない。しかし、天保十二年には二人は結婚している。こまったと思ったとしても、認めはしたのである。この時、長野二十七、滝三十一である。

結婚すると、二人はすぐ滝野村を出ている。これもなぜであるかわからない。ぼくには、気にかかる。

あるいは、滝に相当な持参金があったので、

「幸いなこと、これだけの金があれば、中央に出て名を挙げることが出来る。善は急げだ」

と、滝を説きつけ、次郎左衛門の了解を得て、この運びにしたのかも知れない。

あるいはまた、二人の間が人目に立つようになったので、次郎左衛門としては結婚させないわけに行かなくなったものの、田舎の旧家としてはほとぼりのさめるまでよそに行っていてもらわないとこまるというので、旅に出したのかとも思われる。

いずれとも決定の出来ないことは言うまでもないが、策士長野主膳には、すべてを計画的に運んだという点で、前の方がふさわしく、ぼくには思われる。

二

長野夫婦は、滝野村を出ると京に上り、それから近畿《きんき》から東海道の各地を巡遊して、

最後に江州《ごうしゅう》伊吹山の麓《ふもと》の坂田郡志賀谷村の阿原家《あはらけ》におちついて、高尚館という国学塾をひらいた。この志賀谷村は水野土佐守忠央の知行地の一つで、阿原家はその代官であったと、島田三郎の「開国始末」付録にある。滝野村にいる間に水野との因縁が出来ていなければ、ここにおちつくのはおかしいのである。

志賀谷村におちつくと、長野はよく彦根に出かけた。彦根には弟子であるか、和歌の友であるかわからないが、上田文脩《ふみなが》という人物がいて、ここに泊った。追々弟子や和歌の友も出来た。

この頃の長野のことを、歌の弟子の一人であった彦根の医者石原純章という人が、大久保湖州にこう語っている。

「着衣は白襟《しろえり》の下着、黒羽二重《はぶたえ》の袷《あわせ》、剣《けん》かたばみの紋のついた縮緬《ちりめん》の羽織、絹のはかま、蠟色《ろいろ》ざやの大小。紀州長野主馬と記した両掛《りょうがけ》を下僕《げぼく》に持たせていた。打見たところ、公家そっくりの姿であった。たけ高く、なで肩で、やせて、着物は三尺八寸くらいに仕立てたものであったろう（痩《や》せていて三尺八寸の着物を着るとすれば身長五尺七寸五、六分はあろう）。顔はおも長で、色は白かった。ひたいが広く、鼻が高く、下頬《したほお》はそげていた。眼《め》は大きく、まなじりが上って、眼底に威厳があって、太く濃い眉とよく調和していた。髪は濃く、黒く、太く結んで高く頂にあった。顔つきはむしろ女性的で、武士らしいところは少しもなかった。態度は温雅で、動作は沈着で、音声は低くゆるやかで、ことばにはどこかのなまりがあった。じゅんじゅんとよく語り、またよく笑った。教授ぶりは懇切で、歌を作るのはきわめて速かった」

ごく外形的な説明であるが、おのずから髣髴《ほうふつ》として来よう。注意すべきは、彼が「紀州人」と名乗っていることである。

やがて数カ月の後、長野は井伊直弼に会うのである。

直弼は彦根井伊家十二代の直中《なおなか》の十四番目の子である。江戸時代の武家の三男以下ほどあわれなものはない。それは大名の家も同じだ。次男はお控えと称して、長男が万一若死でもした時のスペアとして相当な待遇をされるが、三男以下は他の大名や、家中の重臣の家に養子に行く以外には、わずかな捨扶持《すてぶち》をもらって一生飼い殺しにされ、妻も持てない。妻を持たせて子供が出来れば、藩でその行末まで見なければならないからである。女がほしければ妾《めかけ》をおくか、女中で間に合わせるよりほかはない。妾や女中の子なら、かまわんでもよいからである。みじめなものであった。分知をもらって大名にしてもらうことも、江戸中期頃まではあったが、以後はぼくは知らない。どこの大名も窮迫していて、そんな余裕はなかったはずである。

直弼も養子の口をさがしたが、なかなかそれがなかった。ついには東本願寺別院である長浜の大通寺に養子に入ろうとして、ずいぶん運動したが、これもまとまらなかった。井伊家ではこんな境遇にある子供には年給米三百俵をあたえて飼い殺しにする定めになっている。直弼はこれを受けて、生涯《しょうがい》を埋れ木でおわる覚悟をきめ、三の丸の尾末町の屋敷を「埋木舎《うもれぎのや》」と名づけた。この家号でもわかるように、直弼の好尚《こうしょう》は国学にあったのである。

埋れ木としておわる心をきめるまでは、彼もよほど苦しんだのであろう、石州流の茶道を熱心にやったり、菩提寺《ぼだいじ》である清涼寺に行って雲水らと同じように参禅して、住職の師虔《しけん》老師の鉗鎚《けんつい》を受けて修行したり、いとこにあたる坂田郡長沢村福田寺の住職本寛から念仏の本義を学んだり、いろいろとつとめている。

直弼と長野の関係は、国学の好尚をなかだちとして結ばれた。長野の弟子らが井伊家の家中にふえ、その名が高くなって、直弼に聞えたので、直弼が呼んだと言われている。

直弼に呼ばれて、長野はどんな思いがしたであろうか。功名心旺盛な人物だけに、普通の学者とは思うところが別であったと考えたいのである。

この頃の井伊家の当主は直弼の長兄直亮《なおあき》で、子がなかったので、次弟直元が世子に立ち、他の多数の弟らは皆養子に行ったり、死んだりして、家にのこっているのは直弼一人であった。しかも、直元は多病な体質であったから、直弼が花咲く春にめぐり合う可能性は大いにあったのである。

長野はこのことを先ず考えたに違いないであろう。当時の学者は、国学者でも史記ぐらいは読んでいる。読んでいれば、直弼のこの境遇から「呂不韋《りよふい》列伝」に記述する話と思い合せたはずである。

呂不韋は河南陽翟《ようてき》の豪商であった。商用で趙《ちよう》の都邯鄲《かんたん》に行った時、秦《しん》から趙に人質となって来ている公子子楚《しそ》が本国からの仕送りも乏しく、肩身せまく暮しているのを見て、

「奇貨措《お》くべし（いい品物だ。仕入れておこう）」

と考え、子楚と交りを結び、資金を提供して、その交際をはでにさせ、秦の王室や秦の政府部内の人々にさかんに賂《おく》りものをさせて人気をかき立てた。このために子楚は秦の太子となり、秦王となり、呂不韋は丞相《じようしよう》（首相）となり、文信侯に封《ほう》ぜられ、洛陽《らくよう》十万石を食封《じきふ》とする栄達をしたという話。

長野もまた、奇貨おくべしと思ったに相違ないと、ぼくには思われる。当時の学者は、儒者は易をもてあそび、国学者は太占《ふとまに》を心得ているのが普通であったから、長野も太占によって直弼の運命をうらない、必ず家を継ぐ身となると判断した可能性もあ

る。

長野は十一月二十日に、はじめて埋木舎を訪問したが、大へん話が合って、夜の白むまで語りつづけ、なお話がつきず、翌日もまた訪問して夜明けまで語った。話はもちろん最初は国学や和歌のことであったろうが、やがて時局談も出たろう。しかし、最後は直弼に望みを捨てるなという激励になったろう。

直弼自身は、自らの運命をあきらめ切っていたろう。度々の養子運動はすべて失敗に帰し、当主たる直亮からは愛情薄く遇せられているので、とうてい前途に希望など抱けず、くすみ返った心境で、ひたすらにあきらめに徹しようとしていたに違いない。不運の続く時は、こうあるのが最も苦しみを少なくすませられる方法であるからだ。

長野はこの直弼の心を揺り動かそうとつとめたに違いない。単に国学上の話や歌学上の話を、素人相手にそう長々と出来るものではない。直弼の心が錆《さ》びついた機械のようになかなかうごかないので、長野は懸命に説き、一夜で足らず、さらにその翌晩も終夜説いたのであろう。

長野がそれを直弼に説いたとすれば、紀州人をもって任じている長野としては、当然、紀州家から出てついに八代の将軍となった吉宗の開運談をしたはずである。

吉宗は紀州光貞《みつさだ》の三男である。普通なら捨扶持をもらって一生を部屋住みでおわるべき人であったが、不思議なことで開運した。吉宗の長兄綱教《つなのり》は五代将軍綱吉のひとり娘鶴姫《つるひめ》の婿《むこ》である。綱吉は男の子がなかったので、綱教を愛することが一方《ひとかた》でなく、水戸光圀《みつくに》の反対でついに遂げなかったが、一時は世子に立てて将軍職を譲ろうとまでしたほどである。ある時、この綱吉が紀州家に遊びに来た。光貞は綱教の次の弟頼職《よりもと》は拝謁《はいえつ》させたが、吉宗は遠慮して次の間にひかえさせておいた。すると、将軍のお供をして来た老中の大久保忠朝《ただとも》が紀州家にたいするお愛想で、

「紀州殿はお子福者であられまして、もう一方ご子息があられます」

と言った。綱吉は紀州家に好意を見せたくてならない時だ。

「召されよ。見たい」

といったので、吉宗は次の間から出て来て、拝謁した。

将軍に目通りしてことばをかけてもらった以上、紀州家としてはほうってはおけない。分知して大名にしなければならないことになったのだが、綱吉はさらに好意を見せて、頼職と吉宗とに三万石ずつくれて大名に取立てたのである。これは吉宗十四の時であった。

それから八年経《た》つと、当時もう紀州藩主となっていた長兄の綱教が死に、次兄の頼職が本家にかえって当主となったが、頼職は家督を相続して三月目には病死した。吉

宗は本家にかえって紀州家をついだ。二十二歳であった。それから十一年目、江戸の総本家で人が死にたえたので、吉宗が入って、八代の将軍となり、中興の英主といわれるほどに名前を上げたのである。

この事実は、今の直弼には大いに心の明るくなることである。長野はきっとこれを語り、

「世にはこのような実例もあるのです。心短く望みをすて、かなしみなげき、気力をおとろえさせ、そのために健康を害し給うようなことがあってはなりません。望みを失わず、きも太く、やがて来る春を待つようになさるべきであります」

と説き、大いに元気づけたのではなかったか。徹宵《てつしょう》二夜にわたって談論し、なお飽かぬ思いで別れたというのは、こう考えなければ納得行かないのである。この時、長野も、直弼も、ともに二十八である。

三

長野が直弼に最初に近づいた時のことについては、異説がないわけではない。徳富蘇《そ》峰翁《ほうおう》は「近世日本国民史」の中の一説として、長野は直弼が村山かずえ（本名た

か）という婦人と知合いであることを知って、先ずかずえに交りをもとめ、かずえから直弼を口説かせて、自分を招かせたとの説をあげている。

村山かずえははじめ京都東山高台寺のいわゆる山猫《やまねこ》ぐるわから芸者に出ていて、美しいので有名であった。これに金閣寺の住職が打ちこんでずいぶん通った後、落籍して、北野天満宮の近くにかこっているうち、住職の子を生んだ。浮気な女で、間もなく、住職の目をぬすんで、金閣寺代官の多田源左衛門といい仲になった。やがて住職にわかったが、住職は身分がら荒立てることが出来ない。粋《すい》をきかせることにして、二人を夫婦にし、自分の生ませた子も多田の子として育てさせることにした。長野が直弼のところに最初に行った天保十三年の頃《ころ》には、多田の妻となっている頃である。長野はこの以前に志賀谷村から時々京に出て弟子らに国学の講義や作歌指導をしていたから、しぜんかずえと知合いになったと思われる。思うに、かずえの夫の多田も弟子の一人となっていたのではなかろうか。

かずえが直弼と知合いになったのは、ずっと以前、かずえが芸妓《げいぎ》であった頃で、それは直弼が長浜の東本願寺別院大通寺に養子に入ろうと運動していた時代であろう。京都の坊さん達《たち》は世捨人という名はあっても、昔も今も遊興好きである。直弼としては役僧らを饗応《きょうおう》するために大いに祇園《ぎおん》や山猫ぐるわあたりで遊ぶ必要があったはずである。単なる客と芸妓の知合いであったか、特殊な関係であったか、わからないが、長野が江州伊吹山の麓《ふもと》に住んでいると聞いて、かずえが、

「江州にお住みどすの。江州といえば、彦根の殿さんの弟はんにあたる直弼いうお人を、あて存じ上げとんのどっせ」

と言ったので、野心家の長野が仲介を頼んだとも思われる。

あるいはまた、かずえはその生涯の行動から見て、天性多情な女であったことはまぎれがないから、何か男出入りがあって、天保十三年頃は一時多田と別れて彦根あたりに来ていて、昔の知合いであるのを利用して直弼に近づき、特別な関係になっていたかも知れない。捨扶持三百俵の身代ではとうてい正式の妾としては召抱えられないから、つまりは愛人——当時のことばでは情婦であったろうが、浮気なかずえにしてみれば、

「お大名のお子方も、ちょいと乙な味なものやろでな」

くらいのところで食指をうごかしたのかも知れない。もし、多田と不和になって一時けんか別れしたのであるとすれば、こうした天性をもち、こうした経歴を持つ女は、気のくさくさすることがあると、よくこんな口直しをするものらしいから。

以上は、長野がかずえを仲介として直弼に近づいたという前提のもとに、可能性を

いろいろ追求してみたに過ぎない。多情多淫《たいん》な美女がからんでいるだけ、大いに未練はあるが、実説として信ずるには資料が不足している。国学や和歌の好きな彦根藩士間の評判を聞いて、直弼が自発的に招いたと見た方が堅実であろう。村山かずえのことは、あとでまた話がある。

長野は志賀谷村にいながら、たえず京に出た。ずいぶん弟子が出来ている。五摂家の二条家なども弟子になった。同じく五摂家の九条家の諸大夫《しょだいぶ》島田左近も弟子になった。安政大獄の際、島田は長野の爪牙《そうが》となって、大いに井伊のために働くのである。もちろん、彦根にも来る。来れば、埋木舎を訪う。両者の交情はしだいに深くなった。

長野が直弼と知合いになってから三年二カ月目の弘化《こうか》三年正月、直弼の兄で世子であった直元が江戸で死んで、直弼が世子となった。長野の先見は的中し、直弼の運命はひらけはじめたのである。大名の世子は江戸にいなければならない幕府の規制であるから、直弼は江戸へ上ったが、いとこにあたる福田寺の本寛和尚（前出）に、長野が他国に行かずに江州内にとどまっているようにはからってくれよと、とくに頼んでいる。直弼がいかに長野を買っていたかがわかるのである。

このはからいがあったためであろうが、長野はどこへも立去らず、とどまっている。もっとも、当時の長野は大いに彦根ではやっている。彼の家号は桃廼舎《もものや》というのであるが、藩士その他ずいぶん門人が多くなっていた。学識が深い上に、作歌がたくみで、指導が懇切であったから、門人らはずいぶん慕っていたようである。さらにまた、長野としては、せっかく仕入れた奇貨がいい値段で売れることが目前にせまっているのだから、他国へ行く気になんぞなるはずはないのである。

たえず書面で直弼と連絡したにちがいない。それは当然学問上のことや作歌上のことについての質疑応答が主たるものであったに相違ないが、当時は思想上のことが大いに政治に関係があると思われはじめた頃であるから、それについての問答もあったはずである。もちろん、時々長野は江戸に行き、直弼に会いもしたであろう。師弟愛という面にしぼって見れば、二人のなかは実に美しいのである。

この時代、政治に関する思想としては、第一には尊王思想のことである。尊王思想はこの時代のインテリ共通の思想で、格別めずらしいものではない。それにこの頃の尊王は単なる思想に過ぎない。数年後には行動の原理となって、幕府にとってはまことに危険なものになるのだが、この時代はまだ生ぬるいものであった。尊王の志の最も厚い人でも、

「朝廷は日本人の中心であるから最も尊ぶべきである。同時に江戸のお公儀は日本の政治の中心であるから最も敬うべきである」

と考えていた。本居宣長などもその考えであった。しかしながら、これでは何か落ちつかないことも事実だ。むずむずするものが心の底にある。学者らがことさら「朝廷は尊むべきである。しかし、幕府もまた敬うべきである」と説いたのは、このむずむずがさせたことと考えてよかろう。

直弼もむずむずを感じたと見えて、長野に質問してやっている。これにたいして、弘化四年、長野は「沢の根芹《ねぜり》」と題する文章を草して答えている。

「高天原《たかまがはら》において、天照大神《あまてらすおおみかみ》は天孫瓊々杵尊《ににぎのみこと》に、日本は皇孫が天地の無窮なるがごとく永遠にしろしめし給うべき国であると、神勅遊ばされた。これによってわが朝廷のおん位置は不動になったのである。この道理は将軍家、諸侯、藩士の家にもうつすことが出来る。将軍家は永久に天下のことをご子孫に伝え給うべきであり、諸侯は永久に領地を子孫に譲り給うべきであり、士《し》大夫《たいふ》は忠誠をつくして主君につかえることによって末永くそれぞれの子孫を保つべきである。これこそ日本の国のあるべき姿で、これ以外はない」

幕藩体制こそ日本の本来の相《すがた》で、永久にわたってかくあるべきだというのだ。今日から見れば、あやまっていることは言うまでもない。固陋《ころう》千万の見《けん》だ。しかし、これは当時の人の常識的見解であった。長野に限ったことではない。幕藩体制は行きづまり、破綻《はたん》と矛盾が続出していたなどというのは、後世の歴史家の分析で、当時の人は誰《だれ》も気はつきはしない。幕府を倒して維新政府を組織した人々すら、封建の制度を廃して郡県制度の統一国家とする以外には日本の存立の途《みち》はないと気づいたのは、明治二年頃のことだ。それまでは朝廷を中心にした封建日本を考えていたのである。だから、弘化四年という時点において、長野が上述のような考えを持っていたからとて、特別固陋の保守家というわけには行かない。普通なのである。

しかし、「日本書紀」に伝える天壌《てんじょう》無窮の神勅によって、徳川家の万代や諸大名の万代まで説明しようとするのは詭弁《きべん》のはなはだしいものだ。もっとも、こうとでも言わなければ説明がつかなかったのであろう。

また、日本の国がらをこう説明している。

「外国は位や家がらによらずして、才学すぐれた者が首長となって世を治める習わしになっているが、日本は血統によって君が立ち給うことになっている。だから、外国の首長に才学すぐれた者が多いのは道理であるが、そのかわり首長の位置を争うことやまず、乱雑でいやしい国がらである。君臣の分定まった日本がすぐれている」

長野のこの国がら論は、この時は単なる思想にすぎないが、数年後、将軍世子問題が政界の大問題になって来ると、なかなかの威力を発揮するのである。

開国・攘夷《じょうい》の論は、この時代にはまだそうやかましくないが、それでも心ある人には一応の説があった。ほとんど全部が攘夷主義——というほど強烈なものではなく、正確には外国蔑視《べっし》を根柢《こんてい》にした孤立主義であったが、長野もまたこれから出ない。従って直弼も孤立主義であった。

直弼が世子となって四年十カ月目の嘉永《かえい》三年十月、直亮が病死して、直弼が当主となった。ついに花が咲いたのである。直弼は三十六であった。

直弼はすぐにも長野を召しかかえたいと思ったが、襲封《しゅうほう》早々の身では家中にはばかりがあって、そうも行かない。翌々年嘉永五年の春になって、知行百五十石の藩士として、藩校弘道館の国学教授とした。

さて、こうして直弼はあきらめ切っていた身分から井伊家の当主になったわけであり、長野は素生も知れない身の一介の浪人学者から井伊家お抱えの国学者として百五十石を食《は》む身分となったのだから、いずれも大出世と言ってよい。しかし、人間の欲望にはかぎりがない。隴《ろう》を得て蜀《しょく》を望むだ。一段上れば次の一段ものぼりたくなるのが人情である。

井伊家は大老になれる家柄《いえがら》である。代々大老になっている人が多い。現に先代の直亮も天保六年の暮から十二年の夏までその職にあった。こんな家に生れたら、普通の者でもなりたがるであろうのに、直弼は天性すぐれた才と度胸がある上に、学問もしており、禅の鉗鎚《けんつい》を受けて心魂を鍛えている。長い間逆境にあって下情に通じ世間知もある。大名になって溜間《たまりのま》（一部の親藩と譜代大名の柳営《りゅうえい》内の詰所）詰めとなってみると、同輩の大名らはいずれも大したものはいない。大ていが普通社会に出すなら中以下の人物だ。

「家格をきわめて、大老になりたい」

と思うようになったのはきわめて自然であろう。

長野の方は長野の方で、もう一段階段を上らせて大老にしたい。大老は常置の職ではないが、平時でも置かれたことが多い上に、こんな時局になっているのだから、置かるべき可能性は大いにある。やりたい、やらねばならないと思った。功名心の旺盛《おうせい》な長野は、単に直弼のためだけでこう考えたのではない。島田三郎の「開国始末」の付録に「主膳の志は自ら幕政に参するの地をなさんとするにあったようだ」と書いている。直弼を大老として幕閣第一の権力者とした上で、自分も直参《じきさん》にぬけて幕府の要人となろうと考えていたという意味だ。

君臣の心がこうであり、また後のいきさつを考え合せると、二人の間に次のような会話があったと考えてもよいであろう。

「この上は、ご大老でございますね」

「大老？」

「はい。おなり遊ばせ。お家がらでございます」

「なれるだろうか」

「なれますとも。時勢もその向きになっております」

「それはそうだが……」

「拙者におまかせ下さるなら、必ずご大老にし申します」

「では、まかせよう」

四

長野が井伊家の臣となった翌年が、嘉永六年で、その六月にペリーが浦賀に来て、開国をうながす国書をつきつけた。これまでにも米国をふくむ欧米の国々の船が来てこれに似た要求をしたことはあるが、こんどはまるで模様がちがう。四隻《せき》もの軍艦で来て、少しもこちらの言うことを受付けず、おそろしく威圧的である。江戸湾に入って来て、本牧沖《ほんもくおき》あたりに碇泊《ていはく》し、ボートをおろして人もなげに測量したりまでする。

幕府も、一般も、今にも戦さがはじまるかとおびえさわいだ。

六月半ばになって、ペリーは明年来て返事を聞くと言いのこして、浦賀を去った。人々は一応ほっとしたが、それから十日ほどの後、将軍家慶《いえよし》が死んだ。前から病気だったのが、心労と暑熱で衰弱がつのったのである。

次の将軍には家慶の子家定がなった。

家定を将軍にすることは、心ある人々にはずいぶん不安があった。家定は精薄児的人物なのである。

「太平の世なら、幕閣というものがあるのだから、人なみならぬ上様であっても、支障なく行けるが、どうやら多事多難必至という時代に、かような方でよいだろうか」

と、強い心配があったのである。

だから、その人々の間に、賢明な将軍世子を立て、それに将軍の政務を摂行してもらうようにしようという考えが出たのは、家定が将軍になってそれほど時の経《た》たない頃《ころ》であった。ぼくは色々な事情から考えて、この年中にはその動きがはじまったろうと考えている。

この人々のこの考えは、一筋に日本のためを考えてのことであるが、これとは別に将軍世子を立てることを考えている者があった。紀州家の付家老水野忠央《ただなか》である。

前にも触れたが、水野はなかなかの野心家である。国学者らに依嘱して「丹鶴叢書」という古典の叢書を刊行したのは、後代に自分の名をのこすためであるが、栄達のためにも色々な手段を講じている。紀州家の付家老たる身分を不満として、直参の大名になり、あわよくば老中となって天下の政をあずかる身となるつもりで、自分の妹二人を大奥の奉公にさし出している。大名と同格である三家の付家老の妹はそのままでは大奥奉公させられないから、幕臣の薬師寺元貞という者に養女にやったことにして差出したのだ。姉の琴子は家慶将軍のお手付中﨟《ちゆうろう》となって二男二女を生み、妹の遐子《はるこ》は年寄となって、なかなかの威勢である。たとえ将軍の妾《めかけ》でも、妾は妾だ。平《ひら》士《ざむらい》でも心の正しいものなら、こんなことはしない。それを敢《あ》えてしたのであるから、水野がいかに権勢に飢えていたか、わかるのである。

妾献上を手段とするこの策は、このかぎりでは成功しなかった。水野は紀州家の付家老の身分から脱することが出来なかった。

しかし、彼は望みをすてない。次の手を考える。

彼は、家定将軍が単に精薄者であるのみならず、不能者であることに目をつけた。家定の最初の夫人は鷹司《たかつかさ》関白家から来た人であったが病死し、次に一条関白家の姫君が入輿《じゆよ》したが、これも病死し、その以後は独身でいる。将軍になった時三十というさかりの年でありながらだ。側室やお手付上臈でらちをあけていたのではない。体質虚弱で、女には用事がなかったのだ。「男女の交りも出来ない人であった」と、当時の書物に出ている。

「いずれはご養君をなさらなければならないのだから、うちの殿様をご養君にしていただこう」

と、考えた。うちの殿様というのは、紀州侯慶福だ。嘉永六年にはわずかに八つの少年だが、四つの時から当主になっているのであった。もちろん、慶福を将軍にした上で、自分は直参の大名になり、やがては老中になろうという腹である。

この計画を実現するために、水野にはよい便宜がある。大奥にいる妹二人だ。この二人を手蔓《てづる》にして、大奥の女中らの喜ぶような品物をばらまき、紀州侯の宣伝をすれば、大奥の人気を吸いよせることは造作ないと、計算した。

上記の両派の運動は、最初のうちはごく隠微なものであったが、次第にはげしさを加えた。時勢がそうさせたといってよい。ペリーは約束の通り嘉永七年（後に改元して安政元年）正月、浦賀に来て、強硬に回答をうながし、三月には日米和親条約をとりつけたのである。アメリカだけではない。英国も、オランダも、ロシアも、同様な条約をとりつけた。幕府はもう、一度身をけがした女が次々に男に身をまかせて際限もなく身を持ちくずして行くようであった。こうした時勢の急迫が、賢明な将軍世子を立てたいと思っている人々の心をせき立てた。

「一時も早くそうしなければならない。見渡すところ、一橋慶喜《よしのぶ》公が一番ご適当のようである。ズバぬけてご賢明であるし、お年も今年十八であられる」

と、考えもまとまった。この派の人々には大名が多かった。老中阿部正弘、尾張義恕《よしくみ》（後の慶勝《よしかつ》）、越前慶永《よしなが》、島津斉彬《なりあきら》、宇和島侯伊達《だて》宗城《むねなり》、山内豊信《とよしげ》、鍋島直正《なべしまなおまさ》等々、この頃賢諸侯として有名な人々は皆この派であった。譜代大名にもいる。土浦侯土屋寅直《ともなお》がそうであった。脇坂安宅《わきさかやすおり》も大分傾いていた。幕臣にもいる。岩瀬忠震《ただなり》、鵜殿長鋭《うどのながとし》（鳩翁《きゅうおう》）、永井尚志《なおむね》、土岐《とき》頼旨《よりむね》、水野忠徳《ただのり》等々がそれだ。皆幕府の要職にいて、賢明で進歩的な人々であった。

安政三年の十一月に、島津斉彬が自分の養女篤子《あつこ》（後の天璋院《てんしょういん》）を、男女の交りも出来ない将軍であることを知りながらも、将軍夫人として入輿させたのも、他《ほか》にも目的はあるが、とりあえずのところは、慶喜を将軍世子とすることを大奥の方からまとめることに目的があったのである。

慶喜派がこう活発に動きはじめたとなると、水野忠央もじっとはしていられない。大奥へ手入れするとともに、家定の気に入りの近臣らにも手入れする。なかにも、側《そば》御用《ごよう》取次の平岡丹波守《たんばのかみ》道弘に深く取入って色々な名目で賄賂《わいろ》をおくったが、ついに名目のつけようがなくなると、こんなことまでしたと、「昨夢紀事」にある。平岡の屋敷は水道橋外にあったが、そこの河岸に紀州から取寄せた熊野《くまの》炭を山のように積み上げ、平岡の家で使用するのはもちろん、平岡の家臣らも自由に使ってよいようにはからったので、平岡の家来らは、水野のことを「炭屋」と陰で笑っていたというのである。

こういう両派の形勢を見て、長野の胸中には、直弼を大老とする策が油然《ゆうぜん》として湧《わ》いて来た。彼の見るところでは、一橋慶喜は大奥できらわれている。慶喜の実父である水戸斉昭《なりあき》がおそろしく大奥の評判が悪いのである。しかし、慶喜派の理由としているところは日本の当面する時局難の乗切りであるから、ずいぶん迫力がある。この迫力の前には賄賂の力などおよばないかも知れない。だが、譜代大名中第一の有力者である井伊家が肩入れするとなれば、紀州派の力は飛躍的に強くなる。水野も、大奥も、よろこぶはずである。ありがたがるはずである。そこで、いろいろと策をすれば、大老任命を直弼に降下させることは必ず出来る。ひとたび大老になれば、慶喜説をしりぞけて、慶福を世子とすることは易々たるものだ。――以上が、長野の胸中に画いた秘策であった。

長野は井伊に言ったろう。国学の講義のあとか、茶室で。

「紀州の水野忠央殿に会ってみようと存じます」

「ほう、どんな用事で?」

「将軍家ご養君のことで」

「ふむ」

「おまかせ願えましょうか」

「よかろう」

殿をご大老にし奉《たてまつ》るためであるなどとは、言わなかったろう。言わないでもわかっているはずだから。

長野は水野に会った。それは江戸の水野の屋敷であったろう。水野の家は定府(じょうふ)の家柄である。紀州の封地に帰ることとだってないわけではないが、江戸屋敷の方が可能性が多かろうと思われるからである。

前に書いたが、長野には日本の国がらについての哲学がある。賢をえらんで君たらしめるのは外国の風で、日本では君臣の分が立っていて、血統をもって世々相承《う》けることになっている、これこそ日本の万国にすぐれた点であるという哲学だ。将軍世子選定の問題にたいして、打ってつけのものだ。

長野は、これを直弼の説として、継統論を展開したろう。

「ただ今ぼつぼつと論議されています、将軍家ご養君の問題について、主人はこう申しております。君主は賢愚によって定むべきものではなく、血統によるべきものである、もし賢愚によって定めるなら、嫡々《ちやくちやく》相承けるという制度はないにひとしく、争闘やまないことになろう、かくては、恐れ多けれども皇室の尊厳にもかかわることになろう、つまり、賢者をえらんで君主と定めるのは夷狄《いてき》の風で、皇国の風ではない、従って、将軍家のご養君はご血統の最も近い紀州様をお立てすべきである、一橋様はご賢明であるとはうけたまわっているが、それはこの問題には関係はない、およばずながら、紀州様のために力をつくしたいと、かようでございます」

譜代大名第一の家柄であり、第一の実力者である井伊家の当主が、堂々たる継統論まで持参した上で、助力するというのだ。水野がよろこばないことがあろうか。堅い盟約がここに成った。

五

長野の暗中飛躍がはじまる。

伝えるところはないが、大奥にむかっても運動したに違いない。大奥が政治上のことについて隠然たる力を持っていることは、江戸時代には誰《だれ》でも知っていることであった。大奥の力は、将軍がズバぬけて賢明である時期には大したことはないが、少々賢明なくらいではとうていおさえはきかない。愚昧《ぐまい》な場合には、幕閣を圧倒するほどの強さを持つ。あれほど賢明剛毅《ごうき》な水野越前守忠邦《ただくに》が、大決心をもってとりかかった天保の改革で、大奥だけには全然手をつけることが出来なかったという有名な話がある。大奥はこんなに強いのである。とりわけ、将軍養子の問題は、考えようでは徳川家の私事である。大奥の女中らにしてみれば、自分らには最も発言権があると思っている。長野ほどのかしこい男がここを見落そうはずはないのである。

大奥にたいするその運動がどんな工合に行われたか、伝えるものがないのは残念であるが、長野の慣用の方法から見て、あらましの想像はつく。

長野は稀世《きせい》の美男子である。彼は策のためには、その魅力を利用することをためらいはしない。伊勢の滝野村でもそれによって僻地《へきち》から脱出した。直弼と相知るにも村山かずえという女性から直弼を説かせたという説がある。ぼくはこの説は資料不十分であるからにわかには信ぜられないとは書いたが、後にかずえが長野の情婦になったことは確かなのである。大奥の女中らにたいしても、この魅力を利用した疑いは十分である。積極的に誘惑の手をのばしはしなかったろうが、彼の美貌《びぼう》に女中らが好意をもち、彼がそれに乗じて説くところを傾聴させ、直弼に好意を持たせるようにしたことは、ほぼ確実であろう。ましてや、女中らは紀州慶福《よしとみ》に好意をもち、同じことなら紀州殿をご養君に迎えたいと思っているのだ。必ずや、

「井伊殿は頼もしいお人」

と、直弼の人気は上ったに相違ないのである。

大奥の女中らが慶喜を迎えることをきらったのは、慶喜その人をきらったのではなく、慶喜の実父水戸斉昭をきらったからである。将来慶喜が将軍になれば、斉昭が大御所的存在となって、大奥にも力をのばすに違いないとして、きらったのである。慶喜自身はなかなかの美男子で、お面《めん》くいの女中らが慶喜が大奥に来るたびにどよめいたので、当時まだ世子であった家定が嫉妬《しっと》してきげんが悪かったという話も伝わっている。つまり、女中らは斉昭がきらいなので慶喜説に反対し、その反動で紀州慶福が好きになったわけであるが、だんだん本気で慶福が好きになっている。

それは慶福が非常な美少年であったからである。安政四年には、慶福は十二歳である。女には母性本能がある。大奥という特殊世界にいて、禁欲生活を余儀なくされている女中らにも、この本能はある。十二歳の美しい少年殿様の姿は、彼女らのこの本

能に訴えるものがあったはずである。

水野忠央も、長野主膳も、目的のためには手段をえらばない性質であり、策士である。女中らの心をひきつけ、人気をかき立てるために、おりにふれては家定将軍の生母本寿院などのごきげん伺いと称して、慶福を大奥に伺候させたのではなかったか。小説家的想像にすぎないと言ってしまえばそれまでのことだが、可能性は大いにあることであろう。

それか、あらぬか、せっかく島津家から篤子が入輿し、家定とのなかもよいというのに、大奥では慶喜の評判は益々《ますます》下落し、慶福の評判は益々高くなって行った。

長野の辣腕《らつわん》は老中にもおよんだ。安政四年の六月、老中阿部正弘が病死した。島津斉彬や越前慶永と肝胆相照らすなかで、慶喜派の人々の最も頼りとしていた人だったので、その派の人々の力落しは大へんなものであった。正弘のあとには、脇坂安宅《やすおり》と松平忠固《ただかた》が老中となった。この当時、直弼の謀臣としては、長野のほかに宇津木六之丞景福《ろくのじょうかげとみ》がいたが、二人は相談し、直弼にすすめて、松平忠固に、老中就任の祝いとして黄金三十枚を賂《おく》らせている。大判三十枚、すなわち三百両である。（昨夢紀事、安政紀事）

長野と水野は目的のためには手段をえらばない。慶喜派は熱心な運動をつづけながらも、慶福の悪口を言うことはなかったが、二人は水戸斉昭について最も悪質なデマを大奥に流した。

その一つ。

斉昭は度はずれた好色漢で、ずっと昔、水戸家の当主になって間もなくのこと、前の太守であった兄斉脩《なりのぶ》夫人として嫁《か》して来た十一代将軍家斉《いえなり》の女《むすめ》峰姫の侍女で京の公家《くげ》高松三位《さんみ》の女《むすめ》唐橋《からはし》というのを迫奸《はくかん》して妊娠させ、家斉将軍の耳に達して、そのさしずで子供は堕胎させ、女は京に送りかえしたことがあるが、昨年はまた最も不倫なことをした。

水戸の当主慶篤《よしあつ》夫人線姫《いとひめ》は有栖川宮家《ありすがわのみやけ》から降嫁された人であるが、この人が昨年（安政三年）十一月七日、とつぜん自殺された。これは水戸の老公が線姫様に無体なことをされたからである云々《うんぬん》。

その二。

水戸の老公に謀叛《むほん》の企てがある云々。

デマというものは、全然うそではききめがない。多少根のあるものが信ぜられる。斉昭がなかなかの色好みであることは、かくれないことである。唐橋の話は昔のことだが、事実である。慶篤夫人線姫がとつぜん自殺したことも、大奥の女中らは皆知っている。原因がわからず、あれこれと取沙汰《とりざた》して、気の毒がっていたのである。一ぺんに信じ、身の毛をよだたせた。

謀叛の企て云々にも、そう疑ってみれば納得出来るような事がらがある。斉昭はこの頃、幕府に意見書を差出して、こう言っている。

「開港しても、江戸に外国商館をおくことは絶対反対である。自分を国使としてアメリカに派遣されたい。そうすれば自分はアメリカの当局に、日本内地に商館を設けるな、交易したいなら、当地において自分が一手に引受けて交易のことにあたるであろうと説得する。その際の自分の従者としては、浪人、百姓、町人の次三男、重追放、死罪にあたる者共を、お許しをこうむって召連れたい」

また、

「百万両借用したい。それで大艦・巨砲を製造し、武備をととのえ、大坂、京都の守備に任じたい」

とも要求した。

この意見書は、幕閣からの通知で、水戸藩当局があわてて取下げたのだが、書いてあることは幕府の役人らの記憶にのこる。自然、外へ漏れもしているから、水戸のご隠居は謀叛の企てをしておられるというデマを信じさせるに十分なものがある。「水戸のご隠居はおそろしいお人、そのお子の一橋様をご養子になど、こわいこと！」と大奥の女中らはふるえ上った。女中らだけでなく、幕臣をふくめて一般にも信ずる者が多かった。

以上のデマが江戸の朝野にさかんに流れている頃、長野は京に出ていた。

慶喜擁立派の諸大名——越前、薩摩《さつま》、尾州、土佐、宇和島等が、それぞれ親しい公家を通じて、「慶喜を将軍世子にせよ」との勅諚《ちよくじよう》を下してもらいたいと、朝廷に運動しはじめたからである。この派の言い分は、この錯雑困難な時局を乗り切るためには賢公子を世子として将軍の政務を代行させる必要があるというのだから、朝廷の動かされる可能性は大いにある。紀州派にとってはゆゆしいことだ。長野は上京して対策を講ずる必要があると、直弼に言った。

直弼は、幕府中心の政治のやり方をいささかも崩してはならないと考えている人だから、向うがやるからといってこちらもやるのは、朝廷の幕府にたいする容喙《ようかい》の途《みち》をひらくようなものだと思ったが、背に腹はかえられない。長野の上京をゆるしたのである。

長野にとっては、京は最もなれた土地である。彼はその学識と風采《ふうさい》と雄弁とをもって、すでに名声が京都で高くなっている。摂関家の二条家は彼の弟子だ。他の公家にも弟子になっている人々が多い。九条家は井伊家と昔から関係の深い家であるので、その家の侍らは、諸大夫の島田左近竜章《たつあき》をはじめとして弟子になっている者が多い。昔の淵《ふち》にかえった魚のように自由自在な長野であった。その上、彼の議論は、「皇国の美風たる君臣分《ぶん》あり」に立脚する継統論だ。公家さんらの耳には最も入りやすいのである。莫大《ばくだい》な運動資金も用意していて、おしげもなく撒《ま》いた。公家さん達は見る見る紀州派に化して、慶喜派は日なたの雪だるまのようになった。

これが江戸に聞えたから、慶喜派としてはさらに対策を講じなければならないと思った。

あたかもその時、年がかわって安政五年正月下旬、幕府は首席老中堀田《ほった》正睦《まさよし》を上京させた。年末に、米国総領事ハリスとの合議で、日米通商条約の草案が出来たので、調印の勅許を受けるためであった。

堀田の出発に六日おくれて正月二十七日、越前藩士橋本左内は、主人の慶永の命を受けて上京の途についた。左内の使命は二つあった。

その一

公家達に開国論を説き、堀田のために助鉄砲《すけでっぽう》を打つことである。公家達は浪人学者や水戸派によって外国嫌悪《けんお》説・日本孤立論（攘夷《じょうい》論というほど強いものではない）を説かれて、すっかりそれにかぶれているので、外国の事情と日本の現状とをよく説明し、これからの日本は鎖国をやめ、開国して西洋の文化を取入れることによって富強の途を講ずるよりほかはないと説き聞かせ、納得させよう。そうすれば幕府のためにもなる。堀田は元来慶喜説に好意を持っている男だから、大いにありがたがって、幕閣の意見を慶喜説にまとめてくれるだろうというわけ。どうやら、慶永と堀田の間にその約束が出来ていたらしくもある。

その二

長野の遊説《ゆうぜい》によって公家達の間に慶喜説の人気がなくなり、紀州説が人気を得て来たので、勢いを挽回《ばんかい》するためであった。つまるところ、この点では、長野と一騎打ちしようというのである。

この一騎打ちは、興味的に見れば、なかなかの名勝負だ。長野は国学者であり、保守主義者であり、野心家であり、左内は洋学者であり、進歩主義者であり、愛国者である。何から何まで正反対だ。共通しているところは、二人が状貌美女のごとき美男子であるということだけであった。

形勢は左内に不利であった。長野の手は京都政界の隅《すみ》から隅に徹底して行きわたり、左内の学識才幹をもってしても、なかなかの苦戦であった。左内が開国論を説くのもいけなかった。欧米諸国を心の底からきらっている公家達は、開国論などまるで受けつけない。きらうあまりには、慶喜説にまでわずらいがおよびそうになった。

しかたがないので、開国論を説くことはやめて、一筋に慶喜説を説くことにして、やっと少しずつ勢いをもり返して行った。この間にはもちろん金もつかった。それはこの頃左内が慶永の側用人である中根雪江《ゆきえ》に出した手紙で明らかである。賄賂やら例のご染筆（色紙や短冊《たんざく》を書いてもらったお礼という名目で金を賂《おく》るのである）やらで、五十両使い切ってしまったから、五十両でも百両でも送ってくれという文面である。薄《はく》禄《ろく》の公家にとっては、賄賂は主収入であったといってよい。主人も、家来も、はばからず取ったのである。

一方、堀田の方。堀田はこの京都上りを、さしてむずかしくは考えていなかった。世界情勢の変化や、日本の現状などについてよく説明するなら、きわめて容易に勅許を得ることが出来るであろうと安心しきっていた。説明役として、川路聖謨《としあきら》と岩瀬忠《ただ》震《なり》とを連れて来ていた。いずれも幕府部内の俊秀だ。川路は現在は勘定奉行だが、昔奈良奉行をつとめて公家らに親しい人が多数あり、多知多能をもって称せられた人物だ。岩瀬は目付《めつけ》で、幕吏中第一の外国通で、識見手腕ともに抜群で、ハリスとの談判委員として折衝し、ハリスがその日記中で慧敏《けいびん》を嘆称しているほどの人物だ。この優秀なスタッフをもってあたるのだから、成功は疑いないと信じ切って上京したのである。

が、この問題については、朝廷は実に強硬であった。湯水のように金をつかったが、まるで効果がない。第一、天皇がご納得なさらないのである。上流公家の中では九条尚忠《ひさただ》だけは了解したが、近衛《このえ》も、鷹司《たかつかさ》も、一条も、二条も、納得しない。それ以下の人々に至っては正面切っての反対だ。

ついに堀田は江戸に帰ることにしたのだが、左内はその前に上流公家達の心を慶喜説にまとめ上げ、

「年長、賢明、人望の三条件をそなえた者を世子に選べ」

という意味の内勅を堀田に持たせて東帰させることに説きつけた。慶喜という名は出ていないが、この三条件をそなえているのは、慶福ではなく慶喜だから、まぎれる心配はないのである。

左内は大成功したと信じて、堀田の離京に先立って出発、江戸に向った。ところが、ここが長野だ。そのあとで九条関白を説いて、内勅の文言をこう書き改めさせた。

「急務多端の時節、養君ご治定、西丸《にしのまる》ご守護、政務ご扶助に相成り候はば、おにぎやかにて、おんよろしく思召《おぼしめし》され候。今日幸ひの儀、申入るべく、関白殿・太閤《たいこう》殿に命

ぜられ候こと」

緊急なる政務が多端の時節であるから、世子をきめて西の丸におき、政務を輔佐《ほさ》させたら、にぎやかでもあるし、よいと思う、今日はよい機会であるから、この旨《むね》幕府に申入れよとの勅諚を、関白と太閤とがこうむったという意味である。すべて単に早く養君を立てよというだけの、骨抜きのものにしてしまったのである。すべてこれ長野の辣腕による。驚嘆すべきものがある。

さすがにこれには、鷹司太閤、近衛忠熙《ただひろ》、三条実万《さねつむ》等の人々が強硬に異議を申し立てた。堀田もはっきりと誰をと示していただきたいと言った。いろいろ押問答のあった末、九条は「年長の人」と書いた細い紙片を行の間にはりつけさせることにした。

これで一応は、養君には慶喜を立てよという天皇の意志が示されたわけではあるが、本文に書きこまれてあるのと、貼紙《はりがみ》で示されたのとでは、迫力がちがう。

しかし、長野はこれで安心はしていない。この勅諚のことを、江戸に急報する。直弼のところへはもちろんのこと、水野忠央へも知らせたが、これにはとくに、至急対策を講ぜられよと申しそえた。

対策を講ぜよとは、もはや猶予《ゆうよ》をゆるさぬ場である、主人直弼を大老に就任させる以外には、切りぬける方法はないの意味だ。

実際その通りである。貼紙の勅書でも勅書は勅書だ。これを無視することの出来る老中が現閣老の中にあろうとは思われない。しかも、首席老中の堀田は慶喜派に傾いている男である。慶喜派の勝利におわることは確実といってよいのである。

六

長野からの知らせを受けると、水野は大急ぎで将軍のお気に入りである側御用取次《そばごようとりつぎ》の平岡丹波守《たんばのかみ》道弘、大奥の二人の妹、将軍の生母本寿院らと連絡を取って、ひしひしと策を進めた。

この人々は、水野や長野によって、世子問題にたいする直弼の考えや徳川家にたいする忠誠心をかねてから承知して、最も頼もしく思っていて、おりにふれては将軍に、「掃部頭《かもんのかみ》はご養君のことについてはこう考えています由《よし》、あの人はお家柄《いえがら》といい、心がらといい、頼もしい人でございます。いつかはご大老になさるべきお人でございます」

と、吹っこんでいた。

将軍は慶喜がきらいである。慶喜が美男子で、かしこくて、慶喜が来ると女中らがざわめくので、嫉妬していたということは、前にもちょっと触れた。精薄児で不能者であっても、こんな感情だけはあるものらしいのである。慶喜の実父の斉昭に至っては最もきらいであった。斉昭をきらう女中らの中で、悪い評判ばかり聞いて生い立ったからでもあろうが、圧迫的な人がらがこわかったのかも知れない。かれこれあって、慶喜をきらうこと一方でなかった。

直弼は、そのきらいな慶喜を立てることに反対で、皆も好きで自分も好意を持っている紀州慶福を立ててくれるというのだ。忠義でもあるという。いいやつらしいと、将軍は思っていた。こういう気になっているところに、大老になさるべきでありますと、度々周囲から言われるのは、精薄将軍には催眠術による暗示をかけられるようなものだ。いつか、そうしなければならないような気になっていたところ、母の本寿院や平岡らが、こんど下るべき勅書のことを話して、直弼を大老とするよりもう策はないと言ったので、

「そんなら、掃部頭を大老にいたす。さようはからえ」

と言った。

それ！　とばかりに、大急ぎで運びをつける。

平岡丹波守は薬師寺元貞を呼んだ。薬師寺は水野の大奥に奉公している二人の妹琴

子・遐子《はるこ》の養父になっている人物だ。以前は小姓頭取《こしようとうどり》で、今は徒頭《かちがしら》をつとめている。

平岡は薬師寺に、これからのことは一切他言しないとの誓言を立てさせた上で、井伊家に密使としてつかわす。

「近く大老に申付ける。世子問題について強い覚悟を持つように」

という口上を伝える。

数日あって、四月二十日に、堀田が京都から帰って来て、翌日登城して老中らと会い、条約勅許問題についての朝廷のきびしい態度を説明した上で、勅書を示して世子問題について語る。

「朝廷のご意向は、ごらんのごとく一橋公にあります。公武一和の上からも、勅旨にそい奉《たてまつ》るべきでありましょう。そうすれば、条約勅許のこともご聴許になると見ました」

老中らが同意したので、堀田は将軍の目通りを願い出て、報告し、裁断を仰いだ。

将軍ははっきりとは口もきけない人だ。しかもこの時は直弼を大老にすることに決定し、すでに手筈《てはず》もきめている。口跡《こうせき》の不明瞭《ふめいりよう》なのがかえって幸い、何やら口の中でもごもごと言い、うなずいてすませた。

堀田は言上したことが聴許されたと信じて下城したのであるが、その翌日の正午過ぎ、将軍はまた薬師寺を井伊家につかわした。薬師寺は人を遠ざけて、四時間にわたって直弼と密談して立ちかえった。

それから小一時間も経《た》った頃《ころ》、老中連署の奉書が到着した。

「ご用これあるにつき、明朝午前八時登城せよ」

という文面である。

翌日登城すると、将軍は老中らを列席させた前で、大老職任命のことを申し渡した。お召しの奉書に連署したのであるから、老中らとしては何かあるとは思っていたろうが、それでも、この任命は寝耳に水の感があったに違いない。自分らのまるで知らないところでことが運ばれ、いきなりそれが現われたのであるから。しかし、幕府の制度は将軍独裁がたてまえだ、異議は出来ない。

それに、一体大老は五代綱吉の時までは老中の上に立って実際仕事もし、政務の中心となって強大な権力をふるったのであるが、以後の大老は名誉職的なもので、実際の政務は見ず、老中らのきめたことにめくら判をおすだけのものになっている。だから、老中らもこんどの任命もそんなものと思っていた。

ところが、直弼はもうその日からバリバリと執務したので、老中らはあわてたという話が、井伊家の記録にある。

このようにして、直弼は維新初期の政治の中心人物として、政局に登壇し、その大老としてしたことの主なものは、条約を無勅許で締結したこと、将軍世子を紀州慶福（家茂）に定めたこと、安政の大獄をおこしたことの三つであることは、周知のことである。これらのいずれにも、直接、間接に長野が関係しているが、この文章では最も深く関係していることだけを書きたいと思う。

七

直弼が大老としてしたことの中で、長野が最も深く関係しているのは、安政の大獄である。この大獄における辛辣《しんらつ》・刻深《こくしん》な検挙は、ほとんど全部が長野の意図と指揮によるものである。

大獄の発端は、安政五年の八月、水戸家に密勅の下ったところにある。この密勅のことについては、「有馬新七」で書いたが、説明の便宜上、ごく簡単に書く。この勅書は、密勅という名はあっても、二日後には幕府にも下賜《かし》されているのだから、幕府にとってはさほど危険なものではない。しかし、直弼にとっては腹にすえかねるものであった。解釈のしようでは、井伊にたいする痛烈な不信任状というべきものであったからだ。密勅の文章を分析すれば、次の三条になる。
一、朝廷は堀田老中に開国は好ましからずと勅旨したのに、幕府はこれを無視して、アメリカと通商条約を結んでいる、どういうわけだとなじっている。
二、井伊が、井伊を非難詰問《きつもん》した水戸、尾張、越前、一橋らを謹慎・蟄居《ちっきょ》等の処分にしていることにたいして、その処分の撤回をもとめている。
三、当今の時局は最も重大であるから、大老、閣老、三家、両卿《りょうきょう》、家門《かもん》、外様《とざま》大名、譜代大名、皆で合議して国策を定めよと要求している。
いずれを取って見ても、大老にたいする明らかなる不信任の意がある。直弼はもちろん激怒した。

さらに、彼を怒らせたのは、この密勅が日下部《くさかべ》伊三次《いそうじ》、水戸の藩士ら、梁川星巌《やながわせいがん》、梅田雲浜《うんぴん》、その他の浪人学者らのグループのはたらきで下賜されたことであった。庶士横議は国の乱れのもとというのは、直弼と直弼の知嚢《ちのう》である長野や宇津木の信念である。

「捨ててはおけない。検挙してきびしく処断して恐怖させ、再び不逞《ふてい》の徒の出ないようにしなければならない」

と、かたく決心したのである。

この頃、長野は主として江戸にいたが、時には彦根に、時には京に上って、縦横の暗躍をつづけていた。けれども、密勅の降下についてはつい手ぬかりして知らずに過ぎた。彼は密勅の降下した時は江戸に来ていたが、直弼と打合せて大急ぎで上京した。どうやら、この頃、長野は村山かずえと恋情関係が出来ている。この頃か、この少し後かよくわからないが、かずえは金閣寺代官の多田源左衛門と別れて、今はもう成人して帯刀《たてわき》と名のっている息子とともに、平野に家をかまえ、長野の妾《めかけ》となっている。多田は腹も立ったであろうし、大いに未練もあったろうが、飛ぶ鳥おとす井伊大老の腹心の謀臣である長野が相手ではどうしようもなく、涙をのんで離縁したのであろう。長野は、豊富な運動資金をもっている。かずえの妾生活はぜいたくなものであったろう。

ついでに書いておく。長野の妻滝はこの頃死んだらしい。その辞世の歌というのが伝わっている。

まよひこし浮世の暗《やみ》をはなれてぞこころの月の光みがかん

滝は夫の薫陶《くんとう》で国学に通じ、和歌にたくみであったといわれている。墓が彦根にあって、「初代長野義言《よしとき》妻」と長野が碑に記しているという。初代とある以上、長野は幾代の子孫を予期していたのだと、大久保湖州が書いている。

長野は密勅降下のことを、密勅が水戸家にとどけられ、水戸家から幕府に知らせがあるまで、知らなかった。最も周密な諜報網《ちょうほうもう》を持っていると信じていた彼も、江戸に来ていたために知らなかったのであるが、それでも誇りを傷つけられたことは一通りでない。元来、刻深な性質なのだ。

「おのれ、今に見よ！」

京に上るや、精をはげまして探索にかかった。彼が使っていた密偵《みってい》は多数あったが、最も有能であったのは、有名な目明し「猿《ましら》の文吉」である。この文吉の妹が九条家の諸大夫《しょだいぶ》島田左近の妾君香《きみか》であったことは、維新史では有名である。島田は長野のために京都政界上層部の情報網をつとめ、文吉は一般社会の密偵をつとめたのである。

梅田雲浜は大獄のごく初期に検挙されたのであるが、その捕縛の次第は、長野の性格を最も鮮明に語っている。

雲浜は若狭《わかさ》小浜《おばま》の酒井家の旧臣で、山崎闇斎《あんさい》派の儒者である。ペリーの来航以来、国家の危機感が痛切になると、じっとしていられれず、かねて親しく出入りしている宮家や堂上家に最も活発に働きかけ、密勅降下にもずいぶん働いた。中にも親幕派公家の中心である九条関白を獅子《しし》身中の虫にたとえ、これを退けなければ朝威は幕府におさえられ、百世のびることなく、ついには皇国の威は地におちるであろうと論じて、青蓮院宮《しょうれんいんのみや》（後の久邇宮朝彦親王《くにのみやあさひこ》）に上書し、宮が天皇に奏上されたので、九条はついに関白の辞職願を出さざるを得なくなったのである。

長野はくわしく雲浜について調べ上げ、検挙しなければならないと思った。ちょうどその時、雲浜の旧主である酒井忠義が新たに所司代になって、江戸から京に上って来るという知らせがとどいた。

長野は桑名まで出迎えて忠義に会い、京都の情勢を説明し、浪人学者らの説が朝廷の議論をいやが上にも反幕に駆り立てていることを説いて、

「この悪儒者共の中で梅田は最も凶悪でござる。しかじかのことをなし、しかじかの証拠があります。ご着京の上はぜひこの者をお召捕りになるべきでござる」

と主張した。

しかし、酒井は旧君臣の情にひかれたのか、言を左右にして受けつけなかった。長野は不本意ながら一旦《いったん》彦根までかえったが、あきらめはしない。数日の後、江州《ごうしゅう》大津に出て旅籠《はたご》に泊っていた。ここにいて、かねて目ぼしをつけている人間らが江戸の同志と取りかわす手紙を検閲するためであった。この頃西郷隆盛の手紙もここの検閲網に引っかかっている。

九月五日の午後三時過ぎ、この宿屋に酒井忠義の用人三浦七兵衛という者が、主用

でたずねて来た。三浦が主命を達したあと、長野は言う。

「拙者はこの前、貴殿のご主人を桑名までお迎えして、梅田源次郎と申す悪儒者のことを申し上げておきましたが、所司代様はいかがなさったでありましょうか」

「そのことでござる。主人は貴殿からお話があったのみならず、着京後諸方から聞くところ、梅田の評判が案外に悪いので、召捕ろうと考えたのでござるが、ご承知でもありましょうが、昨日禁裡《きんり》では、かねて関白辞職を願い出《い》でられている九条殿の願いがゆるされ、新関白には近衛殿がなられることに確定しました。梅田は近衛殿のお気に入りであります。これを召捕りましては、必ず近衛殿のごきげんを損じましょう。かくては公武の中が一層けわしくなろうかと、召捕りを見合せているのでござる」

と、三浦は説明した。

長野は蒼白《そうはく》な顔を少しうつ向けて聞いていたが、いとも静かに言う。

「なるほど、よくわかりました。しかし、貴殿は九条殿のご辞職はご本意ではなく、梅田らの悪謀によってみかどから迫られたためであることをご承知でありますかな」

「それは承知しています。しかし、すでに至尊のご叡旨《えいし》として出たものでありますので……」

「近衛殿は関東には反対の方でござれば、やがて関白とおなりになったら、関東の趣意をはばみ給うようになりましょうな。そうなっても、叡旨なればかまわないというお考えと見えますな」

「いや、それは……」

と、三浦はあわてたが、長野はかまわずつづける。

「やがて、間部《まなべ》老中が上京されて、朝廷のご反省をうながし申される手はずになっていますが、すでに朝廷がそうなっていては、いたしようはなく、ついに水戸老公や一橋卿《きょう》へ勅命が下ることになりましょう。それでも、叡旨なればかまわぬ、というご料簡《りょうけん》のようですな」

「決して、決して、さような!……」

と三浦は狼狽《ろうばい》してさけんだが、長野はつめたく言う。

「いや、いや、そういうことになります。幕閣では出来るだけ穏便にことをおさめたいと心をくだいておられるのです。先《ま》ず梅田を召捕り、その口から徒党の者を四、五人も聞き出して召捕ってしまえば、軽忽《きょうこつ》な堂上方もおびえて自然後悔してお鎮《しず》まりになるであろうというお考えなのです。仮にですよ、仮に一騒動になっても、日本のため、朝廷のために、公儀が逆徒を罰し給うのですから、そんなに憚《はばか》らなければならないこととは、拙者には思われませんがねえ。無暗《むやみ》に勅命を恐れてお出でなのは、心得かねることです」

「………」

「貴殿のご主人のお手でお召捕りになることが出来ぬなら、拙者が彦根の手で召捕りましょう。しかしながら、念のために申し上げておきます。拙者がこんどまかり上りましたのは、貴殿のご主人が、間部老中のご上京までに京の整理をつけておきたい故《ゆえ》、拙者を貸してくれと、拙者の主人にお頼みがあったためであります。でありますから、貴殿のご主人にお手落ちのことがあっては、拙者は主人に申訳ないことになるのです。しかし、それよりも、梅田は間部老中がご上京になれば、片時もおかずお召捕りになる人物でありますが、そうなっては、ご主人のご面目が立ちましょうかな」

「………」

「しかし、それでもかまわぬとなら、拙者が召捕りましょう。京に行って町奉行に頼んでみます。町奉行もためらうようなら、彦根から人数をとりよせて召捕ります。天下の大事、日本の存亡にかかわること、捨てておくことは断じて出来ませんから」

　青白く澄んだ顔に一種沈痛な表情を浮べ、激せず、せかず、最も冷静な調子で、しとしとと説く。三浦は見えない縄《なわ》で五体をひしひしとしばり上げられるような気がしたろう。

「これから帰って、主人に申します。今晩京へ来ていただけませぬか」

「まいりましょう」

長野は三浦をかえした後、宇津木六之丞に手紙を書いて、上述のことを報告して、

「このままでは天下の大乱眼前に生ずべきことは言うまでもありません、何という臆《おく》病神《びょうがみ》がついたのでありましょうか」

と、慨嘆し、梁川星巌も悪謀の問屋であるから召捕らなければならないと書いている。もっとも、星巌はこの三日前にコレラで死んでいる。

長野はこの夜京に行き、酒井に会ったが、説きつけることは出来なかった。しかし、あきらめない。翌日、伏見に行き、伏見奉行の内藤正縄《まさつな》に会い、ついに召捕りの役には内藤があたることに話をきめ、酒井の了解を得るために、夜に入って内藤とともに酒井に会いに行った。

酒井はその夜は会わず、翌七日の夜、西町奉行小笠原長常の役宅で会い、ついに説得された。狙《ねら》いをつけたら決してあきらめないのである。恐ろしい執念である。

梅田雲浜はその夜の夜半、自宅で召捕られた。

これをトップにして、検挙ははてしなくつづき、あの未曾有《みぞう》の大獄となるのである。

八

老中間部詮勝《あきかつ》は、雲浜の検挙から一週間の後、美濃《みの》の醒《さめ》ヶ井宿《いじゆく》に到着すると、そこに長野が待ち受けていた。長野が大老の謀臣で、師事さえしていることは、間部はよく知っている。早速人を遠ざけて会った。

長野は京都の情勢をくわしく語った後、京都到着の上は、すぐ水戸の留守居鵜飼吉左衛門とその子幸吉とを召捕るべきであると説いた。鵜飼吉左衛門が密勅を受け、幸吉がそれを捧持《ほうじ》して江戸に下ったことは、間部もよく知っている。

さらに長野は、これをもって九条を関白職にもどす方策にすることが出来ると説いた。

「幸吉は偽名をし、みすぼらしく姿をやつして、勅書をたずさえて下りました。天朝のことはすべて最も尊崇して鄭重《ていちよう》のかぎりをつくすべきでありますのに、勅書にたいしてかかる取りあつかいをしたのは、非礼非法、朝威を損ずること言語道断でありま す。これを敢《あ》えてした鵜飼父子の罪は申すまでもありませんが、させた近衛殿にも責任がありま す。かような方が関白となられることは承服出来ませんと、こう朝廷に仰《おお》せ立てられませ。九条殿を関白に復し申すには、最も効果がありましょう」

朝廷尊崇、大義名分を逆手にとって、叡旨をくつがえそうというのだ。

「いかにもそうだ。さようにいたそう」

と、間部はよろこんだ。

「鵜飼父子だけでは不十分ならば、鷹司右府家の諸大夫小林民部大輔《みんぶだゆう》、三条家の金田伊織《いおり》を召捕りなさるよう。堂上家一般、この節の時勢のかげんで、のぼせ上っておられます。冷水三斗、ふるえ上らせ申すのが、一番ききめがあります」

「よしよし」

長野のこの入知恵で、鵜飼父子、小林民部大輔、金田伊織、三国大学（鷹司家家来）、絵師の浮田一蕙《いっけい》、頼三樹三郎《らいみきさぶろう》、皆捕えられるのだ。

長野は大津にいて、注意人物らの信書を検閲していたが、十八日付で鵜飼吉左衛門が江戸へ出した手紙と西郷隆盛の出した手紙とが押収《おうしゅう》されている。西郷の手紙は誰《だれ》にあてたものかわからないが、内容は長野が宇津木六之丞に出した手紙の中に書いてあって、わかる。

「間部老中が当地で暴悪な挙に出るなら、打払い、彦根城を一戦にとりつぶす」

というのであったという。

長野はおそろしく興奮して、宇津木にこう書きおくっている。

「もし一両日おくれたら、その書類は水戸にまわり、容易ならぬことになるところであった。まことに天運盛んなことである。これと申すも、間部侯の決断が速かったからである。決断が悪ければ、鵜飼父子の召捕りも神速には行かず、従って大事になるところであった。大悦に存ずる」

また、こうも書いている。

「薩・長・土から摂海（大阪湾）に軍船を差向けるという風評があるので、大坂、堺《さかい》、兵庫などへ、京からもの見のために与力、同心をつかわしたり、三藩の蔵屋敷を内偵させたりしている。西国へんにも京都町奉行から隠密《おんみつ》を出させた」

長野はこの大獄において、大魔王の観がある。間部も、酒井も、主人の直弼すら、一切彼の方寸によっておどらされている感じである。

この頃、長野は京にいたのだが、表面は彦根にいることにして、間部のところには夜間ひそかに出入りしたが、酒井所司代の許《もと》へはまるで出入りせず、酒井との交渉はすべて島田左近が代理になってとり行なっている。それは島田から宇津木に出した手紙で明らかである。

「この節、長野殿はごく内密にて在京しておられます。間部侯のところへも表向きは出入りなさらず、酒井侯へはさらに出入りなさらず、彦根表に居ることにしておられますので、ご所司代へは不肖《ふしよう》ながら拙者一人が応接しています」

酒井の態度が煮えきらないので、長野は気がゆるせなかったのであろう。

京では、多分、平野の村山かずえの家にいたろう。

狂気のような大検挙のあった翌々年が、万延元年である。その三月三日に桜田門外の変があった。

長野は頼む足場を失ったわけであるが、しぶとい策士である彼は宇津木六之丞としめし合せて、藩の門閥である木俣《きまた》清左衛門を仕置家老に立て、家老の庵原《いおはら》助右衛門とならんで政務をとらせることにした。実は彼が国許におり、宇津木が江戸にいて、両家老の背後にあって実権をにぎったのである。

彼は彦根にいながら、たえず京都に往来した。それは幕府の依頼を受けて働いていたのだ。和宮《かずのみや》内親王が家茂将軍に降嫁《こうか》されたことは維新史上最も著名なことだが、そのもとは直弼のまだ生きている頃《ころ》、長野の発議によって着手されたのである。島田三郎の「開国始末」付録によると、長野は直弼の死後も、老中久世広周《くぜひろちか》の頼みを受けて、このことに運動をつづけ、ついに達成したとある。和宮降嫁には、最初から最後まで働いたのである。

万延元年の翌々年は文久二年であるが、この年の下半期には最も激烈な勤王攘夷《じょうい》の論がおこり、その徒によって天誅《てんちゅう》と称する暗殺が大流行し、京は最も血なまぐさいところとなった。その暗殺さわぎのはじまる少し前の五月、長野と宇津木とは、知行を加増された。長野は百石もらって合わせて二百五十石となり、宇津木は百五十石もらって合わせて四百五十石になった。実権は彼らにあるのだから、これはお手盛りと言ってよい。

それから二月後の七月下旬、長野は京に行くために大津まで行って泊ったが、そこで島田左近が京の木屋町《きやまち》二条下《さが》ルところにある民家で妾《めかけ》の君香と逢《あ》っているところを斬《き》られ、首は先斗町《ぽんとちょう》の川岸に青竹につらぬかれてさらしものにされ、胴体は高瀬川に投げこまれて、木屋町の杭《くい》に引っかかっていたのが朝になって発見されたというらわさを聞いた。長野は聞くと、

「島田がこれまでしたことは、全部わしのさしずに従ったのだ。彼には何の罪もない。もし罪があるなら、わしにある。気違い共はわしも狙っているであろう」

と言って、急いで彦根に引きかえした。

ところがだ、島田左近暗殺のうわさが彦根に伝わって来ると、藩内の空気は一時に

変った。これまで長野と宇津木の威に圧せられて鬱屈《うっくつ》していた批判精神が一斉《いっせい》に爆発し、二人にたいする囂々《ごうごう》たる非難が巻きおこったのだ。こうなるとお手盛りで加増したことは憎悪《ぞうお》の的となり、動かすべからざる姦悪《かんあく》の証拠になる。ついに結束した藩士らは、藩主直憲《なおのり》に強訴《ごうそ》して、八月二十四日長野を禁錮《きんこ》し、二十七日、牢内《ろうない》で処刑した。

奸計《かんけい》をもつて重役の者へ取入り、政道を乱し、国害を醸《かも》し、人気を動揺いたさせ候ふるまひ、言語道断の重罪の者に候。よつて名字《みようじ》帯刀を取上げ、牢内において打捨てに申しつけ候。

というのが、申渡状である。武士としてでなく、百姓、町人同様に斬首《ざんしゅ》にされたのである。

飛鳥川《あすかがわ》きのふの淵《ふち》はけふの瀬とかはるならひをわが身にぞ見る

というのが、その辞世である。年四十八。

宇津木は江戸から国許に呼びかえされ、十月二十七日に斬られた。

長野が死んでから三月後の十一月十五日、村山かずえが天誅にあった。斬られはしなかったが、二条河原から北一町半の場所に、湯文字一枚のはだかにされて、棒ぐいにしばりつけられてさらしものにされたのである。そばの建札には、

「この女は長野主膳の妾《めかけ》で、主膳の姦計に助力した。赦《ゆる》すべからざる罪科ある者であるが、女のことであるから、死一等を減ずる。もっともこの者の白状によって奸吏の名前はわかっているから、やがて順々に誅罰する」

と書いてあった。

かずえの子帯刀は一旦《いったん》はのがれたが、翌日捕えられ、斬られて、粟田口《あわたぐち》に首がさらされた。

長野は稀《まれ》な才子であるが、功名心旺盛《おうせい》で、目的のためには手段をえらばない人間であった。大獄をおこしたのも、この性質による。井伊は彼によって大老となったが、彼によって最も暴悪な大獄をおこして、日本の最も忠良・優秀な分子を圧殺した。井伊の死が当然であるように、彼の死もまた当然であろう。しかしながら、その大魔王的性格と妖気《ようき》を帯びた美しい風姿とには、奇妙な魅力がある。「赤と黒」や「ベラミー」の主人公のような。いつか小説にしてみたいと思う。

ちょうどこの時期に、素生の知れない身でありながら、一身の才をもって世をおど

ろかす立身をし、権勢をふるった後、刑死した人物がもう一人いる。江戸で今太閤《いまたいこう》といわれた与力鈴木藤吉郎である。こういう人物の出る社会的要因が当時はあったのであろうか。鈴木は賤民《せんみん》の出であったといううわさがその頃あった。本当はそうではないのだが。

補遺

本稿における「村山かずえ」は、京都維新史籍研究会編纂《へんさん》「維新史蹟《しせき》図説」の記述によったのだが、本稿を「小説新潮」に発表した後、読者から新しい教示を得た。

それによると、かずえは江州多賀神社の別当寺の僧慈等《じとう》が彦根の遊女に生ませた子で、本名は「たか」、生後間もなく彦根藩の陪臣村山家に養女にやられたが、後にまた慈等に引取られ、慈等の手許で育った。

十八の時、彦根城の奥向きにつかえ、当時の藩主直亮《なおあき》（直弼の兄）の寵《ちょう》を受けるようになった。二年にして暇をとり、京の東山高台寺のいわゆる山猫《やまねこ》ぐるわから「可寿江《かずえ》」と名のって芸妓《げいぎ》に出た。

二、三年で、金閣寺の北澗承学《ほっかんしょうがく》和尚に根引きされ、男の子を生んだが、和尚は世間ていをはばかって、自分の寺の坊官多田源左衛門に、金をつけて母子ともにくれた。

間もなく、かずえは実父慈等からの連絡によって、子供をおきざりにして江州にかえり、また直亮の寵を受けるようになったが、その間に直亮の弟の直弼と恋を語らうことになった。

不義の逢瀬《おうせ》が重なるうちに、直亮にわかり、直弼は清涼禅寺に謹慎、かずえは浄土真宗の福田寺にあずけられたが、二人はひそかに忍び逢った。これは長野が最初に埋《うもれ》木舎《ぎのや》を訪れる天保十三年十一月より四、五年前のことである。かずえは遊芸にも達していたが、和歌・俳諧《はいかい》にも嗜《たしな》みのある、なかなかの才女である。天保十二、三年頃には、長野は時おり彦根に来て、その門人も相当いたのだから、長野の名を知っていたはずである。直弼はもちろん好尚《こうしょう》が国学にあるのだから、これも長野の名を知っていた可能性がある。かずえが両人の紹介をしたのは最も可能性のあることである。長野から頼まれたとすれば、なおさらのことである。

直弼は兄直元の死によって、井伊家の世子となったが、その頃、かずえと手を切ろうとした。女は別れたがらないし、実父の慈等は金にからんで強欲を言いはるし、直弼は手を焼いた。これをうまく解決をつけてくれたのが、長野である。

かずえは先夫の多田の許へ帰ろうとしたが、多田にはもう妻がおり、子供まで出来ている。せん方なく、多田の妾となった。自らの性格からか、境遇からか、数奇《さつき》な生き方をする女である。

やがて、直弼は彦根藩主となり、大老となり、多難な日本の全政治の責任者となる。かずえは多田と縁を切り、長野の手先としてしきりに堂上家に出入りしてスパイ活動をすることになる。その頃、長野と恋愛関係が出来たかどうかは明らかでないというのである。

一説では、かずえが彦根城の奥女中になって直亮の寵を受けたなどは虚説であるという。なるほど、奥女中、芸妓、僧の妾、坊官の妻、また大名の寵妾《ちようしよう》などという履歴はまるで西鶴《さいかく》の好色一代女で、普通では信ぜられない。物がたい井伊家に関しているとあってはなおさらである。しかし、ぼくは見るところがあって、ある程度実説だと思っている。直弼の書簡の中に、その証拠となる記述があるのである。

かずえは年を知らない美女であった。直弼と長野とは同年なのであるが、かずえは二人の六つ年上である。直弼がこれと恋に落ちたことは事実なのであるから、長野だってないとは言えない。気味悪いほど若々しく美しい女であったのであろう。

武《たけ》市《ち》半平太

一

土佐の藩祖山内一豊《かずとよ》は、関ヶ原役の前までは遠州掛川《かけがわ》六万石の身代であったが、役後土佐一国二十万石余（はじめ二十万二千六百石、幕末には二十四万二千石）の大身代になった。この役の行賞で、家康《いえやす》は秀吉《ひでよし》取立ての大名らには大盤ぶるまいして、大ていは二倍以上の身代、黒田長政《ながまさ》などは四倍以上の大身代になっている。これについでは一豊だ。約三倍半弱である。黒田は大功績がある。この戦争を決定的の勝利に導いた小早川《こばやかわ》秀秋を裏切りにさそいこんでいる。武功もまた立てている。しかし、一豊には軍功というほどのものはない。

江戸時代になって相当経《た》っても、このことは諸藩の武士らに不審であったらしく、こんな話がある。ある時、諸藩の武士らが集まった席で、この話が出た。

「されば、どういうわけでござろう」

と、人々は首をひねり、同席の土佐藩士の顔を見た。軽蔑《けいべつ》のまなざしであった。すると、土佐藩士は答えた。

「拙者らもそれは不審に思っていますが、大方くれた人が阿呆《あほう》であったのでござろう」

くれた人は東照大権現《だいごんげん》家康だ。人々はグッとつまって、なんにも言えなくなったというのである。

家康は、損なそろばんは決してはじかない人だ。くれるにはくれるだけの理由があった。関ヶ原役は、家康が会津の上杉景勝《かげかつ》征伐のために諸将をひきいて東国に行っている不在中をねらって、石田が西で旗上げしたのがおこりだ。石田は豊臣《とよとみ》家のためということを名目にしている。家康としては、秀吉恩顧の大名らの去就が心配でならないのである。野州小山《おやま》で諸将を集めて軍議をひらいた時、家康は、

「各々《おのおの》の豊臣家にたいする立場は、われらよく存じている。石田に味方せんと思われるなら、遠慮なく行っていただきたい。決して引きとめはいたさぬ。われら分国内のご通行には、ご所望に応じて人足や馬もご用立ていたすであろう」

と、まことにいさぎよいことを言いはしたものの、心の底ではひやひやしていたのである。

この時、真先に、石田は真に豊臣家のためを思っているのではない故《ゆえ》、拙者は徳川

家にお味方申すと、発言したのは、福島正則《まさのり》であり、正則につづいたのは一豊であった。

しかも、一豊はこうつけ加えた。

「拙者の居城掛川城はかねて貯蔵する兵糧《ひょうろう》とともに、内府にまいらせます。お旗本の人々に守らせていただきましょう。また拙者の一族や家来共の妻子は、全部人質として吉田城（豊橋城、この時城主は池田輝政《てるまさ》、家康の婿《むこ》である）に入れ、拙者は先陣をうけたまわりましょう」

この場合に家康をはなれて石田につこうと言い得る者は多分なかったに違いないが、ともかくも形としてはこれで豊臣家恩顧の大名らの心がぴたりと定まったことになった。家康はうれしかったに相違ない。これが山内家三倍半弱の大身代となったのである。

一豊としてもうれしかったはずである。

その上、こんな話がある。一豊が土佐に入部した後、お礼言上のために江戸に出て、家康にお目見えすると、家康はたずねた。

「土佐は石数にしてどれほどござるか」

「ほぼ二十万石でございます」

すると、家康は首をふって、

「それくらいしかござらんか。昔、太閤《たいこう》のお供をして大坂で長曾我部元親《ちょうそかべもとちか》の屋敷に行ったことがござるが、その屋敷の様子や饗応《きょうおう》の結構なこと、五十万石以上の身代ならでは出来ることとは思われなんだ。されば、遠国ではあり、海を越えて行くことではあり、難儀であろうとは思いながらも、ご辺にまいらせた。二十万石しかないとは気の毒でござったな」

と言った。

一豊は感涙のあふれるのをおさえることが出来ず、ご恩のほど子々孫々に至るまで申し伝えて、決して遺忘させませんと誓ったという。

家康がほんとに土佐を五十万石以上の収穫のある国と思っていたかどうか、これは疑わしい。五十万石では八・三三倍となる。それでは他の行賞と比率を失する。うまいことを言ってよろこばせたのに違いないが、ききめは大いにあった。土佐藩は代々これを伝承して、

「わが藩は外様《とざま》藩ではあるが、別格である。譜代同様の家である。徳川家の恩義は決して忘れてはならない」

と言い、信じこんで来た。幕末維新の際、この藩の動きが反幕のごとく、佐幕のご

とく、あいまい摸稜《もりよう》をきわめており、大政奉還後においてすら、山内容堂が徳川家のために大いに働いているのは、主としてこのためである。土佐の維新史、そして武市半平太の生涯《しょうがい》を知るためには、この土佐藩の幕府にたいする恩義感情を知ることが、先《ま》ず大事である。

山内一豊は、実直な人ではあったが、そのあまりには気が小さく、才気のない人であったようである。六万石から二十万石の大身代になったのであるから、それに相応して家来も多数召しかかえなければならない。軍役の規定から言っても、少なくとも三倍半には家来の数をふやす必要がある。一豊は浪人らを召しかかえ、数をそろえて土佐に入部しているが、ぼくの不思議にたえないのは、なぜ土佐の地士《じざむらい》を多数召しかかえなかったかということだ。この国の領主であった長曾我部氏は、関ヶ原役で西軍に味方して、取潰《とりつぶ》されている。その遺臣がうんといる。先代元親について四国を切り平げた者共とその子や孫共だ。知謀すぐれた者も、武勇の者も、雲のごとくいるはずである。不自由はなかったはずである。

なぜ、そうしなかったのだろう。

あるいは、土佐の武士らは剽悍《ひょうかん》強剛で、うんと人数をそろえて入部しなければ、やられてしまうと思ったのかも知れない。しかし、彼らは新たに主《あるじ》を失い、禄《ろく》ばなれし

ているのだから、前もって勇気あり、才あり、弁ある者をつかわして、

「しかじか故、召抱えてつかわすぞ」

と説かせれば、おとなしく入部を迎えたのではないだろうか。

あるいはまた、長曾我部氏は家康の敵として関ヶ原に出たのだから、その家来共を召抱えるのは、徳川家にたいして相済まんと思ったのかも知れない。おそらく、これが一番あたっていよう。小心な一豊らしいのである。

蒲生《がもう》氏郷《うじさと》は、伊勢松坂十二万石から会津四十二万石に転封《てんぽう》された時、秀吉に、

「これまで殿下の敵となって戦い、お怒りに触れている者や、諸大名から奉公を構われている者共を、召抱えることを許していただきたい」

と願って許しを得、柴田勝家の一族などをどしどし召抱えている。

一豊だって、家康の了解を得れば、出来ないことではなかったと思われるのだが、一豊にはとうてい氏郷ほどの気宇はない。

この気宇の狭小さ、従って策のなさが、おそろしい変事をおこし、長く後代にまで祟《たた》った。

一豊は入部して、長曾我部氏の居城であった浦戸城に入ったが、どうも国士《くにざむらい》らの動向が不穏なようなので、最も狡猾《こうかつ》残忍な計略を立てた。桂浜《かつらはま》で角力《すもう》興行をすると国中

にふれをまわして、続々と集まって来た地士らを一網打尽に捕え、かねて目をつけていた者七十三人を種崎の浜ではりつけにかけて殺したのである。

恐怖させて、反抗心を断とうとしたのだが、こんなことでは、地士らは軟化しない。反抗は依然として盛んで、一豊の次の忠義《ただよし》の代には、高知城の大手先に秕政《ひせい》の条々を筆太に書いた高札を立て、しかも自ら十八人の姓名をしるすという大胆なことをやるほどになった。忠義は気のあらい人だ。激怒して、十八人を捕えて、潮江村《うしおえむら》ではりつけにして殺した。

地士らの反抗がなくなったのは、忠義の中頃《なかごろ》以後に執政になった野中兼山の施策からである。兼山は地士らに原野を開放して開墾をすすめ、開墾し得たものはこれを郷士《ごうし》と名づけて、藩士としてあつかうことにした。テロリズムの無益を知って、懐柔することにしたのである。これで地士らの不平の気は急速におとろえた。

しかし、藩は入国の時に連れて来た武士と、入国後召しかかえたごく少数の地士とを上士とし、郷士を下士として、最も峻刻《しゅんこく》な差別待遇をした。下士から上士になることは絶無ではなかったが絶無にひとしいほどまれであった。そこからさらに進んで大目付や参政などとなって政務をつかさどる身分になることは完全に絶無であった。上士が下士を無礼討ちにするのも、さしつかえなしとしたというから、ひどい。

（地士で、召抱えられて上士にされたのは、後に出て来る吉田東洋の家や谷干城の家がある）

郷士にも階級をつけ、高百石以上（田地四十石あれば四ツ物成《ものなり》として知行百石の家に相当する）の家と、何か役職について功績を重ねて白札格《しろふだかく》となった家とを上《うえ》にし、以下の家と峻別した。

また郷士にたいする軽蔑観念からか、いくらかでも不平の気をゆるめるためか、郷士株は売買の出来ることにした。このため郷士の家の二三男や富有な百姓・町人らが株を買って郷士となることが出来た。坂本竜馬《りょうま》の家などは株を買って郷士となったのである。

こんなわけだから、郷士には富有な者が多かったし、先祖代々抑圧されて不平の気もあったし、それだけに学問・武芸に精励する者も多かったので、実力はなかなかのものであった。とうてい先祖代々、ぬるま湯にひたっているような生活をつづけ、威張りかえっている上士らのおよぶところではなかった。

土佐の維新史は、権勢と実力のこの不均衡の状態がおこしたと言ってもさしつかえないのである。

二

武市半平太、幼名は鹿衛《しかえ》、名は小楯《こたて》、号は瑞山《ずいざん》、また茗磵《めいかん》、また茗小磵。土佐長岡郡仁井田郷吹井村《にいたごうふけいむら》に、郷士半右衛門正恒《まさつね》の長男として、文政十二年九月二十七日に生れた。

彼の叔母（父の妹）お菊が、「万葉集古義」の著者として、今日でもその道の学者に尊敬されている鹿持藤太雅澄《かもちとうたまさずみ》に嫁いでいることは、彼の精神の生長を考える上に逸してならないことであろう。彼が雅澄の薫陶《くんとう》を受けたことには特別証拠というほどのものはないが、彼の家は代々名前に「正」字をつけることになっているのに、彼の名は「小楯」である。万葉集時代の名前だ。雅澄の選んだものに相違なかろう。とすれば、時々行って国学の教えも受けていたろうと想像されるのである。

父の半右衛門はなかなかの能書家で、古典の研究にも趣味を持っている人であったから、半平太の幼時には自ら読書や手習いを教えたが、昔は「子を易《かえ》て教える」といって、自分の子には学問はしこみにくいものという考え方があったので、半平太が九つになると、高知城下新町の勝賀瀬《しょうがせ》小八郎に縁づいている自分の姉のもとにあずけた。

半平太はこの家から、それぞれに習字と素読の師の家に通って勉学した。十四の時、剣術を学びたい気になり、父の許しを得て、一刀流の千頭《ちかみ》伝四郎に入門した。彼が元服して半平太と名のるようになったのは、これから間もなくである。

弘化二年に、十七になったが、その年の九月に、父が老衰した故、代勤したいとの旨《むね》を藩庁に願い出て許されている。代勤とはいっても、父は別段格別な役職について いるわけではないから、普通の郷士としての職分を代勤するというのであったろう。だから、吹井村には帰らず、高知にとどまりつづけている。

この頃から、学問・剣術の修行のかたわら、徳弘董斎《とくひろとうさい》について南画を、弘瀬友竹について和画を学びはじめた。徳弘は元来砲術師範の家柄《いえがら》であるが、父石門以来絵が上手であった。半平太は砲術修行のかたわら絵を学んだのであろう。半平太はいかめしい顔つきの人で、体格も雄偉、謹直・真ッ正直な人であったが、その描いた実に巧みな絵が相当数今日まで伝わっている。主として水墨の花鳥の文人画であるが、美人画ものこっている。優麗典雅、楚々《そそ》たるものだ。彼は幼い時から絵が好きであったというが、この時はじめて師匠について正式に稽古《けいこ》したのである。もう一つ彼の余技がある。義太夫《ぎだゆう》が上手であったという。しかし、これをやるのは蔵の中で窓や戸をぴったりとざしてうなったという。彼の朗々たる声はこれによるものかも知れない。

嘉永《かえい》二年、二十一の年の七月、母が重病になった。すぐ吹井村に帰って看病につとめたが、八月一日には亡《な》くなった。つづいて父が病気になり、これまた九月八日に亡くなった。重なる悲しみにたえなかったのであろう、祖母は物狂わしくなって、崖《がけ》から身を投げて自殺しようとした。女手がなくてはいけないというので、一族や知合いの人々が談合して、半平太に嫁を迎えさせることになり、十一月六日、結婚した。新婦は、高知の新町田淵《たぶち》に住む郷士島村源次郎の長女富子であった。年二十であった。

この人の老年になってからの写真が、「維新土佐勤王史」に収録してあるが、若い頃はさぞ美しい人であったろうと思われる、上品な風貌《ふうぼう》である。この大戦前、半平太の描いた美人画はこの人をモデルにしたのだという説を読んで、田岡典夫氏に質《ただ》したところ、田岡氏は笑って、

「あれは先師の田中貢太郎先生が小説の中で書かれたことがもとになって出来た説で、確かなことではありません」

と言った。正確にはそうであろうが、人が人物画を作れば、どこかしらに、自分か、自分のごく身近なものに似た顔形の人物を描くものであるから、この意味では、富子夫人がモデルであったと言っても、全然のウソにはならないであろう。

成人した半平太の容貌を説明しておこう。彼は身長六尺、鼻高く、あご長く、眼中に異彩があり、顔面蒼白《そうはく》、深沈で喜怒色にあらわさず（ほとんど笑ったことのない人だったという）、音吐高朗、見るからに人に長たる威厳があったという。その性質は、中岡慎太郎が後年西郷隆盛と比較して、誠実なことは伯仲していると言っている。人《ひと》斬《き》り新兵衛こと田中新兵衛は半平太に傾倒することがわけて深かったが、やはり西郷とならぶべき人物であると言っている。

結婚の翌年の春、半平太は、富子の実家の筋向いに住んでいる郷士門田某が田舎に引っこみたいと言っていると聞き、吹井村の屋敷と交換して、三月十五日、高知に移転した。新町田淵である。筋向いの富子の実家には舅《しゅうと》の源次郎と同居している富子の叔父の寿之助がいる。槍術《そうじゅつ》の達人で、硬骨漢で、半平太は大いに気が合った。からだの大きい、頭のつるりとはげている人物だったので、半平太はたわむれて、「入道様」と呼んでいたという。

新居に移ってしばらくすると、師匠の千頭伝四郎が病死したので、鷹匠町《たかじょうまち》の麻田勘七に入門した。やはり一刀流である。麻田は上士で、弟子らもほとんど全部が上士の子弟であったから、いろいろ不愉快なことがあったろうと思われる。しかし、重厚な半平太の威厳に、間もなく威圧されたようである。どこの藩でもそうだが、とりわけ土佐藩では上士に法外な権力を持たせているので、幕末になるとものの役に立ちそうなものはごく少数で、大方は安逸と遊惰の徒であった。麻田道場に通っていても、遊び半分で、冗談を言って笑い散らしていることが多かった。南国の明るさを身につけた土佐人には今日でも冗談好きが多い。適当にこれが出れば、大いに美質なのであるが、この時代の上士階級の子弟の多くは、まじめなところが少しもなく、ふざけてばかりいたのである。この連中が、半平太が道場に来る姿を遠くから見ると、

「それ、半平太が来たぞ」

と、しんと静まるようになったというから、威圧されてはばかるようになったのである。

半平太は、千頭道場でずいぶん修行している上に、麻田でも至って熱心であったから、入門すると間もなく初伝をもらって、自宅に道場をひらいて、門弟を取立てた。

翌々年の嘉永五年には中伝を許された。

その翌年の六年は、ペリーがはじめて浦賀に来て、威迫して開国をうながした年だ。全日本が震撼《しんかん》し、心ある者の心が国難来の気持に引きしまった。土佐の下士階級の若者らの胸にはひとしおこたえた。半平太の門に入るものがつづいた。この頃になると、半平太の名は上士らの間にも高くなったというが、傲慢《ごうまん》と下士軽蔑《けいべつ》が骨がらみになっ

ている連中のことだから、少数の特例をのぞいては、

「いくらか使えるというくらいのものじゃろう。たとえよく使うにしたところで、郷士ではのう。お取立てになるはずはなし、余計な骨折りよ」

くらいの気持であったろう。

うわさが高くなったからであろう。この年の十一月、藩庁は半平太に西国筋形勢視察の命を下した。半平太は一旦《いったん》はお受けし、富子も夫のために打裂羽織《ぶっさきばおり》を仕立てまでしたが、半平太は間もなく任命を辞退した。待遇上のことについて不満があったのだろうと、「維新土佐勤王史」は推察している。

翌年は安政元年だ。半平太は麻田から皆伝を得た。今日では武道でも生花でも茶の湯でも、大した苦労なしに奥許しなどを得られるので、何でもないことに思っているかも知れないが、昔の武術の皆伝は中々のものであった。宮本武蔵が細川家で皆伝をあたえたのは、寺尾孫之丞《まごのじょう》、その弟求馬、古橋惣左衛門《そうざえもん》のわずかに三人だけであったと言われている。当時この藩の上士であった佐々木高行侯爵《たかゆきこうしゃく》が、後年「昔日談」で、麻田のことを「固陋家《ころうか》であった」と言っているほどだから、下士風情《ふぜい》に皆伝などやりたくなかったのかも知れないが、うんと実力もあり、人物もしっかりしているので、やらないわけに行かなかったのではないかと思われる。もっとも、麻田は半平太を大

へん気に入っている。

この年十一月、土佐は大地震に見舞われ、城下の下町一帯、家屋の倒壊するもの無数、火事がおこって全焼し、ついで大津波が襲って来た。半平太は一旦家族らをつれて、上町の知るべ（祖母の里方）に立退《たちの》いたが、さわぎが鎮《しず》まると、吹井村から大工を呼んで来て新築し、同時に長さ六間、横四間の道場を建てた。これは富子の叔父、「入道様」こと島村寿之助と合議の上で、午前は寿之助が槍術を教え、午後は半平太が剣術を教えることにしたのであった。門弟はすべてで七、八十人だったという。

この頃、半平太は藩庁の命令で、土佐の東部の安芸《あき》郡や香美《かみ》郡に剣術の出教授に行っているが、これが後にこの地方の郷士らが半平太のかかげる旗の下に馳《は》せ参じて、勤王運動に挺身《ていしん》することになるゆかりである。

またこの頃、藩では江戸浪人の石山孫六（筑後《ちくご》柳川《やながわ》の剣客大石進の高弟）を、剣術指導のために招聘《しょうへい》した。半平太は石山を自分の家に止宿させて、指導を受けた。

この頃の彼は単なる武芸者志願の朴実《ぼくじつ》な青年にすぎず、天下のことを憂《うれ》える心境にはなっていなかったのである。もっとも、坂本竜馬のような人物でも、――この前の嘉永六年に江戸に上っているが、それは剣術修行のためであり、安政二年、昨年の大地震の知らせを聞いておどろいて帰国したのだが、その時までは剣術一本槍《いっぽんやり》で、国事を憂える心にはなっていない。ペリーが二度も来て、無理に和親条約をとりつけ、上流のインテリや学者といわれる人々は民間人でも、日本の将来について憂慮している時であるのにだ。地方出のものは、とかく火の燃えつくのがおそいのである。

二年の初秋、半平太は藩が白札格の郷士数人を臨時御用として江戸に派遣するということを聞いた。江戸は行ってみたいところだ。学問も、武芸も、江戸が日本の中心になっている。半平太は師匠の麻田に頼んで、内願してもらった。

「ご用をつとめるかたわら、剣術の修行をしたいのです」

聞きとどけられて、七両という補助金までくれた。

八月七日、高知を出発した。当時土佐藩士らが中央の地に出るのは、ほとんど全部が「北山通り」とて、土佐の北方に重畳《ちょうじょう》する山岳地帯を通って伊予に出ている。現代でも国鉄土《ど》讃線《さんせん》は難儀な道だ。山また山、トンネルばかりだ。ぼくはかつて九十いくつまで数え、うんざりして眠ってしまったことがある。当時は山々を越えてのことだから、大へんであったろう。江戸時代の土佐藩士らの書いたものには、北山越えの難儀をかこったものがよくある。今日の人間から考えれば、海路を利用しなかったのが不思議だが、当時の孱弱《せんじゃく》な船と幼稚な航海術では、危険が大きかったのであろう。

三

江戸鍛冶橋《かじばし》の藩邸につくと、そこから遠くない南八丁堀大富町アサリ河岸《がし》の鏡心明智流の桃井春蔵《もものいしゅんぞう》の道場に入り、間もなく許可をもらって藩邸を出、道場の寄宿生となった。桃井道場は、神道無念流《しんとう》の斎藤弥九郎《やくろう》の道場、心形刀流《しんぎょうとうりゅう》の伊庭《いば》軍兵衛の道場、北辰《ほくしん》一刀流の千葉周作の道場とともに、江戸の四道場といわれている大道場であった。桃井家の当主は代々春蔵を襲名しているが、半平太が入門した当時の主は春蔵直正である。

この頃《ころ》は、坂本竜馬も二度目の出府をしているが、坂本は藩邸に最も近い鍛冶橋外の京橋桶町《おけちょう》の千葉貞吉の門に入り、やはり寄宿していた。貞吉は周作の弟で、道場は桶町千葉といわれ、前掲の四道場におとらない名があった。貞吉の子は重太郎といい、小千葉と呼ばれ、またなかなかの名手であった。

桃井はかなりな人物であった。入門後いくらも経《た》たないうちに、半平太の人物を見こんで皆伝をあたえたばかりか、塾頭を委嘱した。

一体、江戸時代の剣術史を概観すると、文化、文政、天保《てんぽう》頃の剣術家の風儀が最も悪い。天保水滸伝《てんぽうすいこでん》に出て来る平手造酒《みき》はずいぶん虚構をまじえて描出されている人物だが、それでも、実によくあの時代の剣術家の気質を表現している。博徒の用心棒になって生活していたのは平手だけではない。秋山要介、木村定次郎、福田大八郎など、皆文化、文政頃に有名な剣客だが、博徒の用心棒、その他やとわれ暴力団になって、いかがわしいことばかりしている。この時代には、そのなごりが尾を引いて、江戸の剣術青年の風儀はまことに悪かった。

半平太は塾頭となると、厳重に規則を立て、出入りの門限を定め、違反者はきびしく叱責《しっせき》して容赦しなかった。不平はごうごうとして起ったが、決してひるまない。

「規則でござる」

と、ひとこと言って、あとは長いあごをした蒼白な顔に、異彩ありといわれる眼を光らせてじっと相手を凝視している。抵抗出来るものではない。日ならず気風は改まった。

この時代、桂《かつら》小五郎（木戸孝允《たかよし》）が斎藤弥九郎の練兵館の塾頭であったというが、同様なことから委嘱されたのであろう。二人はもちろん剣術の技術にもすぐれていただろうが、それよりもその人格的重みを買われて、塾頭を委嘱されたのであろう。

桃井道場にいる間に、彼の剣名は江戸で高くなった。藩主の豊信《とよしげ》（後の容堂）はよく呼んで、家中の上士中の剣術上手の名のある者と仕合せたり、来邸する他藩の剣客と立合せたりした。師匠の桃井は桃井で、諸藩邸の道場に行く時には彼を連れて行ったので、彼の技倆《ぎりよう》は益々《ますます》世間に知れて、仙台の伊達家《だてけ》や仙石家《せんごくけ》では、ついには彼を名ざしで呼ぶようになったという。

この在府中、彼と坂本竜馬とはよく相往来したろうと思われるが、あまりその話は伝わっていない。ただ、こんなことがあったという。坂本のいとこで山本琢磨《たくま》というものがあって、半平太と一緒に桃井道場に寄宿していた。この山本がある日外出して、酔っぱらいに突当られた。

「無礼者!」

と大喝《だいかつ》すると、そいつは横っ飛びに逃げて行ったが、とたんに風呂敷《ふろしき》包みをおとして行った。ひろい上げて包みを解いてみると、柱時計であった。柱時計など今日ではなんでもないものだが、この時代は大へんだ。最も珍しいものであり、高価でもある。酒でも飲んでいたのだろう、山本はそれを質屋に持って行って金にかえ、酒代につかってしまった。

落して行った男が、値段の高いものなのでその筋に届けたのか、当時としてはめずらしい典物《てんぶつ》なので、質屋まわりの役人が不審を打ったのか、筋をたぐられて、忽《たちま》ち山本の罪が露見した。藩邸にもわかった。当然、親類あずけにされて、切腹を命ぜられる。

この事件を、竜馬と半平太が相談して、山本を江戸から逐電《ちくてん》させている。

半平太はものがたいこと無類の男だから、

「酔っての上とはいえ、武士にあるまじきことだ。切腹はいたし方はない。この上はいさぎよく死ぬばかりのこと」

ときびしいことを言ったであろうが、竜馬は濶達《かったつ》無類の男だ。

「そりゃ表通りのことじゃ。そんなにきびしいことを言いなさるな。人間ひとり、生きるか死ぬるかの場じゃ。あれはこれで懲《こ》りたきに、二度とふたたび間違うたことはしはせん。必ずまッとうな人間になるに違いない。逃がしてやろうぜよ」

と言って、ついに説きつけたのであろう。

山本は北海道に行き、ロシア正教の司祭ニコライについて信徒となり、維新後に沢辺数馬という名で、最も信仰厚い牧師となってあらわれたという。

この時、半平太二十九、竜馬二十三。

半平太の江戸滞在の期間は満一年ということになっていたが、彼はその後も自費で在府することにして、藩庁の許可をもらっていたところ、ちょうど一年目の安政四年の秋、祖母が中風でたおれたという知らせがとどいた。何分にも高齢だ。いつどういうことになるかもわからない。お留守居のゆるしをもらい、大急ぎで帰国の途についた。

祖母は幸い持ち直した。この際における彼の看病のしぶりは、人の感涙をさそうものがある。祖母は富子に言いつけて、背中に灸《きゅう》をさせた。彼はいつもそのそばにいて、もぐさが燃えて肌《はだ》を焼く直前に、そっとはらいおとして、熱さを感じさせないようにしたというのである。至孝で、やさしい心の人だったのである。

帰国後は、前の通り道場で弟子らを指導する。この頃では百余人も弟子があり、また他の道場の弟子らが十二人も稽古《けいこ》に来るようになった。半平太はわけへだてなく、懇切に指導した。

麻田勘七は藩の重役らにむかって、半平太のことをしきりに上申して、上士である留守居組に抜擢《ばってき》なさるべきだと推薦したが、重役らはなかなか聞かない。しかし、半平太の善行を無視するわけにも行かないので、翌五年の四月、

「格別なるお取りはからいをもって、終身二人扶持《ぶち》を下さる」

という辞令で、扶持をくれることにした。

二人扶持といえば、玄米日に一升だ。しかも、特別なるお取りはからいなのだ。現

代の我々から見れば滑稽でしかないが、これが封建時代の階級制度というものである。

後の人斬り以蔵《いぞう》、岡田以蔵宜振《よしふる》が半平太の弟子になったのはこの頃であろう。以蔵は香美郡神通寺の郷士であったが、家老桐間《きりま》家《け》の家来となって、この頃は城下の江口七軒町、俗に足軽町と呼ばれるところに住んでいた。彼は最初麻田勘七の門に入って剣を学んだという。大男で、天稟《てんぴん》の剣才があって、「撃刺、趫捷《きょうしょう》なること隼《はやぶさ》のごとし」とある。はげしくすばやい剣法だったのである。麻田門ではいくら強くても、いつも上士連中にからかわれたり、軽蔑されたりしなければならないので、半平太のところへ来たのであろう。あるいはもっと早く、最初に道場をひらいた時であったかも知れない。半平太は以蔵のはげしい剣法が気に入って、愛していたようである。

半平太が「終身二人扶持を給せらる」辞令を受けた頃、坂本竜馬が江戸から帰って来た。半平太はこれを聞くと、門人の一人に、

「アザが帰って来たそうじゃな。きっといつもの大法螺《おおぼら》を吹きまわっていよることじゃろうの」

と笑って語ったという。竜馬は顔に数点の黒子《ほくろ》があったので、アザというあだ名であったのだという。

竜馬は竜馬で、半平太のことを、友人に、

「アゴは相かわらず窮屈なことばかり言いよるか」

とたずねたという。

大法螺と窮屈。両人の性格を最も端的に言いあらわしている。説明するまでもないことだが、両方とも決して悪口のつもりで言っているのではない。愛情をもっての表現なのである。

四

半平太が帰ってきた翌年、竜馬が帰って来た安政五年は、維新史が激動期にうつる最初の年であった。井伊直弼《なおすけ》が大老になって、無勅許でアメリカとの通商条約を結び、紛糾に紛糾を重ねつつあった将軍世子《せいし》問題を、紀州侯慶福《よしとみ》を立てることによって腕力的に決定し、これらにたいして不服である諸大名を隠居させたり、蟄居《ちっきょ》させたり、謹慎させたり、引きつづいて大獄をおこして反対派の人々を大検挙した年である。天下は井伊の腕力政治にふるえ上った。

波紋は土佐にもおよんだ。

ここで、後に半平太の正面の強敵になる土佐の参政吉田東洋のことを知っていただかなければならない。

吉田は通称は元吉、名は正秋《まさあき》、東洋の号で最も有名だ。彼の家は長曾我部の老臣であったが、山内氏入部の時に家柄《いえがら》がよかったからであろう、召抱えられることが出来た。家格は馬廻《うままわ》りで、知行二百石であった。東洋は学者としても通るほどの学識があり、政治的手腕もあり、人物も精悍《せいかん》で、上士階級にはめずらしい人がらであったので、若年の時から諸職について手腕をふるい、豊信（容堂）の信任がとくに厚かった。

豊信は普通なら本家相続など思いもよらない末の公子から、次々に当主が早死し、あとつぎが幼少であったために、本家を相続した身であるので、家老や重臣らに圧迫されて、思うように政治が出来ない。気性のはげしい、英邁《えいまい》な人物だけに、いつも歯ぎしりする思いでいた。

この豊信に、家老らの権力をおさえる策をひそかに献じたのが、当時大目付であった東洋である。

彼は家老らやその家族らの私行を探索させ、不行儀なところを見つけて、それを言い立て、それぞれに閉門、遠慮、謹慎、叱《しか》り捨てなどの処分にして、ぐっとおさえつけさせ、これに乗じて、家老らが各郡に持っていた権力——たとえば民百姓にたいする賞罰権（佐川の深尾家に至っては生殺の権まで持っていた）などを全部とり上げ、それぞれ郡奉行所をおいて、藩庁の直轄《ちょっかつ》にさせた。つまり、この時まで土佐は、家老らがそれぞれの郡を拠有して封建大名のような存在であったのだが、この時から山内家を中心とする中央集権郡県制の形になったのである。

この話でよくわかる。東洋のやり方は韓非子《かんぴし》流である。商鞅《しょうおう》の徒である。切れ味はすごいが、いかにもあざとい。こんな策を立てる人の性質は決して人に好かれはしない。刻薄であり、独裁的であり、陰険であり、スパイもさかんに使ったはずだ。独裁政治にスパイ政策がつきものであるのは、鉄則である。

しかし、このあざやかな効果に、豊信はよろこんだ。大目付から参政に昇進させて、藩政をまかせた。東洋の威勢は飛ぶ鳥をおとすばかりとなった。

ところが、この翌年の安政元年の六月のことである。妙なことで、東洋が失脚した。三千石の交代寄合衆（大名のあつかいをされる旗本。参覲《さんきん》交代するからこう呼ばれる）の松下嘉兵衛は、先祖以来山内家と親しい関係があり、分家同様のあつかいをされていた。これが鍛冶橋の藩邸に遊びに来て、奥で酒宴がはじまった。東洋も出て相手していた。そのうち、次第に酔いのまわって来た松下が、心安だてで、「なあ、吉田」と言っては、しきりに東洋の頭を撫《な》でた。威容を重んじて、いつも美服を着て、儼然《げんぜん》とかまえている東洋はムッとした。

「拙者は子供ではござらん。酔余とは申せ、頭を撫でるなど、無礼でありますぞ」

と文句を言った。松下は笑って、

「そうむずかしいことを申すなよ。なあ、吉田」

と言って、また手を出して撫でようとした。東洋も相当酔いがまわっている。

「無礼！」

とさけぶと、ぽかりと松下をなぐり、おどろきあきれているところを、ぽかぽかぽかと、つづけざまになぐりつけた。いかにも土佐人的だ。単なる陰険やではない。

これが問題になって、翌日東洋は国許《くにもと》にかえされ、免職になったばかりか、格式を取上げられ、城下とその付近四カ村には立入ることを禁止されることになった。知行も五十石召し上げられ、のこる百五十石は子供に下さることになった。

東洋は強い男だ。浦戸湾の入口の長浜に蟄居することになったが、少しも屈撓《くっとう》せず、読書をつづけ、かたわらひそかに青年らに教授した。この時、指導を受けたのが、上士では後藤象二郎《しょうじろう》、福岡孝弟《たかちか》、下士では岩崎弥太郎らである。

豊信は東洋に好意をもっている。いつかはまた挙用しようと機会を待ったが、大名というものは案外不自由で、思うようには行かない。むなしく三年経って、安政四年となった。天下は次第に多事となったので、意を決して、年末近い頃に、参政小南《こみなみ》五郎右衛門をひそかに帰国させて東洋を江戸に呼び、翌年正月半ば、参政に返り咲かせた。

この年はあの、条約勅許問題や将軍世子問題が沸騰《ふっとう》し、井伊大老が登場し、大獄のおこった年だ。豊信も世子問題では一橋派としてずいぶん働いた人だ。あおりが及んで、きびしい処分がおよびそうになった。

知らせを受けて、東洋は大急ぎで上府して、豊信の前に出ると、手いたい諫言《かんげん》をした。

「太守《たいしゅ》様には、外様大名でおわしながら、なぜに、いわば将軍家のご家庭のことであるご世子問題などに立入られたのでございますか。土佐二十四万石は、太守様おひとりのものではございませんぞ。ご先祖に承《う》けさせられ、ご子孫に伝え給うべき、山内家のものでございますぞ」

豪邁で、負けることのきらいな豊信も、この瀬となっては、反駁《はんばく》は出来ない。

「ともかくも、家の安泰をはかれ」

と言うよりほかない。

東洋は老中らの間を走りまわり、百方運動したが、手おくれになっているので、かえって隠居願を出すように言われた。

しかたはない。豊信は隠居して、容堂と改名した。つづいて追罰の沙汰《さた》が下り、蟄居を命ぜられ、鮫洲《さめず》の下屋敷にこもることになった。容堂のいとこの豊範《とよのり》が十四という少《わか》さであとをつぐことが出来たのが、やっとのことであった。

容堂一人に責任を取らせるわけに行かない。重臣らの多くがそれぞれ処分された。容堂に信任されていた福岡宮内《くない》、桐間将監《しょうげん》の両家老をはじめ、小南五郎右衛門、寺田左右馬なども免職になった。なかにも小南は機密に立入ること最も深かったというので、幡《は》多郡《たごおり》佐賀村に流された。

安政大獄の影響はこのような形で土佐におよんだのであるが、吉田東洋だけには幸運をもたらした。重臣らの多くがあるいは失脚、あるいは勢力がおとろえたので、東洋一人に権力が集まったのである。以後、土佐の国政は彼一人の切盛《きりも》りするところとなる。

東洋は、その性格から言っても、学問から言っても、権力主義者であり、独裁者であり、統制好きである。経済政策などには当時としてはずいぶん卓抜なものを持っているが、政治思想は保守である。日本全体については幕藩体制の信奉者であり、藩内については厳格に階級制度を守りたい人である。だから、彼の施政はすべてこの線に沿って打ち出されて行った。これがやがて時勢に目ざめて勤王家となった半平太と衝突することになる。

五

半平太はこうした騒ぎの中にも、剣術一筋の生活をつづけて安政六年を送り、安政七年（万延元年）を迎えたが、その三月下旬、桜田門外の事変の知らせが高知にとどいた。のんびりした高知の町も、これには沸き立った。

半平太の家では、この数日前、祖母が死んでいる。葬式やら何やらに忙殺されながらも、時々長いあごを引きしめては考えることがあったはずだが、伝えるところは何にもない。

七月になって、半平太は、武術修行という名目で九州遊歴の願いを藩庁に出し、許されると、島村外内、久松喜代馬、岡田以蔵ら三人の門人をつれて、九州に向った。

坂本竜馬はこのことを聞いて、

「今のような時勢に武者修行とは、アゴじゃのう。ゆうべの夢を今夜も見るやつぜよ」

とあざけったという。竜馬に時勢の激動が脈々と感ぜられたことは明らかだが、半平太にもまた感ぜられなかったのではない。彼はただ内に包んであらわさないのである。内に包んであらわさず、動くために、先《ま》ず天下の形勢を見て来ようというのである。やがて土佐維新史上の両巨峰となる二人は、やっと目をさましたのである。

一行は先ず防・長地方に渡り、九州に渡り、薩《さつ》・隅《ぐう》をのぞくほか全部まわって、日向《ひゅうが》の福島から船に乗って伊予に帰って来た。その間に門人らと別れている。

「島村と久松は江戸に行け。わしも一旦《いったん》帰国してから出府する。以蔵は貧乏で、国に帰ってしまうと、もう出られんじゃろうから、豊後《ぶんご》の岡藩の村上圭蔵殿に頼んでおこう」

村上圭蔵は以前高知に来て、半平太の道場に滞在していたことがあり、親しかったのである。

高知には年末近くに帰着した。

翌万延二年は二月十九日に改元されて文久となるのだが、改元されて間もなくの三月三日の夜、高知城下で上士と下士の衝突事件がおこった。

上士の山田広衛という者と茶道坊主《さどうぼうず》の繁斎《はんさい》という者とが、雛祭《ひなまつり》によばれてふるまい酒に酔って、真暗な夜道を帰る途中、小川にかかっている土橋際《ぎわ》で、前方から来る下士の中平忠一郎が男色関係にある少年宇賀某を連れて来かかるのにつき当った。とがめ立ての末、双方抜いて斬《き》り合った。山田は麻田勘七門の高弟である上に、江戸で千葉周作の玄武館で修行して、周作門下で土佐の鬼山田といわれたほどの腕きだ。中平は忽《たちま》ち斬り伏せられ、稚児《ちご》の宇賀少年はどこかへ姿を消した。

山田は、もよりの人家に提灯《ちょうちん》を借りに繁斎をやって、ひとりのこっていたが、酒をのんでいる上に人ひとり斬ったこととて、無暗《むやみ》にのどがかわく。川べりにおりて行き、腹ばって水をのんでいると、いきなりあらわれた者があって、したたかに斬りつけた。

「卑怯《ひきょう》！」

山田はおどり上って立向ったが、初太刀《しょだち》に重傷を負うている。ついに斬りたおされた。

これは中平の兄池田虎之進《とらのしん》であった。池田は宇賀少年からの知らせで駆けつけたところ、弟はすでに斬り伏せられ、相手が水を飲んでいるので、忍びよって斬りつけたのであった。

そこに茶坊主繁斎が提灯を借りてかえって来た。池田はこれも坊主頭を真ッ二つにして殺した。

これが問題になった。上士と下士とがそれぞれに集結して、一時はどうなるかと思われるさわぎになったが、池田と宇賀少年とが切腹して、やっとおさまった。

当時、坂本竜馬は池田兄弟とは何かのことで絶交していたが、早速かけつけて処理に骨おり、池田が切腹すると、自分の刀につけた白い下緒《さげお》をといて、池田の血にひたし、

「これは勇士が臨終最期《さいご》の記念である。池田の死は無駄《むだ》ではない。われら軽格の者の意気を示したのだ。われらもことにあたってはかくのごとくあらねばならん」

と、人々に言ったと伝えられている。

この藩の上士と下士の抗争は最も深刻執拗《しつよう》なものがあり、それが維新運動にからんで、最も苛烈《かれつ》にして複雑な様相を示すのである。

このさわぎの時、半平太がどうしたかは、全然伝えるところはない。天下の大事がせまっているのに、小さなことで藩内で争うべきではないと思っていたかも知れない。やがて挙藩勤王主義を取って、決して動かず、ついに悲壮な死をとげなければならなかった彼であることを思うと、この疑いは最も濃いのである。

この事件があって間もなくのこと、江戸から彼の許《もと》に一封の信書がとどいた。差出人は香美郡の郷士大石弥太郎である。大石はずっと前から江戸に出て、長州藩の周布《すふ》政之助《まさのすけ》、桂小五郎、木梨《きなし》平之進、佐々木男也《おとや》、時山直八、薩摩《さつま》藩の樺山《かばやま》三円、町田直五郎、その他諸藩の志士らと親交があり、土佐人の中では最も早く時勢に目ざめた人

物であった。この頃は勝海舟の門に入って洋学を学び、砲術や航海術を研究していた。以前から半平太となかがよく、半平太が近く江戸に出るつもりでいると言ってやっていたので、この手紙があったのである。

「天下の風雲ようやく急である。一日も早く出て来るように」

というのが、その内容であった。

半平太は藩庁に出府の願いを出し、聴許されると、すぐ出発した。四月中であったとばかりで、日はわからない。同伴者が一人あった。姉の嫁ぎ先の継子小笠原《おがさわら》保馬（後忠五郎）である。

東海道をとり、ゆっくりと道筋の諸藩の城下を視察しながら下り、江戸についたのは六月であった。

これから、半平太の諸藩の志士との交際がはじまる。この頃、江戸には、大石をはじめ河野万寿弥《ますや》、池内蔵太《いけくらた》、柳井健次、広田恕助《じょすけ》等の下士らがいたので、その人々の紹介で、つとめて交際を広くした。とりわけ、長州人や薩摩人と深くなった。長州人では久坂玄瑞《くさかげんずい》、桂小五郎、高杉晋作《しんさく》、薩摩人では樺山三円、岩下方平《まさひら》。

この頃、長州の麻布《あざぶ》藩邸の空部屋《あきべや》で、諸藩の有志らの会がよく催されたが、ここにはつとめて出席した。

こうして薩・長両藩の有志らの動きを見ているうちに、半平太はしみじみとうらやましくなった。薩摩といい、長州といい、藩としての足なみが大体そろっている。これに反して、土佐の足なみはばらばらだ。上士と下士とが讐敵《しゅうてき》にたいするようにいがみ合っているばかりか、時局の重大さに覚醒《かくせい》しているのは下士のごく一部で、大半はまるで盲目である。上士階級に至っては、全部がめくらで、南海の片隅《かたすみ》で威張りかえっているだけだ。その上、藩政府の方針はひたすらにお家大事と徳川家尊崇だ。

「情けない」

と思った。

実際のところは、長州だって、薩摩だって、それぞれ家庭の事情があって、決して挙藩一致ではなかったのだが、封建時代の諸藩士には今日の人にはわからない見栄《みえ》があって、ぼろはつつんで、見事な面《めん》ばかり見せるのである。なんと言っても、この頃の半平太は世間知らずの田舎武士だ。わが藩の不一致をいつも見ている目には一層であったろう、大体挙藩一致していると見たのである。

この羨望《せんぼう》は、自然、

「土佐もこうならなければならない。でなくば、両藩に伍《ご》して天下のことに乗り出せない」

という決心になった。

大石や、河野や、池に相談する。

「わしはしかじかと考える。ともかくも、われわれだけで組をつくろうじゃないか。やがてこれをおしひろげ、全藩に有志をつのれば、しぜん、全藩一致の姿になるじゃろう。どうぜよ」

「よかろう」

いずれも、異議はない。

そこで、大石弥太郎が筆を取って、盟文を書いた。

盟に曰《いわ》く

堂々たる神州、戎狄《じゅうてき》の辱《はづか》しめをうけ、古《いにしえ》より伝はれる大和魂も、今は既に絶えなんと、帝《みかど》は深く歎《なげ》き給ふ。しかれども、久しく治《おさ》まれる御代《みよ》の、因循・委惰《いだ》といふ俗に習ひて、独りもこの心を振ひ挙げて、皇国の禍を攘《はら》ふ人なし。かしこくも、わが老公（容堂のこと）、夙《つと》にこのことを憂《うれ》ひ給ひて、有司の人々に言ひ争ひ玉へども、かへつてそのために罪を得給ひぬ。かくありがたきみ心におはしますを、などこの罪には陥り給ひぬる。君辱しめを受くる時は、臣死すとか。ましてや皇国の、今にも衽《じん》を左にせんを、他《よそ》にや見るべき。かの大和魂をふるひおこし、異姓兄弟の結びをなし、一点の私意をさしはさまず、相謀《あいはか》りて国家（藩の意なり）興復の万一に裨《ひ》補《ほ》せんとす。錦旗《きんき》もしひとたび揚がらば、団結して水火をも踏まんと、ここに神明《しんめい》に誓ひ、上は帝の大御心を安め奉《たてまつ》り、わが老公のみ志を継ぎ、下は万民の患《うれ》ひをも払はんとす。さればこの中に私《わたくし》もて、かくかくに争ふものあらば、神の怒り罪し給ふをも待たで、人々寄りつどひて腹かき切らせんと、おのれおのれが名を書きしるし、納めおきぬ。

文久元年辛酉《しんゆう》八月

連署血判したのは、武市半平太小楯、大石弥太郎元敬、島村衛吉重険、間崎哲馬則弘、門田為之助毅、柳井健次友政、河野万寿弥通明、小笠原保馬正実の八人であった。この盟約には、後に坂本竜馬、中岡慎太郎、土方久元《ひじかたひさもと》らをはじめとして参加するものが多く、ついには百九十二名に達したが、この時は上記の八名だけである。

六

文久元年という年は、皇妹和宮《かずのみや》内親王が家茂《いえもち》将軍に御降嫁《ごこうか》になった年である。ご婚約は去年の晩秋きまったのだが、ずいぶん難航の末であった。幕府は井伊大老があの悲劇的最期を遂げたことによって、弾圧政治の不利を悟った。また皇室の国民の間に持つ力の強さを知った。輿論《よろん》の力を知った。そこで、大いに方針をかえて朝廷と融合する形をしめし、それによって国民の怒りをやわらげ、時局の多難を乗り切ろうと考えたのだ。和宮の降嫁は公武一和の具体化として考えられたのであった。

このことは、前に「長野主膳《しゅぜん》」で書いたように、長野の発案で、井伊がとり上げてかかったのであるが、井伊の時にはこんなしおらしいものではなかった。それは長野と井伊の公用人宇津木六之丞《ろくのじょう》との間にかわされた安政五年十月二日付の手紙ではっきりしている。

「幕府の意志が天皇に徹底すれば、条約問題は解決する。そうなった以上は、神君御制定の公家法度《くげはっと》によって朝紀の紊乱《ぶんらん》を正し、堂上が実際政治に口出しすることを禁止することにせねばならぬが、それには公武の間がぴったり行き、大政は全部幕府に委任されている証拠として、皇女の降嫁をいただかなければ、世間がうるさく、後患はかりがたい」

とあるのだ。つまり、和宮を将軍夫人にするという名目で人質にとり、公武合体の美名の下に朝廷を徳川幕府創立当時のようにロボット化しようというのである。井伊の横死後の幕閣には、これほどの悪辣《あくらつ》な目的はない。和宮というテコ入れで、幕府の権威を高め、同時に朝廷を懐柔し、うるさい横槍《よこやり》を封じこめ、さらにまた国民の反幕精神をやわらげようというくらいのことであった。

しかし、世間はそう取らない。大獄で幕府にたいする憤激に燃え、桜田事変で意気の上っている志士らはとりわけそうだ。

「これは和宮様を人質に取り奉らんとする最もにくむべき姦策《かんさく》である」

と、激昂《げっこう》した。

天皇もまた幕府の意図にお疑いがないわけではない。その上、和宮は有栖川宮熾仁《ありすがわのみやたるひと》親王と数年前からご婚約のととのっている方である。お許しにならなかったのだが、幕府はねばりにねばり、執拗《しつよう》に運動をつづけた。公家や後宮に、金銀も大いにばらまいた。

この時、幕府のために働いたのは、九条関白、久我建通《こがたてみち》、千種有文《ちぐさありぶみ》、富小路敬直《とみのこうじひろなお》、岩倉具視《ともみ》、その実妹で天皇の寵姫《ちょうき》である右衛門内侍《うえもんのないし》、同じく寵姫少将典侍《しょうしょうのてんじ》等であった。岩倉は、

「これは朝権回復の機会が到来したのである。ご聴許になって、今後は条約破棄等の外交問題は言うまでもなく、内治問題についても、一々朝廷に伺いを立ててから行うようにと仰《おお》せつけあるがよい。幕府としては無理な請願を聴いていただいたのである

から、拒むことは出来ないはずである。こうなれば、幕府はあっても、実権は朝廷にあることになる。この好機を失ってはならない」

と、天皇に上書している。幕府に買収籠絡《ろうらく》されたのではなく（大いに金銀を取りはしただろうが）、朝権回復の一段階としようという意味で天皇の御聴許をもとめたのであるが、ともかくも、この時点では幕府のためになったのである。

天皇のお気持はようやく動いて、

「アメリカをはじめ諸国との通商条約を破棄して、嘉永以前の状態に返すことを約束するか」

と、条件をお示しになった。

「誓ってお約束いたします。今後七、八年から十年の間に、平和な交渉または武力によって、必ず条約を破棄し、嘉永以前の鎖国に返します」

と、幕府は奉答した。絶対に出来ないことがわかっているのにだ。そのうち、どうにかなると高をくくったのだろうが、このためにやがて幕府は苦しみに苦しみ、野たれ死同様にして命脈が尽きるのである。

天皇はさらに十二分の念をお押しになった上で、御聴許になった。万延元年の九月十八日であった。

いよいよ御降嫁のために京を御出発になったのは、翌年の文久元年十月二十日であったが、そのお日取りが発表になった頃《ころ》、妙なうわさが江戸の市中に流れた。首席老中の安藤信正が国学者の塙《はなわ》次郎（保《ほ》己《き》一《いち》の子）に命じて廃帝の故事を調査させているというわさ。志士らはどよめき立った。ひっきょう、幕府はみかどを廃し奉らんとして、その人質のために和宮様を降嫁させるのだと考えたのである。

れいのごとく、長州の麻布藩邸に集まると、先《ま》ず意見を出したのは、水戸の人々であった。

「世上かかるうわさがある。現幕閣の狡猾《こうかつ》にして悪逆なることは、井伊をしのぐ。これは或《ある》いはうわさに過ぎないかも知れんが、内親王を人質にし奉って、以後の叡旨《えいし》をいろいろと抑え奉るつもりであることは明らかである。この上は東海道の薩埵峠《さったとうげ》に要して御輿《みこし》をうばい奉って京都にお返し申そう。同時に江戸方面では死士をすぐって安藤を刺そう。そうすれば、正気おのずからおこって、天下有志の士はことごとく立ち上るであろう」

というのが、その論旨であった。

久坂ら長州の人々はすぐ賛成して、相談はそうきまろうとした。

半平太は長いあごを胸にうずめ、沈痛なほど蒼白《そうはく》な顔で、一言も発せず聞いていたが、長いからだをゆらりとおこして一膝《ひとひざ》出た。義太夫《ぎだゆう》鍛えのよく透《とお》る、強い声で言った。

「幕府の心術のにくむべきことは今さら申すまでもござらん。しかしながら、すでに朝議において決し、ご勅許あってご降嫁になるのでござる故《ゆえ》、これを妨《さまた》ぐるは道にかなったこととは申せん。道にあらざるを行うは君子の恥ずるところ、匹夫の所業でござる。いわんや、これは成功の望みの少しもないことでござる。あたら正義の士が、このようなことでいのちを落してよいとは、拙者には思われません。それよりは、お互いがここで約束して、それぞれの藩主を奉じて京都に集まり、それぞれ帰国の上、それぞれの藩の方針を勤王にまとめ、それぞれの藩主を奉じて京都に集まり、朝命を乞《こ》うて、幕府に迫り、幕府の朝廷にお約束申した条約破棄のことを実行させることにしようではござらんか。これこそ、名分最も正しく、天下の人心を服せしむるに足ることと存ずる。かくてこそ、天下の正気翕然《きゅうぜん》としておこり、終局の大目的たる尊王攘夷《じょうい》の実現する道と愚考しますが、いかが」

堂々の議論だ。皆粛然として傾聴して、一人の異議する者はなく、そうきまった。

半平太が天下の有志者らに尊敬されるようになったのは、この時からであるという。

半平太は、諸藩の中で最も頼りになるのは長州と薩摩であると思ったので、日を改めて、大石弥太郎を伴って、長州藩邸に行き、長州側から周布《すふ》政之助、桂小五郎、久坂玄瑞の三人、薩摩から樺山三円が出て、深夜まで談合して、

「明年三月に、三藩がそれぞれの薄主を奉じて入京することにしよう」

と、約束をかためた。

ここでちょっと当時の攘夷論について、説明しておく必要があろう。

攘夷党の最高幹部の人々は、後にはその攘夷の主張は幕府を困惑させて倒すための手段でしかなくなったが、この頃まではそうでない。開国して貿易をつづけることは日本を疲弊衰弱させて国を亡滅させると心から信じていたのだ。彼らをそう信じさせるに足る十分な事態があったのだ。条約の締結によって貿易がはじまって、外国商人らが好んで日本から買入れたのは、生糸、茶、水油、蠟《ろう》、雑穀等であったが、生産力の低い時代であったので、忽《たちま》ち品不足になって値段が上り、連鎖反応で一切のものが値上りした。また幕府が日本の貨幣と外国の貨幣との交換比率の調整を全然しなかったので、恐ろしい勢いで金貨と銅貨とが流出した。その頃、欧米では金一銀十五の比率であったのに、日本では金一銀六の比率であったので、金貨が奔流のように流出した。銅銭は日本では洋銀一ドル対四千八百文であったのに、中国では一ドル対一千文ないし千二百文であったので、日本で銅銭を買って中国で売れば、四倍以上のもうけ

になった。これまたざらざらと流れ出した。通貨が減少すれば当然不景気だ。しかも物価は騰貴《とうき》する。国民は踏んだり蹴《け》ったりの目にあわされていたのだ。

もちろん、これは開国そのものが悪いのではない。開国にたいする、幕府の準備不足と方法の拙劣さのためであるが、当時の人はそうは考えない。開国を呪《のろ》い、鎖国の時代をなつかしむ声は巷《ちまた》に満ちたのである。

威迫によっておめおめと幕府が開国したことを切歯していた志士らが、この状態を見て、

「開国貿易は日本を欧米に食いつぶさせるものだ。亡国へのまっしぐらなる疾走だ。一刻も早く条約を破棄し、外国人は追っぱらうべきだ」

と考えたのは、無理はないのである。つまり、攘夷は一部の過激な志士らだけの議論ではなく、この時点においては国民の輿論だったと言ってよいのである。

七

半平太は河野万寿弥、島村衛吉、柳井健次の三人を同伴して、帰国したが、九月二十五日に高知城下に近い布師田《ぬのしだ》まで来ると、三人を茶店にのこしておいて、道を切れ、

小野村に閑居している平井善之丞という人物を訪れた。

平井は先々代の太守豊熙《とよてる》の代に大目付をつとめ、豊熙の死によって一時退《ひ》いたが、容堂の代になってまた大目付に挙用された。学問もあり、手腕もあり、とりわけ高潔な人がらをもって評判であったが、吉田東洋が二度目に参政になった時、東洋のやり方について行くのをいさぎよしとせずして退職し、知行地である小野村で閑居の生活に入っているのであった。世間では、「小野の聖人」といって尊敬していた。五十九歳であった。

半平太は会って時勢の切迫を告げ、薩・長両藩がこれこれの覚悟をきめているので、自分はこの際わが藩も一奮発しなければならない時であると思ったので、しかじかの約束をして来た故、お力になっていただきたいと結んだ。

平井は感動することが一方でなかった。

「最後のご奉公じゃ。老骨ながら、大いに手伝おう」

と答えた。

半平太は、最大の難関は東洋であると思っているので、聞くと、平井は意外なことを教えた。

「吉田に権勢の集まっていることは事実だが、それでいながら、政府部内では孤立しているのだ。大隠居様（豊資《とよすけ》、景翁と称す）は前から吉田のやり方がお好きでない。ご連枝方もそうだ。家老衆もそうだ。とりわけ、彼が『海南政典』とやらをこしらえ、家中の格式を改めて、新たに家老格というのをつくってから、一層きげんを悪うしていなさる。これはやがて自分が家老格になるためじゃというわけよ。そうかどうか知らんが、ともかくも、そう思うて、家老衆はきげんを悪うしていなさる。朋輩衆《ほうばいしゅう》も、吉田一人が威張っとるので、ねたんだり、憎んだりしとる。今では吉田の頼みの綱はご隠居様（容堂）お一人よ。じゃから、そのごきげんを取るために、鮫洲《さめず》に結構なご殿をつくってさし上げようと、材木を伐《き》り出し、筏《いかだ》に組んで、はるばると江戸に運ぼうとしている。吉田も考えるほど大したことはないぜよ」

まるで浮世を忘れたような生活をしていながらも、家中の上層部の事情に精通して、見るところが実に鋭い。半平太は百万の味方を得たように力強かった。

日没に近い頃まで話し合って辞去した。茶店に帰って来ると、三人は待ちくたびれている。

「どうでありました？」

「承知してもろうて来た。あの人はただの聖人じゃないのう。事は八、九分成就《じょうじゅ》したようなものぜよ」

と、くわしく語った。三人も大いに元気づいた。

田淵の自宅に帰りつくと、大車輪の活動をはじめた。藩庁方面に運動するとともに、四方に同志を募った。藩庁の方はなかなか困難であったが、同志は続々と集まって、連判状に連署血判した。

坂本竜馬は真先に参加している。そのほか、島本仲道《なかみち》、中岡光次（慎太郎）、入道様こと島村寿之助、平井収二郎（隈山《わいざん》）、土方久元、吉村虎太郎、那須《なす》信吾《しんご》、浜田光弥（田中光顕《みつあき》）等もまた参加し、最後の総計では二百名に近くなった。

上士にも共鳴する者がある。この人々は加盟はしなかったが、大いに手伝うことを約束した。山川左一右衛門、本山只一郎《ただいちろう》、佐々木三四郎（高行《たかゆき》）、谷守部《もりべ》（干城《たてき》）、由比猪内、日比剛蔵（平井善之丞の次男）等、等、等で、かなりな数がある。このうち山川は大身であり、本山と由比とは君側《くんそく》をつとめている。大いに力になるはずである。

人的形勢がこうなって来ると、半平太としては、藩庁方面がうまく行かないのが、もどかしくてならない。ついに真正面から東洋につき当ってみることにして、面会を申しこんだ。

「会おう」

と、東洋は言う。藩庁からの度々の報告で、東洋は事情を知っている。木ッぱみじ

んに説破してくれようと心組んだのである。会うやすぐ、

「その方は、しかじかのことを申しふらしてさわいでいるげなが、島津家も、毛利家も、ご当家とは縁戚《えんせき》にあたらせられる（先々代豊熙夫人は島津斉彬《なりあきら》の妹、現藩主豊範夫人は毛利氏から入輿《じゅよ》）。それほどの思い切った思い立ちがあるのであれば、ご当家に連絡のないはずがない。つまりは、取るにも足らぬ下々の藩士や浪人共が根もないことを言いふらして、人心を動揺させ、世を乱そうとしているにきまった。そちはしら几《き》帳面《ちょうめん》な正直者じゃそうじゃから、まんまとだまされているのじゃ」

　と、高飛車に出た。

「そんなことはございません。他の人々は別としましても、周布政之助殿は長藩の重役でございます。その人の口からはっきりと聞いたのでございます」

「なるほど、周布は重役じゃ。しかし、あれは酒癖のある男と聞いている。大方、酔ったまぎれの放言であろう。わしはそう信ずるぞ。それにじゃ、ここが大事なところじゃ。ご当家は関ヶ原役以来、徳川家とは深い由緒《ゆいしょ》のあるお家柄《いえがら》だ。薩摩や長州とはわけがちがう。それを思え」

「しかし……」

「しかしも、ごかしもない。そうだ。その方、それほど思うなら、九州探索を申し付

ける。行って、よくよくその目で見て来い。必ずわしの言うた通りに相違ないから。その方の申すようなことは、一部の飛び上りものの下々の議論で、藩の方針ではないことがわかるはずじゃ。行って来い」

東洋の目は鋭い。真相を見ぬいている。天下の形勢の切迫していることは事実だが、薩・長両藩主が京に入朝することになっているというのは決定していることではない。これからお互い努力してそうしようというにすぎない。半平太はつまった。だから、

「九州の形勢の視察は、昨年すましています。今さら必要はございません。それに、拙者は両藩の人々にかたい約束をしてまいったのでございます。おめおめと顔を合わせるわけにまいりません」

と言って、辞去した。

焦慮していると、伊予境の立川の関所の外から、長州藩の長嶺内蔵太《ながみねくらた》と山県《やまがた》半蔵（後の宍戸璣《ししどたまき》）とから手紙が来た。

「久坂君の使いで、金比羅《こんぴら》参りという名目で国を出てここまできたが、関所役人が入れてくれない」

というのである。

坂本竜馬を呼んで、行ってくれというと、坂本は引受けて出かけて行ったが、二、

三日の後、帰って来た。

「長州では、明春入京のことは決定した」

というのである。半平太は益々《ますます》あせらざるを得ない。

焦慮のうちに年は暮れて、文久二年になった。その正月上旬、半平太は久坂に紹介状をつけて、坂本を長州にやったが、間もなく来た久坂の手紙と坂本の報告の手紙は、最もきびしい形勢の切迫を伝えるものであった。

「長州の出るのはもちろんのことだが、薩摩も出ることになって、西郷吉之助を南海から呼びよせることにした由《よし》。西郷は先主斉彬の第一の愛臣で、なかなかの人物である由。先年の大獄の時、幕府の追捕《ついぶ》がせまって、清水寺の先住月照《げっしょう》和尚と投身自殺したが、月照だけが死に、西郷は助かった。藩は月照と共に死んだことにして、奄美《あまみ》とやらいう遠い島にかくした。いわば取っておきの宝を取出して使おうとするのだ。薩摩の覚悟のほどがうかがわれる」

というのである。

正月末、江戸から飛報があって、水戸浪士の集団が、この十五日に坂下門で安藤信正を襲撃して傷を負わしたと知らせて来た。

この知らせは同志に非常な衝撃をあたえた。中にも吉村虎太郎だ。吉村はこの頃高岡郡檮原《ゆすはら》の庄屋《しょうや》をつとめていたが、即座に職をやめて国を出、防・長から九州にわたり、平野国臣《くにおみ》に会った。

平野は薩摩に密入国して、島津久光が非常な決意をもって引兵《いんぺい》上京する準備を進めつつあることを知っている。薩摩藩士の激派との密約もある。真木和泉守《いずみのかみ》や清河《きよかわ》八郎との計画もある。一切打ちあけた。吉村は、

「わが土佐藩も、薩・長両藩と事を共にする約束を、弊藩の武市半平太というがいたしているのです。すぐ帰って報告し、ともに立ちましょう」

と答えて帰国し、半平太に会って報告し、藩が動かんなら、同志そろって脱藩し、この挙に馳《は》せ参じようと説いたが、半平太は承知しない。

「それは出来ん。わしは全藩そろっての勤王をするのじゃ。それが山内家の御恩にも報いる道じゃと信じとる」

半平太は土佐人のいわゆる「イゴッソウ」だ。言い出したらきかない人物である。

吉村はそれを知っている。

「そうですか」

と、辞去し、友人の宮地宜蔵《ぎぞう》をさそって脱藩してしまった。沢村惣之丞《そうのじょう》も脱走した。

一旦《いったん》帰国していた坂本竜馬も脱走した。同志全部、動揺の色は蔽《おお》うべくもない。半平

太は上記の脱走者らを追いかけ、久坂にたいする紹介状を持たせてやり、坂本の場合にはとくに、

「坂本のアザは土佐の国には余るやつじゃき、広いところに追いはなしたのよ」

と、彼にはめずらしく笑って、同志らに説明したが、憂心とあせりは深くなるばかりであった。

八

坂本竜馬、吉村虎太郎、その他の者の相つぐ脱藩に、同志の人々はあせり切って、よりより、

「一思いに殺《や》りましょう。このままではどうにもならんですぞ」

と、半平太に進言する。

半平太は叱《しか》りつけておさえていたが、工夫にあぐねて、ある夜、小南五郎右衛門を訪問した。この頃には小南は城下住まいをゆるされて、幡多郡《はたごおり》の謫所《たくしょ》からかえって江ノ口辺地町に住んでいたのである。

半平太は、時勢の切迫と同志らの動揺とを語って、

「国のためにいのちをくれるという若者が五、六人いるのですが」

と言った。

小南は言外の意味をさとって、

「それは考えものぜよ。血はひとを狂わせるものだ。ひとたび血が流れると、次から次にはてしないことになる。水戸の党派争いがいい手本ぜよ」

といましめた。

小南という人は、古《こ》大臣《たいしん》の風ありと藤田東湖が批評したというだけあって、中々いいことを言う。たしかにそうに違いないのである。坂本竜馬に窮屈漢といわれるほどきまじめな半平太は権道《けんどう》は大きらいなのであるが、時勢の切迫と同志の連中の突上げとの板ばさみの苦しさに、つい考えてみたのであった。

「その通りです。なお工夫してみましょう」

と答えて辞去し、山内家の連枝や家老らを訪問して説得にかかった。いずれも半平太のいうことはよくわかるのだが、対策は持たない。吉田は利《き》かん気の男で、言い出したらきかんからのうと嘆息するばかりだ。

ただ一人、山内民部《みんぶ》豊誉《とよな》（容堂の三弟、城の東方にある邸《やしき》に住んでいたので、土佐では俗にお東様といっていた）だけが、

「吉田さえおらんければ、あとのやつらは一つぶしに出来るのにのう」

と言った。いずれも内心ではそう考えているのだが、口に出して言わず、民部だけが口に出したのである。半平太はこれを、「やれ」という暗示と受取った。

「やはりやらねばならんか」

と思いながらも、まだ決しかねていると、間もなく藩庁から布告が出た。藩公豊範が江戸参覲《さんきん》のために、来《きた》る四月十二日、国許《くにもと》を出発するという布告。

半平太は着物の裾《すそ》に火のついた気持になった。豊範が伏見を経て東に向う頃《ころ》は、ちょうど島津久光も大坂か伏見に到着し、長州の有志や平野国臣・清河八郎・真木和泉守らの浪人志士らはこれを擁して討幕の挙をあげるであろう、その際、わが土佐藩は去年の密約を履《ふ》むことが出来ないばかりか、藩公は佐幕派の重役らに取巻かれて江戸に下られるのだ、どうして薩・長の同志らに顔を合わせられようと、焦心した。これが、

「もはや、猶予《ゆうよ》は出来ぬ。吉田をたおし、その勢いをもって藩公を奉じて京都に乗り出すよりほかない。そうすれば、去年の密約を履むことにもなる」

と、決心させた。

同志らを召集した。河野万寿弥(利鎌)、弘瀬健太、川原塚茂太郎、島村衛吉らで

あった。半平太のあまりなまじめさに、しびれを切らしているところだったので、皆大喜びだ。

「妄動《もうどう》はゆるさん。万事、必ずわしのさしずに従うのだぞ」

と、釘《くぎ》をさしておいて、準備にかかった。それは四月一日のことであったという。先ず東洋の動静を偵察《ていさつ》する。次に刺客隊を部署する。第一組は岡本猪之助、岡本佐之助、第二組は島村衛吉、上田楠次、谷作七と定めてつけねらったが、いずれも機会がなくてお流れになった。

四月六日に、那須信吾が高岡郡檮原村《ゆすはらむら》から出て来て、同志に東洋暗殺がうまく行かないとのことを聞き、半平太を訪ねて、自分にやらせてくれと言った。

那須信吾は家老深尾鼎《かなえ》の家臣浜田宅左衛門の子で、檮原の郷士那須俊平の娘為代を妻として、その養子となった。身長六尺、強力無双で、十匁銃《もんめづつ》を直立して発射して少しも姿勢がくずれなかったという。剣術・槍術《そうじゅつ》ともに長じている上に、絶倫の速足で、高知と檮原とは普通人では二日の道のりであったが、彼は肩に槍《やり》と稽古《けいこ》道具をかついで、朝出発すれば夕方には高知についたという。この道は戦時中ぼくは取材旅行で歩いたことがあるが、あんな嶮《けわ》しい道をぼくはその前もその後も経験したことがない。崎《き》嶇《く》羊腸ということばそのままの難路である。信吾はこのような人物だったのである。

そうだ、もう一つ、後の伯爵《はくしやく》田中光顕、当時の名浜田光弥は信吾の甥《おい》である。

半平太は、那須信吾と大石団蔵、安岡嘉助の三人を刺客に定めておいて、山内民部の近習《きんじゆう》で、同志である生原守助を訪問して、必ず近日中に東洋をたおす故《ゆえ》、民部様に申し上げて、その後の藩の方針決定に十分の準備をしていただくようにと告げた。もちろん、生原は承知する。

その翌々日の四月八日、郭内に住んでいて東洋の動きを探索していた同志の大利鼎《おおりてい》吉《きち》が来て、

「吉田は殿様のために日をきめて『日本外史』を講義していますが、御上府の日が近づいたので、今夜が終講になるそうです。終講の日は酒宴を賜わることになっていますから、退出は四ツ時（十時頃）過ぎになりましょう。今夜こそ、機会到来ですぞ」

と、報告した。

半平太は那須ら三人を呼んで、これを告げた。三人のよろこびと緊張は言うまでもない。

その夜、東洋は若い藩主豊範のために日本外史織田氏編の「本能寺の変」のくだりを講義し、講義がおわってから酒宴をたまわり、城を辞したのは十時過ぎであった。しょぼしょぼと雨が降り、真暗な夜であった。甥で、弟子で、近習目付《きんじゆうめつけ》をつとめてい

る後藤象二郎（当時の名良輔）と同道していたが、追手筋で別れて、帯屋町下一丁目の自宅の方に向い、下一丁目の角まで来た時、うしろからいきなり声をかけたものがあった。

「元吉殿、お国のために参る！」

同時に、傘《かさ》の上から斬《き》りおろした。これは那須信吾であった。傘に邪魔されて、斬りは斬ったが、浅手しか負わせることは出来なかった。東洋はとくに剣術にすぐれた男ではないが、剛気な男だ、傘を投げつけるや、抜き合せ、

「不届者！　不届者！　不届者！……」

と連呼しながら、無二無三に斬り立てる。信吾ほどの勇士があとずさりしたほどの鋭い勢いであった。

この間に、大石団蔵と安岡嘉助は東洋の若党を追いはらって引返して来、安岡が東洋のうしろから斬りつけた。これがきまった。肩から背にかけて袈裟《けさ》がけに斬り下げた。

「無念！」

と一声あげて、たおれる。

刺客の中には追いかけて来て飛び入りした安芸《あき》郡の郷士宮田頼吉がいたはずだが、

これの働きはわからない。

東洋はこの時四十七。この夜本能寺の変を講義したのも、奇縁といえば、奇縁である。

首尾よく行ったので、大石と安岡とは前もっての打合せ通り、長縄手《ながなわて》の観音堂に急ぐ。信吾ひとりがのこって、首をあげ、路傍の小溝《こみぞ》で首と刀を洗って、用意して来た木綿の下帯に首をつつみ、南奉公人通りを西に走ると、途中でいくども猛烈に犬に吠《ほ》えられ、その犬共はぶら下げている首包みに食い下ろうとしたので、閉口したと、後に信吾が養父の俊平あての手紙に書いている。犬共を追っぱらい追っぱらい、四半橋長縄手の観音堂まで来た。ここには河野万寿弥ら同志の者が待っている。大石と安岡もすでに来ている。

首を河野に渡し、河野らが持って来てくれていた旅荷物や手槍などを受取り、三人は旅支度をし、真暗な中で同志らと訣別《けつべつ》して、ひたすら西に向った。この街道は三十里にして伊予境の別府徳道《とくみち》の関所に達するのだ。それを日没前に踏破して、伊予の岩川につき、ここでその夜は泊り、あとは悠々《ゆうゆう》と旅をつづけて、三津浜で便船をもとめて周防三田尻《すおうみたじり》に向った。

河野らは東洋の首を高知の町の西の入口に近い雁切河原《がんぎりがわら》の高札場《こうさつば》に、こんな意味の斬姦状《ざんかんじょう》をしたためた木札をつけてさらした。

この元吉は、重き役職にありながら、天下不安の時勢であることを少しも考慮せず。我意《がい》にまかせた政治のとりざまをしている。その思うところは一身の安楽だけで、藩の経済が次第に窮迫しつつあることを知りながら、豊かであるように表面をかざっている。たとえば先年から貯蔵されていた藩の不時米も次第に費消し、御領内の山林ものこらず切りつくしたごときがそれである。また御領内の富者からきびしく金銀を取立てて、御領民らの殿様にたいする親愛の情が薄くなるようにはからっている。しかも、自らは賄賂《わいろ》を貪《むさぼ》って、無類の贅沢《ぜいたく》をきわめている。たとえば、江戸表の、きげんとりばかりしている軽薄な小役人に命じて、殿様の名をかたって、自分用に結構な銀の銚子《ちょうし》をつくらせたのがそれである。そのほか、自らの平生の衣食住も華美をきわめている。かかる不都合なものをそのままにさしおいては、士民の心がお家から離れて、ついには一人も御用に立つ者はなくなり、お家滅亡の端緒となるであろうと、我々は痛憤にたえない。よって、上はお家のためを思い、下は万民の苦を救わんと、罪を忘れて、かくのごとく誅殺《ちゅうさつ》し、梟首《きょうしゅ》するのである。

この斬姦状にはもっぱら東洋の藩政についての非難だけが書かれて、彼らをテロリズムに駆り立てた直接原因である尊王攘夷《じょうい》についてはほとんど触れていないが、それは藩庁の疑惑をそらすためであった。

九

夜が明けると、高知城下は大さわぎだ。雁切河原や殺された場所に見物に行くものが引きもきらない。しかし、東洋の家族とその与党の者以外は、誰《だれ》一人としてその死を悼《いた》む者はなく、皆痛快がった。権勢をほしいままにした独裁者の死は常にこのようにして迎えられるものだ。あながち施政の是非によるものではない。この頃高知に居住していた俳諧《はいかい》宗匠が、

料理した血を見に来るや初松魚《はつがつお》

と詠《よ》んだところ、忽《たちま》ち電光のように城下中にひろまって、

「時節がら当意即妙、うまく作ったぜよ」

と、皆がよろこんだというから、空気がわかる。

この日は大隠居の豊資が荒倉山で猪狩《いのししがり》を行うというので、執政の福岡宮内《くない》らは早天

から出かけて高知にいない。藩庁は周章狼狽《ろうばい》、上を下へ返してのさわぎだ。急使を立てて福岡を呼びかえした。証拠はなくとも、状況判断で、武市一派のしわざとわかっているので、手をつけようとしたが、この一派は半平太をはじめとして剣客ぞろいである上に、探索の任にあたる横目や下横目は郷士や軽格の者であるので、武市派に属している者が多い。逮捕に行くのをいやがるだけでなく、情報を内通するのである。

藩庁が自分らにたいして敵意をもっていると知ると、武市派の血気な連中は激して、半平太の道場の筋向いの島村寿太郎の家に集まって、臼砲《ボンベ》をすえて、もし捕手《とりて》が来たら撃ちかけ、これを合図にして同志一同半平太の家に集まり、比島山まで逃げて、機を見て国外に脱走する、力およばなければ切って切って切りまくり、いさぎよく討死しようといきり立った。半平太は鎮静につとめたが、なかなかおさまらない。三日二夜の間、高知城下は今にも血の雨が降るかと市民はおびえた。

この間に、半平太は山内民部の近習の生原守助に手紙を書いた。東洋はすでに倒れたのに、藩庁は依然東洋一派の姦人らに占められ、御改革の沙汰《さた》はない、同志は激昂《げっこう》し切って、一同一かたまりとなって、武力をもって道をひらき、上方へ脱走しようと言い立て、今は自分の力ではおさえることが出来ない勢いである、民部様の御奮発以外には解決の方法はない、この手紙を民部様のごらんに入れてもらいたいという文面である。半平太は同志の一人楠瀬六弥に渡した。これは十一日の早暁《そうぎよう》のまだ暗いうちであった。楠瀬は暗中を疾走して去った。

楠瀬から手紙を受取った生原は東邸に行き、まだ寝ている民部をおこして、半平太の手紙を見せた。民部はもちろん東洋の殺されたことは知っている。それが自分を頼りにしてなされたことも知っている。だから、気にかけなかったわけではないが、そこがこの時代の上流者だ、切実には考えなかったのである。半平太の手紙を見て、今さらのようにおどろいた。

そこに、南邸の山内兵之助の使いとして、岩崎馬之助が来た。岩崎はなかなかの学者で、大の東洋ぎらいだ。何とかして早く武市一派をなだめないと、大変なことになると、兵之助の口上を伝えた。

民部は手紙を書いて、岩崎にわたした。

唯今《ただいま》、皆は必死をきわめて、刀杖《とうじよう》のことにも及ぼうという覚悟の由《よし》であるが、たとえ捕手が来ても、先《ま》ず静かに縛につけよ。そのまま刑罰に処せられるわけでもあるまい。すでに我々（山内一族）は一時に姦人ばらを退ける相談をきめているから、安心してそうするよう。その方がその方共の忠義の道にもかなうことと存ずる。

四月十一日　　民部

という文面だ。

これは半平太にとどけられた。薩摩の誠忠組の壮士らが藩主忠義の直書をもらった時にもそうだったが、階級制度の厳重な封建時代には、こんなことは絶無といってもよいことだ、きまじめな半平太は泣かんばかりに感激して、これを同志らに見せて、おとなしくするように説いた。壮士らは半平太ほど感激はしない。これはわれわれを欺《たら》そうとする策かも知れないと言ったところ、半平太は顔色をかえて、

「民部様がそんなことをなさるか！　もったいないことを言うものでない」

と叱りつけたという。

実際、民部は熱心に働いた。大手邸の山内大学（豊栄《とよひで》、容堂の叔父）と、昨年東洋と意見が合わないで執政を退いた家老山内下総《しもうさ》とに手紙を書いて呼んだ。この日東邸にはこの二人のほか山内兵之助、深尾丹波が来て、密議し、大隠居に上申し、夕方になって、藩庁総改革の沙汰が下り、東洋派は総退陣し、翌十二日には新政府が出来た。

山内大学が文武館総裁、山内下総・桐間内蔵助《くらのすけ》・五藤内蔵助が執政、深尾丹波が側《そば》家老《がろう》、小八木五兵衛・平井善之丞が参政兼大監察、小南五郎右衛門が大監察という顔

触れである。

武市一派にとって、これは必ずしも満足すべき顔触れではなかった。小八木は札つきの保守家であり、他の人々も東洋ぎらいの点では一致していたが、革新は好きでなく、本質は保守家だ。平井と小南だけが時勢にたいする目がひらけていて、武市一派の理解者であるに過ぎなかった。

従って、なかなか半平太の思った通りにはことが運ばない。政府部内の保守家らは、この当時京坂地方に長州藩士中の過激分子や浪人有志者らが集まって、島津久光の到着を今やおそしと待ちかまえていることを知っている。こんな際藩公が上府の旅に出たら、半平太の思う壺《つぼ》にはまり、さわぎに巻きこまれ、土佐藩をあげて勤王討幕派に投入することになるであろうと恐れ、取りあえず病気の名目で藩公出府の延期願を出した。

半平太も案外であったが、その派の壮士らの不平は一通りでない。半平太はこれをおさえなだめながら、小南と相談する。毎夜のように相談がつづき、よく夜が明けたという。この相談によって、すでに決定していた藩公の上府の際の供人数を入れかえて壮士らを多数ふりあてることにして、やっと不平をおさえつけた。

四月下旬には、河野万寿弥、弘瀬健太、小畑孫三郎の三人を監察吏に任命して、住吉陣営に出張させたが、これは名目で、実際は島津久光着京後の京坂地方の情勢を視察するのが目的であった。住吉陣営のことは後にも出て来るから簡単に説明しておきたい。一昨年、幕府は摂海警衛のために、柳川、備前、因州、土佐の四藩に、受持区域をきめて人数を詰めさせるように命じた。土佐では去年の正月から住吉に陣営の普《ふ》請《しん》にかかり、出来上ると、主として郷士や軽格の武士らを守兵として詰めさせた。これが住吉陣営である。

京坂の情勢視察のために出たのは、前記の三人だけではなかった。島本審次郎（仲道）も上司の郡奉行《こおりぶぎょう》山川左一右衛門の命を受けて上京した。

また、この頃、藩庁は東洋の家名を取潰《とりつぶ》しにし、暗殺事件は不問にすることにした。ひどい話である。これが後まで根をのこして、半平太をはじめ土佐勤王党の幹部らが悲惨な死をとげ、勤王党が潰滅《かいめつ》する根本の原因となるのである。

十

情勢視察がかりの連中が京坂についたのは、寺田屋の事変があって、左派志士らの運動が潰滅した直後であった。彼らの同志である吉村虎太郎と宮地宜蔵の二人もこの運動に投じていたので、薩藩から大坂の土佐藩邸に引渡され、やがて国許《くにもと》に送りかえされることになり、住吉陣営の牢中《ろうちゅう》にいる始末であった。

視察がかりの連中は皆勤王党だ。大いに失望したが、なおとどまって視察をつづけた。ある夜、島本審次郎が京の長州藩邸に久坂玄瑞を訪問すると、久坂は長州藩の世子長門守《ながとのかみ》定広（後元徳《もとのり》）に下賜《かし》された内勅の写しを見せた。

これは定広が江戸から帰国する途中、京都に立寄った時に下賜されたもので、要領は、しばらく京都に滞在して、島津久光とともに浪人らの鎮撫《ちんぶ》に努力してくれというのであった。だから、定広は滞京をつづけているのであった。

久坂はなお言う。

「朝廷におかせられては、攘夷促進の勅使を関東に御差遣《ごさけん》になることに決定しています。貴藩も遅れないようになされたい」

島本はうらやましくもあり、あせりもした。内勅を写させてもらいたいと頼んだ。

「これは御内勅です。幕府役人の目に触れては、朝廷に御迷惑が及びます」

と、久坂はなかなか承知しなかったが、島本は百方頼んで、わが党の信頼する重役（小南と平井）以外には決して見せませんと誓って、やっと写させてもらった。これをもって藩邸にかえり、河野万寿弥や弘瀬健太等に見せると、二人とも同じ思いだ。今さらのように藩論のぐずつきが情けない。

「一刻も早くとどけるがよい。これが届けば武市先生も説きやすいはずじゃ」

と言っているところに、江戸から国許へ行く藩の飛脚がついた。京屋敷にちょっと立寄ってすぐ国許に向うのだ。この便で送ろうということになって、内勅の写しを上包みし、厳重に封をし、藩庁の重役あてにして、藩邸の役人に、これを飛脚便でお送り願いたいと頼んだ。役人らは受付けたが、ただ一人、森下又平は保守家で、武市一派のすることを過激軽薄としていつもにがにがしがっている男だ、目くじら立てて、それは何だとたずねた。

「至って重要な機密書類です。御重職の方以外には申し上げられません。このままお送り願います」

「それはならぬ。ぜひ申せ。聞いた上で、相違ないかどうか、点検する」

「それはなりません。ぜひこのまま」

「ならん！　先規によって点検する」

怪しんだ様子で、封を破ろうとする。島本はひったくった。

「無礼者！」

「どちらが無礼です！　点検して下さるなと申しているのを、勝手に封を破ろうとなさる、あなたの方が無礼ではありませんか！」

「これがかかる時のお家の法だ！」

「これは非常のものです。常例によるべきではありません」

「わしは職権をもっていたすのだ。そちはそれをおさえようとするのか！」

たがいに激し上って、今にも斬《き》り合わんばかりになった。河野と弘瀬は室外にいて手に汗をにぎり、斬合いがはじまったら飛びこんで引分けようと身がまえしていたが、そのうち、島本は、

「あなたのような訳わからずには、何を言うても無駄《むだ》です。もう頼みません。あとで後悔なさっても知りませんぞ！」

と、捨白《すてぜりふ》して、荷物を持って飛び出した。

伏見に走った。やがて飛脚は伏見に来るはずだから、直接頼もうと思ったのだ。やがて飛脚は来た。わけを話して頼んだ。引受けてくれた。

島本はやっと落ちついて京に帰ったが、果して無事に届けてくれるか、届けてくれたにしても重役らが握りつぶしてしまうかも知れないと思うと、不安でならなくなった。そこで、急に旅支度して、翌日京都を出て、国許に急行した。

昼夜兼行して、北山越えして高知の城下に入ったのは、夜半に近かった。真直《まっす》ぐに

新町田淵の半平太の家に行くと、半平太は庭先に縁台を持ち出し、先輩の五十嵐《いがらし》文吉、曾和伝左衛門と月明りの中でうちわ使いしながら、四方山《よもやま》話をしている。のんびりとしたその様子を道から見て、島本はかっとした。小門からつかつかと入って行き、あいさつもなしに問うた。

「太守様御入京の御出発はいつにきまりました？」

半平太はおどろきながらも答える。

「まだきまっておらんが」

島本はどなり出した。

「のんきにもほどがありますぞ！　先生はずいぶん羽ぶりがようなりなさったきに、重役衆に巻かれて俗論派になりなさったのではありませんか！」

半平太は立腹した。膝《ひざ》を立ちなおして何か言おうとした。

五十嵐が中に入って、たしなめた。

「島本、オマンあわてとるぞ。オマンは京都から帰って来て、向うの様子を言いもせんで、国許の様子も考えず、いきなり、そんな言い方でわしらを叱《しか》るとは何事じゃい。落着くがよい」

島本ははっと気がつき、

「やあ、これは粗忽《そこつ》でした。思いつめて、気がせいていたもんですから。あやまります」

と、あやまったので、皆笑い出した。

島本は長州の世子に内勅が下って世子は滞京をつづけていること、その内勅の写しを飛脚に頼んだいきさつ、不安で大急ぎで帰って来たこと等、一切を語った。

内勅の写しは、その日藩庁に着いていて、半平太は翌日小南から聞いたが、小南と平井のほかは重役らには何の感動もないという。すべて感動はテレビやラジオの受信と同じだ。受ける側の感情の波長が合わなければ生じない。重役らは、日本が昔とまるで違う国際関係の唯中《ただなか》にあり、一歩をあやまれば亡《ほろ》びなければならない危機にあることを知らず、幕府の政治力は昔ながらに強力であると信じ切っている。てんから感情の波長が合わないのである。

半平太は小南・平井と相談して、京都に滞在をつづけている河野・弘瀬・小畑の三人に命じて、土佐藩へも内勅を下賜してもらうように運動させた。

三人は運動にとりかかったが、この運動に最も役に立ったのは三条家であった。三条家と山内家は重縁のなかだ。大隠居豊資の妹は三条実万《さねつむ》夫人、容堂の夫人は実万の養女（実は烏丸《からすま》家の生れ）、容堂の妹は実万の長男公睦《きんよし》（実美《さねとみ》の兄）夫人という関係である。

また、薩摩の藤井良節と本田弥右衛門も骨折ってくれた。本田は伏見藩邸の留守居で、薩摩誠忠組の一人であり、藤井は元来の名を井上出雲守《いずものかみ》といって鹿児島城下の諏《す》訪《わ》神社の宮司だ、薩摩のお家騒動の時、逸早《いちはや》く国外に脱出して、筑前《ちくぜん》侯黒田斉溥《なりひろ》に事情を訴え、斉溥に保護され、その頃《ころ》は工藤左門と名のっていたが、同じ境遇の北条右門とともに、月照薩摩入りの際に骨折った。これは「平野国臣」で書いた。この頃は藩に帰参した形で、京都で活躍し、近衛《このえ》家に親任されていたので、公家達《くげたち》の間でなかなか勢力があった。

運動はついに成功して、天皇の内旨を奉じて、中山大納《だいな》言忠能《ごんただやす》が三条家にこんな書面を送る。

土佐の当主は今年は上府年にあたる由、伏見通行の節は京都に立寄ってほしいとの、御内々の叡慮《えいりよ》である。兵などを動員するというようなお考えは一切あらせられないが、方今の世の形勢に深く宸襟《しんきん》を悩まし遊ばされ、薩・長とともに土州へも、御内々に御依頼遊ばされたいことがあるためである。いつ頃出府のため通行するか、御知りたいとのご沙汰《さた》である。よって、まろから、そっと貴公までお尋ねするのであ

る。お調べの上、ご返答たまわりたい。(取意大略)

六月十一日　忠能

三条羽林《うりん》公

実は土佐の京都藩邸の留守居には、このずっと以前、これも姻戚《いんせき》にあたる徳大寺権《ごん》中納言実則《さねつね》から、プライヴェートな形で、藩主の入京を慫慂《しょうよう》したことがあるのだが、留守居はこと面倒と見て握りつぶしたのである。しかし、こんどは正式に、三条家からこういって来たので、大狼狽《ろうばい》だ。三条家の当主実美は、当時左派若手公家中の首領的人物だ。留守居を呼んで、熱心に説いた。もういたし方はない。早打ちで藩庁へ報告した。

十一

「これは武市のさしくりだ」

京都藩邸からの急報を受取って、重役陣の考えたことはこれだった。不届きなやつと、もちろん腹を立てた。

時勢にたいする無知と土佐藩の幕府にたいする伝統的恩義感情以外に、彼らを途方に暮れさせる新しい条件がもう一つこの頃生じた。その頃幕府の朝廷にたいする方針が大変化して、公武合体にかわり、志士らの憎悪《ぞうお》の的となっていた老中安藤信正を罷《ひ》免《めん》し、大獄で隠居謹慎を命じていた一橋慶喜《よしのぶ》、尾張慶勝《よしかつ》、松平春嶽《しゅんがく》、山内容堂らの謹慎を解除したばかりか、春嶽には幕政参与まで委任したことだ。半平太らの最初の結党には、容堂の幕府から罪せられた恥をすすぐというのを目的の一つにしているが、幕府がすでに容堂の謹慎を解いた以上、藩としては幕府をうらむべき筋は少しもなくなったと、重役らには考えられ、ひたすらに半平太に腹を立て、従って内勅を奉ずるけはいのないことである。

半平太は小南に説き、平井に説き、また山内下総《しもうさ》や深尾丹波を訪問して、

「この度の御内勅御下賜は、わたくし共がかれこれとさしくってのことと申す向きがあるやに聞きますが、決してそういうことはございません。これは至尊がお家の威望をお感じになって、至尊ご自身の思召《おぼしめ》しによってお下しになったものに相違ないと存じます」

と言って、君臣の大義、時勢の切迫を説いた。

これで一応了解はしたが、藩主はまだ十七の少年だ、江戸の容堂に相談の上でなけ

れば、入朝してそのまま京にとどまるというような大事は決定するわけに行かんから、藩主は京都に行きはするが、入朝も滞京もせずに江戸に下る、しかし、供人数の幾分を京都にとどめることにしようと、決定した。

そこで、六月二十日付で答書を三条家へ送る。

弱年の私へ、薩・長同様に皇都警衛のことを御依頼の叡旨をいただき、身にあまる光栄です。私は方今の形勢を傍観いたしがたいため、弱年短才の身ながら、公武合体のことについて幕府へ建白したいと思いますので、近日中に関東に下りたいと存じます。御依頼の件は父容堂へも相談の上、はからいたいと思いますから、入朝、滞京のことは今暫《しばら》くおゆるし下さい。その間は代理の者に人数を授けて滞京させます。何とぞ、右の次第を中山大納言殿へ申し上げて下さい。(取意大略)

六月二十日　土佐侍従

三条少将殿

ずいぶん生ぬるいことだが、土佐藩の立場としてはいたし方ないことであったろう。

しかし、ともかくも、これで出発が決定して、六月二十八日、山内豊範は四百人の供人数を従えて高知を立った。供人数の中に半平太もいたが、これは白札郷士小頭という卑職でだ。この際の土佐藩は彼の方寸で動いているのだが、封建の身分の規制は頑《がん》強《きよう》なこと鉄壁のようなものがある。同志中の領袖《りようしゆう》平井収二郎（隈山《わいざん》）もいた。その他の同志もいた。

当時の山内家の参覲《さんきん》交代の道筋は、北山越えして伊予に出、川ノ江から乗船して瀬戸内海を縦断して備中下津井《しもつい》につき、そこから陸路を取って山陽道を東に向うのである。この時もこのコースで、姫路まで来た時、半平太の宿舎に訪ねて来た者があった。江戸から京都を経て国許にむかう大石弥太郎であった。弥太郎は同志中の領袖だ。天下の情勢の切迫を告げて半平太に早く江戸に出て来いと誘ったのも彼、盟約の際に文書を書いたのも彼だ。二人は同年だ。

「やっと御輿《みこし》が上ったのう。待ちくたびれたぞよ」

「上りは上ったが……。江戸と京都の情勢を聞きたい。話してくれ」

この五月下旬、島津久光は勅使大原重徳《しげとみ》を護衛して江戸に下った。この時大原勅使の持って行った天皇の要求はいろいろとあったが、重なものは次の三条であった。

一、将軍は、出来るだけ早い機会に諸大名をひきいて上洛《じようらく》し、朝廷において攘夷《じようい》・治国の相談をせよ。

二、豊臣家の故知にならって、沿海の五大藩、薩、長、土、仙台、加賀をもって五大老として国政の相談、夷狄《いてき》防禦《ぼうぎょ》の処置をしたらどうだ。
三、一橋慶喜を後見とし、越前春嶽を大老としたらどうだ。
以上のことは、情勢視察がかり三人からの報告で、半平太も知っているが、勅使東下《とうか》が幕府にどういう工合に受取られたか、それは知らないのである。

「大原卿が勅使をうけたまわって下られたことは知っとるのう?」

「知っとる」

「御要求の箇条も知っとるのう?」

「知っとる。三つじゃ」

「第一条は文句はない。将軍は上洛の決心をかため、すでに朝廷へもそれを申し上げているそうな。第二条の五大老云々《うんぬん》はまあ朝廷の思いつきじゃから、そこはいろいろ事情があって、急にはそうもまいりかねますといえば、勅使もそう固守はせん。問題は第三条の一橋慶喜さんと越前春嶽さんのことだ。これについては朝廷は至って真剣でお出《い》でじゃ。その上、薩摩が熱心じゃ。久光どんの兄《あに》さんじゃった斉彬さんは一橋さんを将軍世子に、春嶽さんを大老同様の政事総裁役にと考えて、兵をひきいて京に上ろうとしていなさった矢先に、急な病気で死になさった。久光どんにしてみれば、兄さんの志をこの形で嗣《つ》ぐという気持じゃろうで、無理はない」

「うむ」

「幕府が渋るもんじゃから、薩摩どん、思い切ったことをした。大原勅使の旅館である竜《たつ》ノ口《くち》の伝奏《てんそう》屋敷に、勅使が脇坂老中と板倉老中とを呼んで談じこみなさった時、隣のへやに薩摩の壮士を数人ひかえさせて、色よい返事をせんにおいては、変に及ぶもはかりがたいと、おどしたそうな。両閣老とも、顔色蒼白《そうはく》となって、お受けするように思案しましょうと申したそうな。ハハ、ハハ、ハハ。思い切ったことをするぜよ、薩摩どんは」

「うむ、うむ」

「まだある。その翌日には、薩摩の壮士らが十四、五人、老中方御下城の行列を拝見したいというて、三々五々、桔梗門《ききようもん》外を徘徊《はいかい》した。ために、老中らは恐れて下城の時刻をおくらせたそうな。もう幕府も末ぜよ。とうてい、日本の政治を背負う力はありはせんぞよ」

「うむ、うむ」

「あ、それから、長州の長井雅楽《うた》、航海遠略の策というのを唱え出して、公武合体説をはじめた男、あれア国もとに追いかえされた。謹慎、悪うすると腹を切らされるじやろうという話じゃ。あの男があんなことを言い出したきに、長州の評判はえらい悪い。長州としては、考えんではおれんのよ。かれこれ、考え合せると、もう公武合体などという時代ではないぜよ。弱り切って、ウドの大木にひとしいこの幕府と朝廷を仲ようさせたところで、この国難はどうにもなりはせん。阿呆《あほう》なことよ。じゃのに、うちは公武合体の方法について建策のために江戸に下るというじゃないか。どうかしとるぞ」

「そのこと。あしも今オマンに聞くまでくわしいことは知らなんだが、そうは思うていた。しかし、ともかくも国をお出ましになることが何よりも肝心と思うたきに、強《し》いては争わなんだ。こうしてはおられん。小南殿に談じこもう」

二人は同道して、小南の宿舎を訪ねて、大石に聞いたところを語って、言う。

「もはや、江戸などにお出でになる必要はありません。禁裡《きんり》に入朝あらせられた上、京都に御滞在あるがよいのです」

小南はうなずく。

「その通りだ。わしもそう思う。おりを見て、下総殿に申そう」

大石が言う。

「京の河原町のお屋敷は四条新地の色町に近うございまして、多数の若者共を置かれるには不適当であります。拙者の見て歩きましたところでは、京の西の郊外の妙心寺は、塀《へい》が高くてご用心がよろしい上に、境内が広々として多数の御人数がいるに適当でございます。この寺の塔頭《たっちゅう》大通院はご先祖以来ご縁故が深うございます。かたがた、ご本陣として最も適当と存じます」

「よく気がついた。含んでおく」

と、小南がほめると、大石は小声になって、さらに言う。

「こんどのご入京は一大事の儀でございますから、当分大坂のお屋敷にご滞在あって、江戸の老公とお打合せあってから、ご入京あってはいかがでございましょうか」

小南も小声になった。

「その通りだ。しかし、そなたら、決して人に語るでないぞ」

十二

小南の同意はあったものの、半平太はさらに綿密な網を張った。五十嵐文吉と平井隈山とを京都に走らせ、弘瀬健太らとともに三条家に入説《にゅうぜい》させたので、豊範が大坂の蔵屋敷に到着して三日目には、中山大納言から三条家へ、

「松平土佐守（豊範）の通行の節には御内沙汰を賜わることが御治定《ごちじよう》になった」

との内示があった。これは京都藩邸からすぐ大坂屋敷へ知らせて来た。

小南はこれを機会として、山内下総執政に、

「こうしてすでに朝命があった以上、否《いな》み申すは日本の臣道にそむきましょう。また、太守様のお名前にもかかわることでござる。ご入朝あるべきでありましょう」

と説いたが、札つきの保守派である小八木五兵衛が強硬に反対するので、なかなか方針がきまらない。

そのうち、幸か不幸か、豊範が麻疹《はしか》にかかったので、大坂に滞在をつづけることになった。

半平太にとっては、前途はどうなるかわからない不安な滞在だ。太守様の御病気というので、同志らは一応納得はしているが、病気が癒《なお》ったところで、入朝はせず素通りで江戸へ向うかも知れないのである。不安な日を送っていると、七月下旬、江戸から間崎哲馬《まざきてつま》（滄浪《そうろう》）が上って来た。

この七月十二日、間崎は幕府が大原勅使のつきつけた勅旨を全部のんで、一橋慶喜を将軍後見に、越前春嶽を政事総裁に、そして山内容堂を幕政顧問にすることに決定し、近く発令の運びであるとの確実な情報を得たので、それを半平太に知らせるため

に、翌日、半平太の実弟田内恵吉と村田忠三郎とを帰国させた。

「こんな工合じゃき、もはや太守様が江戸へ出なさるのは意味はない。京都御滞在に目的を集中すべきじゃと、わしが言うたと、兄《あに》さんに言うのじゃぞ」

と言いそえたのである。

ところが、二人の出発したその日の夜、間崎は藩公がすでに六月二十八日に、江戸上府を目的として高知を出発したことを知った。これでは二人は途中で行き違いになって、折角の注意が無になるかも知れないと案じたので、翌日江戸を出て、急ぎに急いで馳《は》せ上って来たのであった。

半平太は下総に面会をもとめて、滄浪の語った江戸の様子を報告し、小南殿を江戸につかわされて、太守様御入朝の了解を御隠居様に請《こ》わるべきでありましょうと説いた。小南ももちろん説く。小八木は反対したが、下総の裁断で、そうすることに決定した。

小南は八月一日、京都に入って、三条家に内情を語って御内沙汰の猶予《ゆうよ》を請い、また大坂にかえり、三日の夜出発して江戸に向った。四昼夜で江戸についたというから、早駕籠《はやかご》で通したのであろう。早駕籠は血気なものでも苦しいものだったというのに、小南はこの時六十一だ。いのちがけだったのである。彼はこの願いが聞きとどけられなかったら、容堂の前で切腹する覚悟であったと、後年語ったという。

容堂は酒をのみながら、小南の語る京都の情勢を聞いていたが、おわると、

「わかった。そういう都合なら、依違逡巡《いいしゅんじゅん》をゆるさん。王命すでに出ず、謹んで奉ずるは王臣の道だ」

と言った。漢文口調のことばは、容堂のくせである。酒をのませて、退出させた。

小南が退出すると、間崎滄浪が待っていた。滄浪は半平太に報告をすませると、すぐ江戸に引返していたのだ。首尾よく行ったと聞いて、涙をこぼしてよろこんだ。

小南はすぐ大坂に引返した。

藩の上層部と党の幹部らとがこんな苦労をしているとは、一般党員は知らない。豊範のはしかがもう癒り、月代《さかやき》をしたり入浴したりしていると聞いているところに、谷守部《もりべ》（干城）が京都から来て、主上が豊範の上京をお待ちかねであるといううわさを伝えたから、たまらない。

「今のお家のふるまいは勅命の無視である」

といきり立って、藩邸内の稲荷《いなり》神社に集まって、そろって御所存をうかがいに出ようと決議する始末であった。半平太は制止に大骨をおらなければならなかった。こんな時の土佐人は実にあつかいにくい。一人々々がイゴッソウになるのである。

小南が帰って来て、容堂の了解を得て来たことを報告したので、豊範は八月二十六日入京して、かねて用意していた妙心寺の塔頭《たっちゅう》大通院に入って本陣とした。

この日、朝廷では、近衛関白が山内執政を屋敷に召して、しばらく滞京して京都の警備にあたるようにとの叡旨を伝えた。また家老の桐間将監《しょうげん》を学習院に召して、武家伝奏をもって、

「当今は容易ならぬ形勢となっているので、みかどは深く宸襟《しんきん》を悩まし給うている。幕府は大原勅使にたいして、叡旨遵奉《じゅんぽう》の旨《むね》は答えたが、まだ実行はしていない。それについて薩・長両藩主が色々努力しているから、豊範においても、日本のために丹誠をぬきんでて働いてくれるよう」

と沙汰した。

長い間、うんざりするほどの苦労をつづけて来た半平太は、雲霧を排して天日を仰ぐ気持だ。言いようのない喜びを、国許《くにもと》の同志らに知らせるために、間崎滄浪におくれて八月一日江戸から大坂についてずっと逗《とど》まっている弟の田内恵吉と村田忠三郎とを帰国させた。

九月五日には、豊範が参内して天皇に拝謁《はいえつ》し、天盃《てんぱい》を賜わった。

これで、薩・長・土三藩が在京して、京都朝廷の御親兵的格式のものになったわけ

で、朝廷の威力も増したが、三藩の威勢も大へんなものになった。

こうなると、藩も半平太を白札郷士として軽くあつかうわけには行かない。新たに他藩応接役というものを設けたが、その一人に任命した。これに任ぜられたのは、彼のほかには、小南、小原与一郎、谷守部、五十嵐文吉、丁野左右助、平井隈山である。半平太と隈山だけが他に役目がなく、専職であったから、とくに他藩士に名を知られて、なかなかの勢いとなった。半平太の生涯《しょうがい》で最も花やかな時代が来たのである。

この頃、京都政界に新しい情勢が発生した。それは長州の藩論の変化からはじまった。これまで、長州の藩論は長井雅楽《うた》の、開国通商こそ興国の基本であるという公武合体論であった。幕府は朝廷を尊崇せよ、朝廷は幕府が通商条約を結んだのを認可せよ、そこに公武合体の実が上るというのが、その説であった。吉田松陰門下の人々は、先師の思想をうけついで、すでに幕府否定の説を持っていたので、長井説には大反対であったが、ともかくも文久元年の夏からこの二年の夏までは長井説が藩論で、一時は天下を風靡《ふうび》する勢いがあった。

しかし、島津久光が出て来たために、長州のこの説はすっかり色あせて来た。久光も公武合体論であるが、これは開国鎖国の論には一切触れない。幕府が忠実に朝命を奉じて幕政を改革することによって、公武合体の実がなるという議論で、それを実行にうつし、大原勅使を奉じて江戸に下っている。従って朝廷も頼もしがるし、一般の人気も集まった。人気は車井戸のつるべに似ている。一方が上れば、一方は下る。長州の人気は下落せざるを得ない。

長州はあせった。こうなると、松陰門下の人々の説が力を得て来る。これを藩論として取上げることにしたが、藩としては幕府否定はあらわに謳《うた》うことは出来ないから、これは表面には出さず、「鎖港攘夷」ということを言い立て、藩主毛利慶親《よしちか》（後敬親《たかちか》）の名で、これを朝廷に建議した。公武合体論の全面的放棄である。幕府は開国条約を結び、すでに横浜や箱館《はこだて》や長崎では通商がはじまっているのだから、こんな方針を朝廷が取るとなれば、当然幕府否定ということになるわけだ。当時のみかど孝明天皇に幕府否定のお気持のなかったことは後々のことでよくわかるのだが、外国ぎらいではあられたので、この建議を御採用になった。京都政界は上は公家《くげ》から、中は諸藩の志士、下は浪人志士に至るまで、攘夷派の天下となった。

このことは、二つの現象を生み出した。

一つは薩・長両藩の反目である。公武合体を否定されては、島津久光の立場はなくなる。事がなくても立腹する道理であるが、閏《うるう》八月七日、久光が大原勅使とともに京に帰って来たところ、京都の空気は大変化している。成功して帰って来たと大いに得意であったのだが、空気が変っているので、さほどのものとは思われない。久光はおもしろくない。長州が意地悪をして妙な建議をしたと思ったのである。ついに久光は立腹して帰国してしまった。

しかし、長州の建議によって朝廷が鎖国攘夷に方針を一定したことは、半平太とそのひきいる土佐勤王党には大いに会心のことであった。以前から長州人らとは親しかったのだが、一層かたく結んだ。これが半平太を花やかな存在にもしたが、やがて失脚にも導くのである。

その二つは、攘夷・反公武合体派の志士らの鼻息が一層あらくなって、しきりに天《てん》誅《ちゅう》と称する暗殺が行われはじめたことだ。

前関白九条家の諸大夫《しょだいぶ》島田左近、宇《う》郷玄蕃《ごうげんば》、目明し文吉、徳大寺家の諸大夫志賀右《う》馬允《まのじょう》は、安政大獄の時井伊大老の謀臣長野主膳《しゅぜん》の指揮に従って志士らの逮捕に働いたという理由で暗殺された。越後の本間精一郎は志士づらをして諸藩の志士らと交わっていたが、志士らの間に分派運動をして惑乱したというので、これまた斬《き》られた。土佐の前監察吏井上佐市郎と広田章次は東洋の門下生で、東洋の殺された時に進んで犯人逮捕にあたろうとしたばかりか、こんどは豊範の上京の供人数にあったが、この機会を利用して武市一派の秘密をさぐろうとしているというので、半平太門下の岡田以蔵らが殺した。本間を殺したのも、岡田と薩摩の田中新兵衛であるという。両人とも「人斬りなにがし」と呼ばれて、当時の暗殺名人である。

安政大獄の時に働いた京都所司代所属の与力、渡辺金三郎、同心森孫六、上田祐之丞、大河原十蔵の四人が、危険を感じて江戸に引き上げる途中、江州《ごうしゅう》石部《いしべ》の宿《しゅく》で、薩・長・土三藩の刺客らに襲われて、三人殺された。上田一人は外出中で助かった。

危害は公家にも及ぼうとした。和宮降嫁《かずのみやこうか》の際に降嫁に骨おった岩倉具視《ともみ》、千種有文《ちぐさありぶみ》、富小路敬直《とみのこうじひろなお》、二人の女官らは、三奸二嬪《さんかんにひん》と呼ばれて、三人の家には脅迫状が舞いこむ始末であった。朝廷も三条実美《さねとみ》ら激派の若手公家がリードしているので、三人には好意を持たない。辞官、落飾、蟄居《ちっきょ》を命じた。

血なまぐさい風は京洛の地を吹きまくったのである。

こうした暗殺事件に、半平太も関係があったようだ。重厚・誠実で、吉田東洋の暗殺にすら、なかなか踏み切らなかった半平太だから、こうは考えたくないのだが、岡田以蔵は彼の愛している弟子である。そしてまた、半平太は田中新兵衛と義兄弟の契《ちぎ》りを結んでいる。「武市瑞山《ずいざん》在京日記」を見ると、この頃田中は毎日のように半平太の寓居《ぐうきょ》（三条木屋町）を訪れ、時には泊っている。この日記を子細に点検すると、どうも田中を使って暗殺させていたように思われてならない。少なくとも、本間精一郎の暗殺は半平太が指示したらしい形跡がある。半平太が最も親しく交わっている久坂玄瑞もよく暗殺を計画し、ある時は自ら手を下して実行している。こういうことから、半平太も風化されたのかも知れない。あるいは、手はじめの吉田東洋暗殺が最も効果的に行ったので、くせがついたのかも知れない。

半平太が暗殺問屋的に見られていたことは、中山大納言家の次男侍従忠光《ただみつ》は狂気じみた過激派だったが、ある時諸大夫の大口出雲守を半平太の寓居につかわして、手下の暗殺名人を借りたいと申入れた事実があることをもってもわかる。

ぼくは半平太を一流中の一流の維新志士と評価しているから、半平太のためにおしまないではいられないのである。ぼくは維新時代の多数の暗殺の中で、井伊と吉田東洋の場合以外は是認することが出来ない。この二つの場合は、除くよりほかに新しい時代をひらくことが出来なかったのだから、必要悪として認めるが、他の場合はその必要がないのだ。お調子ものの浅薄で残忍で不快な所業に過ぎない。

十三

京都政界を蔽《おお》う攘夷の空気がさせたといえる。朝廷は、十月十一日にまた勅使を関東に差遣することになった。

正使が三条実美、副使が姉小路公知《あねがこうじきんとも》。三条は色白、姉小路は色黒、ともに小柄《こがら》であったので、公家なかまでは白豆・黒豆とあだ名していたという。両人とも若手公家中の最激派で、当時の朝議は二十六と二十四のこの年少公家に思うがままにリードされていた。激烈な議論であればあるほど人気があるという時期が、歴史の中にはしばしばある。なお言えば、この二人は長州人・土佐人と最も親しみが深く、その朝廷における橋頭堡《きょうとうほ》ないしスポークスマンの概があった。とりわけ、三条は山内家と姻戚《いんせき》の関係があり、土佐藩を京都に乗り出させるについて、半平太が最も利用したのは三条家である。これは最も注意すべきことである。

警護役は土佐侯豊範がうけたまわることになった。

勅使の使命は二カ条である。

一、攘夷を早くやれ。

二、特別な藩だけに京都警護を命じては、国許の防衛が手薄になって、外夷に乗ぜられる危険があるから、諸藩から少しずつ兵を選抜して上せ、これを御親兵とするようにはからえ。

かれこれ考え合せると、この勅使派遣は、薩摩勢力に対抗するために、長州と土佐とが共同謀議して工作したのであり、とりわけ土佐が主謀者であったのであろう。はたしてそうなら、最初の発議は半平太と平井隈山あたりであろう。薩・長・土の三藩といっても、現在の土佐は両藩の驥尾《きび》に付しているというに過ぎない。藩意識の強烈である時代である。半平太らとしてはこれでは満足出来ない道理である。何とかして両藩とひとしい比重を持ちたいと考えるのは無理もないことである。

山内豊範が護衛のためくり出した人数は数百人であったが、小南のはからいで、藩士中から選抜して、三条正使に十六人、姉小路副使に十一人の衛士《えじ》をつけ、これは皆公家侍の服装をさせた。半平太は副使姉小路の諸大夫ということになって「柳川左門」と名のり、本棒駕籠《ほんぼうかご》で随従した。

半平太は狩衣《かりぎぬ》に三尺無反《むそり》の朱鞘《しゅざや》の刀を佩《は》いたというが、謹直な性質だけに、土佐では半士分《はんしぶん》に過ぎない自分がこんな服装で、しかも本棒駕籠で東海道を旅行するのが、夢のような気持がしたろう。半平太生涯の最も得意な場である。

この勅使下向で最も特筆すべきことは、従来の勅使と旅行中の態度がまるで違って、厳正堂々としていたことだ。従来の勅使は、平生貧乏しているだけに、こんな時は稼《かせ》ぎ時と考えて、道中の宿場々々で用立てる人足は規定の半分ですませ、あとの半分は金で受取るのが例であった。随従の者もおりにふれては無理難題を言いかけて金をゆすり、勅使の行列といえば道中筋では鼻つまみだったのだ。こんどは一切こういうことをしない。ある宿場で人足頭が宿場役人から少々銭をもらったことがわかると、衛士らはすぐこれを赤裸にして本陣の入口の柱に縛りつけてさらしものにした後、京都に追いかえした。こんな風であったので、道筋の宿々《しゅくじゅく》は粛然として恐れたという。護衛隊の総指揮は土佐藩主がとっているわけだが、勅使直属の衛士隊の指揮者は半平太だ。最も荘重厳粛であったはずである。

江戸についてからの幕府の待遇も、これまでとまるで違った。従来は老中だけが出迎えたのだが、こんどは越前春嶽《しゅんがく》が将軍病気のためという名目で代理として、老中とともに品川に出迎え、竜ノ口の伝奏屋敷に案内したのである。

勅旨にたいする返答は、幕府にとっては大難題であった。第一条の早く攘夷をやれは、和宮降嫁の請願の際に十年以内に必ずそうしますと約束しているのだが、本気ではなかった。十年経《た》つ間には情勢も変って来るだろうし、何とか説得の方法もあろうと、高をくくっていたのだから、こう足許から鳥の飛び立つように責め立てられてはこまる。第一、今さら条約を破棄して鎖国にかえるなど、絶対に出来っこないのである。

第二条の御親兵の件は、征夷大将軍《せいいたいしょうぐん》のまかせられている兵馬の権の否認と考えられないことはない。

すったもんだと、幕議はなかなか決定しなかったが、幕政顧問の山内容堂が説得につとめて、委細奉承ということに漕《こ》ぎつけた。

しかし、御親兵の件については、幕府はこう奉答している。

「家茂はかしこくも征夷大将軍の職をかたじけなくしています。京都の治安に御不安があるとすれば、家茂の責任であります。責任をもって、お護《まも》りいたしましょう。それでもなおご不安でありましたら、仰《おお》せのごとく諸藩に割当てて御親兵を奉《たてまつ》ることにします」

この答えから、会津藩主松平容保《かたもり》が京都守護職に任命されるのである。

勅使滞府の間にはいろいろなことがあった。

その一

高杉晋作、久坂玄瑞らの長州の壮士らが、長州藩が長井雅楽以来の方針を一変した証拠を天下に示そうというので、ある国の公使が日曜日を利用して金沢に遊びに行くことを聞きこみ、これを暗殺する計画を立てた。この計画を半平太が知ったので、容堂に告げた。容堂は毛利の世子定広に告げたので、定広はみずから馬で追いかけ、なだめて連れもどした。

その二

この時、蒲田の梅屋敷に高杉らと定広のいるところに、容堂の命を受けて土佐藩士らが数人行ったが、長州の周布政之助が酔って容堂の悪口を言ったので、土佐藩士が立腹し、あわや血の雨が降るさわぎとなった。長州では定広が土佐藩邸に来てわびを言い、周布を国許にかえし、麻田公輔と改名させた。

その三

この少し前、幕府は参覲《さんきん》交代の制度を大はばにゆるめ、従来人質の意味で江戸にいなければならないことになっていた大名の正妻や嫡子《ちゃくし》は在国在府勝手にしてよいことにした。これは参覲交代制の緩和というより、事実的には廃止である。諸大名いずれも経済的に窮迫しているのだ。われもわれもと国許に引上げ、江戸は火の消えたようになった。江戸は生産都市ではない。諸大名の消費する金の落ちこぼれで市民の生活が成り立っているのだ。市民らは幕府をうらんだ。あたかも、山内容堂は外様大名で幕政顧問になったばかりであるから、

「これは土佐の隠居の言い出したことにちがいない」

と、容堂をうらんだ。実際はこの発議は容堂ではなく、松平春嶽がその知嚢《ちのう》横井小楠《しょうなん》の意見を取り上げたのだったが。

うらんだ市民らは、ある日、容堂の下城の行列に石を投げた。

このことが国許に聞えて、郷士・軽格の連中が五十人、老公御守護のために出府すると願い捨てにして国を出て、江戸に上って来た。もちろん、全部が武市党である。半平太の実弟田内恵吉もいれば、島村寿太郎もおり、河野万寿弥もおり、中岡慎太郎もいる。老公守護というのは名目にすぎない。半平太らの志が朝廷に達して、土佐藩が公然と国事に奔走するようになったので、居ても立ってもおられず脱走して来たのである。

容堂は鋭い人だ。この連中の心事は見通している。きげんが悪かった。とりわけ、この連中が一人を藩庁の密偵《みってい》であると疑って、途中で斬り殺していることにもきげんを悪くした。

五十人は何百年ぶりにわれらの時代が来たと、意気軒昂《けんこう》だ。ことごとに上士ときしみ合って、喧嘩《けんか》ばかりしている。容堂は益々《ますます》きらった。半平太はこの首領なのだから、容堂の半平太にたいする心証も悪くなる道理である。

十四

禍《わざわ》いのもとは、しばしば運勢の絶頂にある時作られるものだという。半平太が江戸で万事うまく行っている時、京都では平井隈山が土佐藩の勤王がかりとして、一手に切ってまわしていたが、十二月十三日、間崎滄浪と弘瀬健太が江戸から上って来た。二人は容堂の命令で、勅旨による幕府の方針の変化を国許の藩庁に説明するために帰国する途中であった。

いろいろ話しているうちに、三人の相談はこうなった。

「老公は幕府の方針の変化に応じて国許でも方法を講ぜよと仰せられるのだが、保守家ぞろいの藩庁ではどうにもなりはせん。何よりもこの体制を改めねばならんが、それには骨がらみになっている階級制度を打破する必要がある。何よりの難関は、大隠居様（豊資、景翁と称す）だ。しかし、この人を動かすことが出来れば、やれる」

この当時、隈山は青蓮院宮《しようれんいんのみや》（後の久邇宮朝彦親王《くにのみやあさひこ》）の知遇を得て、しばしば宮家へ行き、宮に建策して採用されている。ついに、相談は、青蓮院宮から大隠居に令旨《りようじ》を下してもらおうときまった。宮家の令旨など、現代人にはそう効果があろうとは思われないが、その頃《ころ》は違う。南北朝頃の大塔宮《だいとうのみや》の令旨などと同じように、なかなか威力のあるものと思われた。少なくとも勤王的人々はそう信じていた。

隈山の紹介で、滄浪と弘瀬は宮にお目通りして、宮の問いにまかせて江戸における勅使の成功のことなどを語った後で、藩の事情を説明して、令旨を請《こ》うた。

「ええとも、書くわ」

宮は至って気軽に筆をとり、滄浪らの言うがままの令旨を書いた。

二人は喜び勇んで、帰国したのだが、これが後に土佐勤王党大弾圧の材料になり、半平太もまた死なねばならぬことになる。

半平太は勅使の供をして、十二月二十三日に京都に帰ると、翌々日、執政の山内下総に呼び出されて、格式を留守居組に進めるとの申渡しを受けた。はじめて上士（将校）に列せられることになったのだ。

一体、土佐藩の白札郷士というのは、当主は士分の待遇で、旅行などする時は家来に槍《やり》を持たせてよいが、士分の者からは呼び捨てにされる。また士分待遇は当主夫婦だけで、子供は家をつぐまでは下士待遇であった。だから、半士分、旧軍隊の位でいえば准尉《じゅんい》くらいのところであった。半平太はこれで完全な将校となったわけであった。しかし、土佐藩の留守居組は士分では最下級である。半平太はよろこんだであろうか、苦笑したであろうか。郷士連中は半平太の光栄として大へんよろこんだというが、これはやがて階級制度が破れるしるしと見てのよろこびであったろう。

この翌日の二十四日には、新たに京都守護職に任命された松平容保が、会津の精兵をひきいて入京し、黒谷《くろだに》の金戒《こんかい》光明寺に入った。歴史には時々最も皮肉なことがある。なまじ御親兵設置などと言い出したため、勤王党の人々はこの北方の健兵に苦しめられることになるのである。会津の守護職任命がなければ、新選組も出来はしないのである。

翌二十五日に、半平太は薩摩屋敷を訪問した。吉田東洋暗殺の那須信吾、安岡嘉助、大石団蔵の三人を薩藩士の有村俊斎に頼んで、この屋敷にかくまってもらっているので、忘年会をひらいて三人を慰めるためであった。

こうして、土佐勤王党にとって、また半平太にとって、最もめでたかった文久二年は暮れた。

話はかわって、青蓮院宮の令旨をもらって勇躍して帰国した間崎滄浪と弘瀬健太だ、二人は重役や連枝の間を懸命に駆けまわって努力した。令旨をふりかざして大隠居豊資を動かそうとしたことは言うまでもない。大体うまく行きそうであった。寺田屋事変の関係者として国許に送還されて入牢《じゅろう》していた吉村虎太郎と宮地宜蔵を釈放させることにも成功した。

正月下旬、容堂が海路大坂についた。朝廷に召されたのである。容堂は大坂の蔵屋敷に滞在している間に、儒者の池内大学を呼んだが、池内はその帰途暗殺され、首は難波橋《なんばばし》の北詰に梟《さら》され、両耳は切り取られて、数日の後中山大納言家と正親町《おおぎまち》三条実愛《さねなる》の家の玄関先に、「事情を聞く用に供する」という意味の書面をそえて投げこまれた。池内は安政の大獄の時に捕えられたが、同志の秘密を売ったという評判があったのである。

容堂は二十五日に京都に入り、一時智積院《ちしやくいん》に落ちついたが、二十八日に豊範が帰国したので、藩邸に入ったところ、その二、三日後に、藩邸の裏の高瀬川の小橋に、和宮降嫁に骨折った千種家出入りの唐橋惣助《そうすけ》という者の首を風呂敷《ふろしき》包みにして、そばに「攘夷の計策を確定していただきたいので、血祭りのしるしとして献上する」という意味の木札が立ててあった。

容堂は、松平春嶽あての手紙の端に、

「今朝、僕が門下へ、首一つ献じられあり候。酒の肴《さかな》にもならず、無益の殺生、憐《あわ》れむべし憐れむべし」

と書いて報じている。冗談めかした書きぶりであるが、これは容堂のくせの豪傑ぶりで、不快の念は非常なものであった。

彼はもともと山内家の伝統によって、幕府に愛情を持っている。公武合体が彼のぎりぎりのところだ。勤王心がないではないが、彼においてはそれは公武合体ともとるものではない。彼はまた吉田東洋を愛していた。その吉田を殺されたうらみは深刻なものがある。京《けい》・坂《はん》の地を吹きまくっているテロリズムは、皆この勤王志士と称するならず者どもがやっているのだと、腹にすえかねる気がしている。この者共をたたきつぶさなければ、日本に平安は来ないという気にもなっている。

酒好きで、豪酒の彼は、表面悠々《ゆうゆう》として酒をのみながら、眈々《たんたん》として機会をうかがった。

その容堂が、ある日、青蓮院宮に会うと、宮は、

「去年の暮やった、あんたの家中の間崎滄浪いう者と弘瀬健太いうものとが、同じ御家中の平井隈山に紹介されて、まろのとこへ来たわ。あんたの言いつけで、藩政改革するために帰国するのやが、門閥の連中が頑固《がんこ》やさけ、大隠居に令旨書いてくれいうて頼んだ。わるいこととは思われなんだよって、まろの令旨が役に立つなら、何とでも書こう言うて、二人の言うままに書いてやった。含んどいてや」

と、一切ぶちまけたのである。

一体、宮はどういう考えだったのだろう。「土佐勤王史」の著者は、宮は島津久光と親しみが深く、その政治思想は公武合体であったので、底をばらしてしまったのだと言っている。そうかも知れないし、単に軽薄で口をすべらしたのかも知れない。あるいは国許《くにもと》からの知らせで宮の令旨の出ていることは容堂は知っているはずだから、持ち前の鋭い調子で詰問《きつもん》したので、責任のがれにぶちまけたのかも知れない。この時

代の宮廷人は取りとめた根性はないのである。容堂はこの事実を深く胸の底にたたんだ。やがてこれを武器として使おうというのである。

上京後の容堂の運動はすべて公武合体の線に沿って行われたので、評判が至って悪い。土佐勤王党として、これはまことにこまる。そこで、ある夜、平井隈山は容堂に拝謁《はいえつ》を乞《こ》うて、時局を説明し、諫言《かんげん》をしようとしたところ、忽《たちま》ち容堂は不機嫌《ふきげん》になり、

「おのれらが何を知る！　おのれらは青公家《あおくげ》共の家に出入りするので、いつか身分を忘れて、不遜《ふそん》な料簡《りようけん》になっているのだ。以後、堂上の家に出入りすることは、一切さしとめるぞ。退《さが》れ！」

と、どなりつけて追い出し、翌々日には他藩応接役を免職してしまった。

他藩応接役を免ぜられ、堂上への出入りを禁止されては、隈山は羽をもがれた鳥だ。鬱々《うつうつ》として楽しまなかった。

二月二十三日に、滄浪が出て来た。意外な容堂の態度に痛憤したが、半平太、隈山等と相談して、容堂を諫《いさ》めることにし、二十四日の夜、容堂に拝謁を乞うた。容堂はもう寝ていて、会わんと言ったが、天下の大事である故《ゆえ》、おしてお願いすると言いはった。しぶしぶ起きて会った。酔臥《すいが》していたので、酒気がのこっている。滄浪は時機

が悪いと思ったが、今さら引返しは出来ない。

「聞くところによりますと、この頃朝議がややもすれば因循に傾きますので、有志の徒は朝廷をはなれて自らの力でことをなそうとして、いつ暴発するかわからない形勢でありますとか。そうなりましては、皇国の乱れになります。願わくは御老公のお骨折りで、将軍家御着京（将軍はすでに江戸を出発して、三月四日に京都に入るのである）までに、攘夷の期日を朝廷において確定され、これを公布されるようにしていただきたいのでございます」

と述べると、容堂はけわしい目で滄浪をにらみ、雷霆《らいてい》のはためくようにどなった。

「哲馬！　その方は昨年の暮、おれが言いつけで国に帰る途中、勝手な料簡で青蓮院宮の令旨を申し受けた。注文をつけて書いていただいたはずだ。僭上《せんじょう》しごく、不届き千万のふるまいだぞ！」

まさか底が割れていようとは思いもかけなかった滄浪は、はっとおびえた。平伏しているばかりで言訳のことばは出ない。ほうほうのていで退出した。

翌日、半平太はこの顚末《てんまつ》を聞いた。こんな場合の半平太は、あまりにも真正直な性質のためだろう、まるで知恵がない。嘆息しながら言う。

「役人共から取調べられる前に、なにもかもぶちまけて自首して、罪を待つがよい。

そしたら、情状を酌量《しやくりよう》されて、案外軽いことですむかも知れん」

そうすることになって、二人は連名で自首状を提出した。皇国のため、お家のためを思ってしたことで、毫末《ごうまつ》も私利私欲のためではなかった、このことさえお酌《く》み取り下さるなら、いかなる罪科に処せられても憾《うら》みはないという意味のものであった。

滄浪は三月二十八日、土佐に檻送《かんそう》された。同じ日に隈山も帰国を命ぜられた。滄浪は令旨を乞うた本人、隈山は紹介しただけというので、罪に軽重をつけたのである。

十五

二人に先立つ二日、容堂は帰国した。半平太も最初一緒に帰国することを命ぜられたが、あたかも当時長州と薩摩との不和が昂じていたので、和解の周旋を命ぜられてとどまることになった。

容堂は高知につくと間もなく、藩庁の重役らを召集して、いきなりたずねた。

「吉田元吉を暗殺した下手人はわかったか」

参政の平井善之丞が、

「まだわかりません」

と答えると、容堂は声をはげました。

「そんなことで一国の政道が立つか！　なぜ十分にせんぎせんのだ！」

平井は答えた。

「恐れながら、このことは深く詮議《せんぎ》いたしますれば、御連枝方にまで吟味を及ぼさねばなりませんので、容易に手をつけるわけに行かないのでございます」

容堂は不快げに立って奥へ入った。

平井は翌日辞職願を出した。

間もなく、半平太は薩・長の調停案をたずさえ、容堂の許可を得るために帰国することにした。長藩士の中でも半平太と最も親しかった久坂玄瑞は藩の情勢の変化している時、帰国するのは危険である。わが藩に身を寄せなされよととめたが、半平太はきかずに帰国した。あくまでも挙藩勤王を念としている半平太は、他藩によって事をなす気にはなれないのである。

容堂は、藩政府の要員の更迭《こうてつ》を考えていたので、半平太が帰着して二週間経《た》たないうちに小南の大目付をやめさせ、深尾鼎の側《そば》家老《がろう》をやめさせた。勤王党に大鉄鎚《だいてっつい》を下そうとして、先《ま》ず藩の体制をととのえるのである。

半平太にもこの容堂の心はわかったはずであるが、少しも心をゆるがさず、調停案の決裁を願い出るとともに、しばしば容堂の前に出て、藩政改革を説く。その頃彼のたてまつった上書があるが、それは家格に拘《とら》われることなく人材を登用することによって藩勢を強力にして、天朝に奉ぜよ、それが御先祖への孝道にも合致するという趣旨のものだ。

容堂はしりぞけもしなかったが、用いもしない。たたき潰《つぶ》す機会の来るまでつなぎとめておこうとするのである。

六月八日、容堂はついに隈山、滄浪、弘瀬健太に切腹を命じた。従来軽格の者に処刑としての切腹ということはなかったので、三人はそれを光栄として、従容《しょうよう》として死についた。

はじめ隈山は打首であろうと思っていたので、こんな詩を詠じた。

剣、白日に鳴つて雲烟《うんえん》暗し
怨恨《えんこん》三年、豈《あに》旋《かえ》さざらんや
請ふ見よ、狂風陰雨の夜
飄々《ひょうひょう》として魂魄《こんぱく》長天を遶《めぐ》らん

しかし、切腹とわかると、こんな歌を詠じている。

首打たれんと思へるに自刃《じじん》

をたまひければ詠《よ》める

百千《もも》度《たび》生きかへりつつ恨みんと思ふ心の絶えにけるかな

半平太にとって二人は左右の手にひとしい。惻々《そくそく》として冷たい風のせまる思いであったろうが、なお諫言と上書をくりかえしつづけた。

そうしているところにおこったのが、京都の八月十八日政変だ。これまで朝議をリードしていた長州藩は京都政界から追われ、三条実美ら七人の公家は長州に落ちた。昨日までの正義派は一夜にして朝廷の不興をこうむっている者共ということになったのだ。

容堂にとっては、待ちに待った機会だ。知らせが土佐にとどくと、

「天朝へ対し奉ってそのままにさしおき難《がた》き不審の者共」

という名目で、半平太をはじめその党与の重だった者数人に出頭を命じ、一網打尽に入牢させた。

きびしい取調べがはじまった。東洋暗殺の下手人は誰《だれ》かという糾問である。拷問《ごうもん》ももちろん行われたが、誰も白状しない。藩庁ではあぐねた。

ところが、翌年の六月、岡田以蔵が京都で捕えられて国許に送られて来た。以蔵は身をもちくずして、ばくち打ちとなり、そのあげくに強盗をはたらいて捕えられ、土佐藩に引渡されたのであった。

半平太はこのことを聞いて不安がり、手をまわして以蔵に天祥丸という毒薬を食べものに混じてあたえたが、この人斬《ひとき》り名人は特別な体質をもっていると見えて、少しもききめがない。拷問にたえず、白状した。

ついに一切が明らかになり、半平太以下処刑される。

半平太は切腹、岡田以蔵は梟首《きょうしゅ》、岡本次郎、村田忠三郎、久松喜代馬は斬首《ざんしゅ》、その他は永牢《えいろう》となった。半平太の弟田内恵吉は入牢中に天祥丸を飲んで死んだ。半平太は三文字腹を切ったという。慶応元年閏《うるう》五月十一日のことであった。年三十七。この翌々年の十月には大政奉還があったのだから、不運といわねばならない。

この事件は土佐勤王党を潰滅《かいめつ》させた。半平太らの罪条の決定以前、安芸《あき》郡の清岡道之助を中心とする二十三人は藩庁の処置をいきどおって阿波《あわ》境の野根山にこもり、藩庁に反抗する態度を示したので、討伐されて捕えられ、無裁判で奈半利《なばり》河原で斬首された。

なお生きのこった連中は、ほとんど全部脱藩してしまった。

維新運動の末期に、土佐藩は薩・長と協力して、後藤象二郎は大政奉還運動の立役者となり、板垣退助は藩兵をひきいて伏見・鳥羽《とば》に戦い、東征し、会津にも行って武功を立てているが、二人ともこの物語の時点においてはアンチ武市派で、従って勤王党を迫害したなかまである。

小《お》栗《ぐり》上野介《こうずけのすけ》

一

　徳川家の旗本で小栗を名のる家に二系統ある。一つは平氏系統。平貞盛《たいらのさだもり》の弟繁盛《しげもり》から出た常陸大掾家《ひたちだいじょうけ》の子孫で、常陸新治郡《にいばりごおり》小栗にいたところから小栗を名のった。この子孫のあるものが三河《みかわ》にうつり、後世徳川家につかえたとする家。藤沢遊行寺《ゆぎょうじ》の「小栗判官照手姫《はんがんてるてひめ》」伝説で名高い小栗判官満重《みつしげ》はこの系統の人物で、伝説にも三河との関係が出ている。もう一つは松平系統。元来は徳川氏の末家であったが、吉忠の代に家康の命で母方の名字を名のるようになったという。だから、養子に行ったみたいなものと見て、前の系統に包括してよいかも知れない。

　この松平系統に七家ある。本篇《ほんぺん》の主人公上野介忠順《ただまさ》はこの系統の人で、その家は七家の総本家で、二千五百石を世襲する家であった。

　小栗家の始祖二右衛門吉忠はなかなかの勇士であったが、その子庄二郎忠政は親まさりの勇士で、戦場に出るたびに一番槍《いちばんやり》の功があったので、家康から「又一」という名をもらったといわれている。又一番槍という意味である。以後、小栗本家では代々又一を名のることになって、忠順に至っている。旗本中屈指の名家である。
限られた枚数で、忠順の全生涯《ぜんしょうがい》を書くことは出来ないから、一応職歴の大略を表にしておこう。

文政十年　江戸に生る。父は忠高、新潟奉行であった。
安政四年正月　使番《つかいばん》（三十一歳）
同　六年九月　目付《めつけ》（三十三歳）
同　年十一月　諸大夫《しょだいぶ》
万延元年正月　遣米使節。豊後守《ぶんごのかみ》に任官、帰朝後二百石加増（三十四歳）
同　年十一月　外国奉行
文久元年七月　辞職（三十五歳）
同　二年三月　寄合《よりあい》より小姓組番頭《ばんがしら》（三十六歳）
同　年六月　勘定奉行勝手方
同　年閏《うるう》八月　町奉行
同　年十二月　勘定奉行兼歩兵奉行
同　三年四月　辞職（三十七歳）

同　年七月　寄合より陸軍奉行並《なみ》
同　年同月　辞職
元治元年八月　寄合より勘定奉行勝手方（三十八歳）
同　年十二月　軍艦奉行
慶応元年二月　免職（三十九歳）
同　年五月　寄合より勘定奉行勝手方
同　二年八月　海軍奉行並《なみ》を兼ぬ（四十歳）
同三年十二月　陸軍奉行並を兼ぬ（四十一歳）
明治元年正月　免職（四十二歳）

忠順は上野介に任官し、その官名で有名であるが、いつそれに任官したか、はっきりしない。「続徳川実紀」の文久二年十二月一日の条に町奉行小栗豊後守に勘定奉行と歩兵奉行とを兼任させるという記事が出ているが、以後五年間彼の名は出て来ず、慶応三年十二月二十八日の条に、突如として勘定奉行勝手方兼海軍奉行並小栗上野介に陸軍奉行並を兼任させるという記事が出て来るのである。文久三年以降は幕府多事のために実記の記事も欠落や散逸が多いので、小栗の記事も飛んでしまったのであろうが、この五年間のいつかに上野介に任官したことは確実である。本篇は便宜上、ずっと上野介で通したい。

万延元年の正月、幕府はアメリカと結んだ通商条約批准《ひじゅん》のために、使節を派遣した。正使は外国奉行・神奈川奉行の新見《しんみ》豊前守正興《ぶぜんのかみまさおき》、副使は外国奉行・神奈川奉行・箱館《はこだて》奉行の村垣淡路守範正《のりまさ》、目付として小栗豊後守。小栗はこの時豊後守に任官したのである。

一体、日本は外国へつかわす使節は上古から容貌《ようぼう》秀麗な人物をえらぶ習慣がある。聖徳太子の頃《ころ》に遣随使《けんずいし》となった小野妹子《いもこ》も、奈良朝の遣唐使藤原清河《きよかわ》も、容貌風采《ふうさい》が秀麗閑雅であったのが、選任の一条件であったと言われている。降《くだ》ってずっと後世の豊臣秀吉が外征前に来た朝鮮使節を聚楽第《じゅらくだい》に引見した時に陪席した皇族、公家《くげ》、大名らもやはりその条件でえらんだと言われている。島国の日本人らしい見栄《みえ》――劣性コンプレックスの所作かも知れない。

この時の遣米使節の選任にもそれがあったと、小栗の姻戚《いんせき》である元京都大学教授の蜷川《にながわ》新博士はその著、「維新前後の政争と小栗上野の死」の中で説いている。すなわち、正使の新見は容貌典雅である上に小姓出身で礼節に長じて態度が堂々としていたので選ばれたのであり、村垣は文才があってことば遣いが見事であるところから選ばれたのであり、ただ一人小栗だけは才識胆略をもって選ばれたのであるというのである。

しかし、これは小栗を揚げるために他を貶《へん》している。二人はともに外国奉行であったから正副使に選ばれたのだ。新見はこの前年安政六年七月から、村垣はさらにその前年の十月から、外国奉行になっている。遣米大使一行の写真は今日のこっているが新見正使がずばぬけて容貌風采が立派とは見えない。いくらか立派というくらいのところだ。村垣副使に文才あることは、この時の村垣の旅日記でわかるが、記録役は別に随行するのである。とくに村垣の文才を待たなければならない必要は幕府にはなかったはずである。小栗が才識胆略ある最も精悍《せいかん》な人物であったことは言うまでもないが、それを称揚するために他を貶するのは学者の態度ではあるまい。

ついでだから、小栗の風采と性格を書いておこう。小栗は体軀矮小《たいくわいしよう》で、色黒く、満面に痘痕《あばた》があったが、眼光鋭く、見るからに精悍の気がみなぎり、言語は明晰《めいせき》で、議論は明快であったという。乗物はきらいで、登城するにも駿馬《しゆんめ》にまたがって、実に威勢がよかったという。

使節一行は総勢七十一人という大人数で、アメリカからさしまわしてくれた軍艦ポーハタン号によって、万延元年正月十九日に品川を出発、三月十五日にワシントンに到着、無事に任を終え、アメリカ第一の大艦であり新造艦であるナイヤガラ号によって大西洋を横断、喜望峰をまわり、印度洋《インドよう》を経て、九月二十八日に品川に帰着した。彼らの不在中に、井伊大老が不慮の死をとげたこと、勝海舟が彼らと同時に咸臨丸《かんりんまる》に乗って米国訪問をし、日本人の操船による最初の太平洋往復をなしとげたことは、とくに説明するまでもあるまい。

小栗は、正副両使が単に条約批准の任を果したただけであるのに反して、大功績を立てた、すなわち日本貨幣と外国貨幣との品位と量目とを比較研究して来て、帰国後、幕府に建議して、日本金貨の交換比率を一挙三倍にしたという説がある。これも蜷川博士が前記の著書中に書いてから信ずる人が多くなったのであるが、ぼくの調べたところでは少し違うようである。

幕府が通貨の交換比率をいいかげんにきめて、最も不用意な開国をしたため、金貨と銅貨の流出がおびただしく、不景気で物価騰貴《とうき》というゆゆしい事態となり、国民の攘夷熱《じょういねつ》が昂進《こうしん》したことは、「武市半平太《たけち》」で書いたが、この通貨比率のことについては、福地源一郎（桜痴《おうち》）の「懐往事談」にこうある。

「日本では金と銀の比率は金一銀六弱であるのに、欧米では金一銀十五であった。そのために欧米人は洋銀をもって日本金を買いあおり、金の流出はすさまじいものであった。安政六年、米国公使ハリスは見るに見かねて、幕府に忠告した。この忠告によって、幕府は金貨を改鋳して量目をへらしたが、なお金銀の交換比率は金一銀八であったので、流出の勢いがやまなかった」

数字がわかっているのに、なぜ適当な改鋳をしなかったか、わけのわからない話だが、ともかくも流出はやまなかったのだ。

こんな次第であったから、幕府は使節らの出発にあたって、目付である小栗に、この問題について特に研究して来いと命令を下したかとも思われるが、もう少し「懐往事談」の説くところを聞こう。

「金貨の流出がやまないので、勘定奉行竹内下野守《しもつけのかみ》、高橋美濃守《みののかみ》、外国奉行村垣淡路守、水野筑後守《ちくごのかみ》らの意見にもとづき、ハリスにも相談して、翌万延元年に至って、さらに量目を減じて、欧米なみの金貨に改鋳した。いわゆる万延小判とて、幕府最後の小判である」

福地の記述には、小栗の名は全然見えない。一緒にアメリカに行った村垣が建議者の一人になっているのだから、村垣を説いて建議させたとも考えられるが、もしそうだったら、福地はなぜそれを書きそえなかったのであろう。「懐往事談」は公的記録ではない。明治になってから福地が思い出話として私的に書いたものだ。福地は小栗にたいしては相当深い好意を抱いている人だから、事実があるなら書かないはずはないと、ぼくには思われるのだ。

この問題については、証拠不十分な小栗の功績などをたたえるより、ハリスの親切をたたえるべきである。ハリスが不誠実な外交官だったら、英国が阿片《あへん》を売りこむことによって中国を衰弱させたような姦悪《かんあく》を日本にたいしてもやれたはずである。彼が稀有《けう》な道義的外交官であったために、日本はそんな目にもあわず、またこのような親切な忠告まで受けることが出来たのだ。感謝してよい。これらのことをもっても、彼がどんなに立派な人物であったかがわかる。唐人お吉との情話など信ぜられることではない。

福地はまたこうも書いている。

「貨幣のことは貿易上重大なので、英国公使オルコックは老中間部詮勝《まなべあきかつ》に会って、いろいろと質問した。間部は答弁に窮して、

〝拙者は大名でござる。金銀の品位じゃの、交換割合じゃの、知り申さぬ。それはその職分の勘定奉行や外国奉行にお聞きあれ〟

オルコックはあきれはて、

〝さてさて、日本はうらやましい国。それで大臣がつとまるとは！　まことに結構な国ですね〟

と揶揄《やゆ》した」

田辺太一の「幕末外交談」にも同じ記事がある。田辺はこの問答の時、対話筆記を命ぜられて隣室にひかえていて親しく耳にし、あきれはてたと付記している。ハリスがどんなに公正で親切でも、こんな人物が要路の大官では、どうにもなることではない。

二

さて小栗は帰国すると二百石を加増され、間もなく外国奉行に任ぜられた。当時の幕府の最も重大な政務は外交に関する問題である。開国の条約は結ばれても、朝廷の意向をはばかって、約束した全部の港がひらかれているのでないので、列国はしきりにこれを催促する。攘夷浪士らが外国人にひんぴんとしてテロを行う。貿易についていろいろと問題がおこる等々だが、これはすべて外国奉行の処理すべきことであったのだ。当時の外国奉行は要職中の要職であった。これに任ぜられたのだから、小栗がいかにその人物才幹を認められていたかがわかるのである。

就任した翌月、早くも大事件がおこった。米国公使館の通訳官ヒュースケンが、麻《あざ》布古川橋を騎馬で通行中、突如あらわれた浪士風の者らに斬られたことだ。護衛の日本人が数人ついていたのだが、犯人を取りにがしてしまった。薩摩《さつま》人伊牟田尚平《いむたしょうへい》らが犯人であったことは、「清河《きよかわ》八郎」で書いた通りであるが、当時は全然わからなかった。

この事件は外交団を激怒させた。英・仏・蘭《らん》の三公使は、幕府に不信任の意を表して、江戸にあった公使館を閉ざし、横浜に退去し、厳重な掛合いをはじめたが、かんじんの米公使ハリスは、これと同調せず、

「こんなことは、開国早々の国としてはあっても不思議のないことで、幕府の努力不足と見なすべきではない。ヒュースケンの遺族に弔慰金をはらってもらえればよい」

と、大いに理解ある態度を示したばかりか、知恵を幕府に貸して、外交団をなだめさせたが、一時は大へんなさわぎであった。この事件に小栗がどんな働きをしたか、別段伝えるところはないが、当時の外国奉行のしごとの一斑《いっぱん》を示すために書いた。

この翌年、文久元年二月のはじめ、対馬《つしま》問題がおこった。この時代、日本は欧米列強にとっては俎上《そじょう》の美味と見えたらしく、列強の争覇《そうは》戦《せん》が熾烈《しれつ》に日本列島上で行われている。後期には英仏の争いが目立つが、この時期には英露の争いが目立つ。この前々年、英国は対馬を貸してくれるように幕府に交渉し、対馬の周囲を測量した。こ

れがロシアを刺激した。箱館駐在のロシアの総領事コスケウィッチは今年になってこれを聞きこむと、自ら軍艦に乗って長崎に来て、事情を探査し、事実であることを知ると、帰途江戸に立寄り、幕府に、

「しかじかの確報を得ているが、英国の野心ははかるべからざるものがある。貴国は絶対にこれをゆるしてはならない。しかしながら、同島の守護は薄弱であると聞くから、わが国が力を貸して、砲台を建造して進ぜよう、大砲も貸して上げよう」

と申しこんだ。

幕府はもちろん、

「ご親切はありがたいが、同島守備のことは、わが国一手でいたすでござろう。もちろん、英国などに貸しはいたさん」

と、答えて、拒絶した。

コスケウィッチはくどくは言わず、そのまま箱館にかえったが、もうその時には別なロシア軍艦が対馬の尾崎浦に乗りこんで来ていた。艦長ビリレフは対馬藩にたいして、

「航海中帆柱を損じ、また艦底にも傷《いた》みが出来た故《ゆえ》、修理したい。碇泊逗留《ていはくとうりゅう》をゆるしてもらいたい」

と要求したのだ。対馬藩としては許さざるを得ないわけだが、ロシア側ではこれは口実に過ぎないから、一向修理する様子は見えず、えんえんと碇泊をつづけ、陸上に宿舎を構築し、海底を測量し、村民を銃殺したり、村々を襲って掠奪《りゃくだつ》したり、牛を殺して持去ったり、あげくのはてには、藩庁にこの港を貸せと要求したり、藩主に会いたいと強要したり、手のつけられないことになった。

ことはそのはじめから幕府に報告されていたので、小栗が交渉役となって行くことになり、四月十九日に江戸を出発、五月七日に対馬についた。

さすがに小栗は巧妙な談判ぶりを見せたが、力をもってごり押しにせまって来るのだから、どうにも出来ない。藩主に会わせろという要求をやっとおさえることが出来ただけだ。二週間滞島の後、対馬藩に、

「やわらかに応接して、決してロシア人らと衝突してはならない。いずれ公儀の方で処理する」

と、言いおいて、江戸に帰った。

当時幕府の外交局にいた田辺太一が、後年記すところによると、

「小栗ほどの人物がこの問題ではほとんど無為にして帰って来たのは、理由があろう。恐らく、小栗は対馬は小藩の手にゆだぬべきではない、宗氏には代地をあたえ、対馬

は公収して幕府の直轄領としなければ、こんどは退去させることが出来ても、再び同様な事態のおこることが目に見えていると考えたのであろう。その証拠には間もなく対馬藩が、内地に代地をいただいて、対馬は公領にして下さるようにと、幕府に出願している。これは小栗がそう内願せよと対馬藩に指示したからではなかろうか」

と、推理している。

たしかにそうにちがいないと思うが、当面のこととしては失敗したわけである。小栗の去ったあと、ロシア艦長は、対馬藩にたいして、

「われわれは英国の後手になったのだ。英国は幕府にたいして、昼ヶ浦から芋崎までの土地を借りたいと要求している。だから、われわれはあわてて来た。ついては貴藩は、われわれに、"もし幕府においてご所望なら、わが藩はロシアに土地を貸してもよい" という書きつけをもらいたい。そうすればわれわれが幕府に交渉する上に非常に好都合だから」

と、虫のよい要求をし、

「英国は対馬から貴藩を追い出して自分のものにするつもりでいるが、われわれにはそんな野心は少しもない。それどころか、貴藩に大きな利益をあたえよう。近いうちに朝鮮を討取って、貴藩の領土として献上しよう。貴藩は大々名になれるのですぞ」

などと、誘惑した。これらは対馬藩の幕府への上申書にはっきりと記されていることである。ロシアの野心、滑稽《こっけい》なほど露骨な誘惑法がわかると同時に、英国の野心もわかる。当時の列強は日本を俎上の美味としか考えていなかったのである。

この問題処理のために、幕府は村垣淡路守を箱館に派遣してロシア領事に交渉させたが、埒《らち》があかない。ついに英国公使オルコックに頼んだ。英国はもちろんロシアが対馬を占拠することを好まない。大いに働いてくれて、ついにロシア軍艦は対馬を退去した。八月二十五日であった。

この前月、小栗は外国奉行を辞職している。使命をはたし得なかった責任を取ったのである。

三

小栗は無役となったが、有能な人物であるから、翌年三月に小姓組番頭に任命され、六月には勘定奉行勝手方となった。勘定奉行にはふた通りあった。公事方《くじかた》と勝手方だ。公事方は裁判がかり、勝手方が財務官だ。その財務官になったわけである。

同じ勘定奉行といっても、勝手方は計算が明らかで手腕のあるものでないとつとまらないのであるが、この時代は特にそうであった。いろいろな面で、無闇《むやみ》に金がいったのである。最も卓越した手腕の人でなければとうていつとまらないのである。

閏八月には町奉行を兼ねた。恐らくこれは江戸の大町人から御用金を徴収する便宜のためであったろう。幕府財政の苦しさが思いやられるのである。この頃《ころ》、朝鮮国使が来聘《らいへい》したので、そのために働き、また講武所御用取扱も命ぜられている。講武所は安政三年から実際のしごとがはじまったのだが、この頃から従来の剣槍《けんそう》などのほかに、洋式調練や洋式の銃砲術の練習もはじまり、色々金のかかるところから、財務官である彼を必要としたのであろう。

しかし、もっと重大なことは、この年の八月、島津久光の従士が武州生麦村《なまむぎむら》で久光の行列を乱した英人三人を殺傷したことだ。これもせんじつめると賠償金に帰着する。小栗の金つくりの手腕に待たなければならないのである。

十二月には町奉行をやめ、かわりに歩兵奉行を兼任することになった。新たに西洋式の歩兵をおくことになったので、これも金がいるというところからの任命である。

しかし、翌年四月になると、また辞職しなければならなくなった。この頃、摂津・河内《かわち》・和泉《いずみ》・播磨《はりま》の四国から少しずつ土地を削って一橋慶喜《よしのぶ》に加増して、京畿《けいき》守護の役にしようという議が幕府にあった。これは朝廷からの要求であった。

安政の将軍世子《せいし》問題の頃から、慶応二年暮に将軍になるまでの間、慶喜は実に朝廷の受けのよい人であった。将軍になってからは、時勢もおどろくべき変化を遂げているので、あまりよくなく、ついには朝敵として討伐されるようになる。朝変暮改、変化倏忽《しゅっこつ》、世の中はおそろしい。

ともあれ、朝廷の要求であるから、好まないところではあるが、幕議は飲むことに決定して、将軍の内意であるということにして、老中らは小栗の意見を聞いた。

「それはよろしくございません」

と、小栗は最も強い調子で言って、滔々《とうとう》と理由をのべた。

すでに幕議で決定した以上、小栗の意見など聞く必要は、本来ならない。反対してくれることを予期して聞いたのだ。小栗もそれはわかっている。

「拙者は絶対に承服出来ません。責任は拙者一人で負います。必要ならば、切腹いたしましょう。おことわりあってしかるべし」

と、まで言った。

いい幸いである。幕府はこれを中止し、小栗を辞職させたのである。

三月後の七月にはまた召出されて陸軍奉行並《なみ》になったが、同じ月中に辞職した。なぜだったかわからない。しかし、幕府はこの前年の文久二年から従来の軍制を廃して、洋式の歩・騎・砲三兵の制度にすることにし、そのために小栗は歩兵奉行とされ、こんどまた陸軍奉行にされたのだが、その改革が遅々としてはかどらないので、大いに老中らと議論し、ついにかんしゃくをおこして辞職したのだと思われる。小栗は生涯《しょうがい》に七十余度も辞職したり、免職になったりしたという人である。

軍制改革については、後に書く。三兵制度は彼によって完全となったのである。

翌年の元治元年八月に、また勘定奉行勝手方となった。

この頃、彼の最大の功績であると言われている横須賀《よこすか》製鉄所（実際は造船所なのだが、当時はなぜかこう呼んでいる）建設の話がスタートするのだが、これを語る前に、先《ま》ず当時目付栗本瀬兵衛、後に外国奉行栗本安芸守《あきのかみ》、最後に明治になっては郵便報知新聞記者栗本鋤雲《じょうん》となった人のことを、大略知ってもらわなければならない。

栗本は元来は幕府の医官喜多村家に生れ、同じく幕医の栗本家に養子に行った。栗本家は瑞見《ずいけん》という名を世襲することになっているので、彼も六世瑞見となって、奥詰医者をつとめていた。なかなかの秀才であり、名医でもあったが、実にばかげたことで、罪を得ることになった。

嘉永《かえい》四、五年の頃、オランダから幕府に汽船を献上した。後に観光丸と名づけて幕府の軍艦になった船だ。幕府は、海上知識の修得と風浪になれさせるために、旗本ら

を選抜して試乗することを命じた。栗本は志ある人物なので、

「時勢がこうなった以上、医者でも海上勤務を仰《おお》せつけられることもあろう。船に馴《な》れておく必要がある」

と思案して、乗船を志願し、許可されたのであるが、これが、御匙法印《おさじほういん》（医官長）の岡櫟仙院《れきせんいん》の怒りにふれた。

「船に乗るのはかまわんようなものだが、乗ればいやでもいろいろ西洋の風に触れる。公儀の本道科（内科医術）においては、洋方は厳禁されている。その洋方を学ぼうとした疑いが大いにある」

と言い立て、蟄居《ちっきょ》を命じ、間もなく、さらに北海道移住を命じた。

栗本は箱館に六年間とどまったが、医術方面はいうまでもなく、薬草園の開設、牧畜や開墾の方法の研究、いろいろ幕府のために有用なしごとをした。その頃、箱館にメルメ・デ・カシヨンというフランス人神父がいた。

カシヨンは本来はゼスイット派の神父であるが、ずいぶん山気のある男で、最初は中国におり、次に沖縄の那覇《なは》におり、その後香港《ホンコン》にかえったり、フランスの使節について二回も日本に来たりしているから、箱館ではもう宗教活動より、貿易か、農園か、牧畜か、金儲《かねもう》けを計画していたかとも思われる。

カシヨンは日本語が多少出来るし、才気のある人物であったので、当時の箱館奉行津田近江守《おうみのかみ》は、外国事情を聞くためであったろう、親しくしていたが、栗本にむかって、

「カシヨンに日本語を教えるように」

と命じた。栗本は承知した。栗本の自ら記したものには自分もフランス語を学んだとは書いてないが、頭のよい男だから、ほぼ交換教授のような形であったかも知れない。これは安政六年から文久二年にカシヨンが一時フランスへ帰るまで、足かけ四年であった。

カシヨンがフランスへ帰って間もなく、栗本は幕命によって医籍を脱して箱館奉行組頭になり、間もなく江戸に召還されて昌平黌頭取《しょうへいこう》となり、さらに目付に抜擢《ばってき》され、特に外国がかりを命ぜられた。これは元治元年のことであった。

その頃、幕府は和宮降嫁《かずのみやこうか》の条件として朝廷に誓った、開国条約を破棄して鎖国にかえすという約束の実行を朝廷からせまられていたので、その談判のために、委員が組織され、委員らは打ちそろって横浜に向った。その中に、栗本がいた。

こんなばかげた交渉はもちろんうまく行くはずはないが、ここではからずも、栗本はカシヨンに再会したのだ。カシヨンは、この年の三月赴任したフランス公使レオ

ン・ロッシュの通訳官となっていたのだ。

大奇遇だ。以後、カシヨンの方も大いに便宜を得たが、栗本の方も外国事情はもちろんのこと、各国外交官の内情を知ることが出来て大いに便宜を得た。もちろん、ロッシュともごく親しくなる。

幕閣でも、栗本のこのフランス人との親交を大いに利用することにして、

「その方に限り、単独で外国人と会ってよろしい」

と、特別許可を出した。

その頃、幕府の運輸船翔鶴丸《しようかくまる》が破損した。幕閣では、栗本を呼んで、

「海軍局の者共に修理させては、費用ばかりやたらにかかって、埒があかない。修理の技術もまたへたで、すぐ悪くなる。この頃、幸いにフランスの軍艦が横浜に来ている。その方、彼らに頼んで修理させてくれまいか」

と言った。栗本は早速横浜に行き、ロッシュ公使に頼んだ。

元来、諸国の外交官のうちで、最も幕府が信頼していたのは米国公使ハリスだ。ハリスはもちろん米本国の利益を忘れはしないが、清白で道義的人物だったので、没義《もぎ》道《どう》なことはしない。ある点では師父のように、世間知らずな幕府を教え導いた。しかし、彼はこの前々年の文久二年四月に任満ちて帰国した。ロッシュはかつてのハリス

のように、幕府の信任を得たいのである。栗本の頼みは渡りに船だ。即座に引受けて軍艦に話してやった。軍艦でももちろん承諾する。

こうして、六十余日の後、翔鶴丸の修理は出来た。「六十余日にして汽罐《きかん》の損所をはじめとして内部外部共に完治し、美麗の一善艦となり云々《うんぬん》」と、栗本は記録している。

注意すべきは、修理のすっかり出来たのは元治元年の十二月中旬だから、修理にかかったのは十月上旬か中旬だが、その二月前の八月五日に、英・米・仏・蘭の四国艦隊が長州藩を相手に下関戦争をし、めちゃめちゃに長州軍をやっつけていることだ。この戦争を契機にして、長州藩は英国と親和するようになる。薩摩藩はさらにその前年の薩英戦争の後からすでに英国と親善国となっている。フランスはこの翔鶴丸修理から幕府と親しみが深くなるのだ。日本列島における列強の争覇国は英仏となり、それはこの時からはじまるのである。

翔鶴丸の修理が出来て間もなくのことである。十二月中旬の、空は晴れているが、風の強い日であったという。栗本が翔鶴丸から税関を通り反目《たんめ》にある役宅に帰る途中、後ろから砂塵《さじん》を蹴立《けた》てて疾駆して来る騎馬の者が二人いた。栗本が横町に入ろうとすると、大声に呼ぶ。

「瀬兵衛殿、瀬兵衛殿、うまくやられたな、感服、感服！」

ふりかえると、小栗とその家来であった。小栗はついこの頃軍艦奉行も兼ねることになっていた。

小栗は馬をおりて、手綱を家来に渡し、近づいて来る。

「何の話です」

「翔鶴丸の修復です」

「ほう、貴殿、ごらんになりましたか」

「見たとも、見たとも、よく見ましたぞ。拙者は今日英国のオリエンタル・バンクに掛合いごとがあって、まいったのです。下役の者でも済むことでしたが、埒があかんのを恐れて、自分で来ました。用はすぐすんだので、貴殿に会いたいと思って、翔鶴丸に行ってみましたが、貴殿はもう居られんので、船底まで入って検分した。見事に出来ましたなあ。感服いたしました。しかし、それにしても、パイプ（鉄管）がよく間に合いましたな」

「いや、それには少々困ったのです。フランス軍艦の持っているパイプは大きすぎるのです。上海《シャンハイ》にはあると聞いて、便船があったので、すぐ注文して取寄せました。

海外に注文するには貴殿のお役所の許しを受けなければならんのですが、やれ評議の、やれ何のとひまどっては間に合いませんので、請負普請《ふしん》の仕上勘定と覚悟をきめ、無断ではからいました。ご了承下さい」

「妙々」

と、小栗はほめる。

筆者はこのところを、栗本の「匏菴《ほうあん》十種」を材料にして書いている。引用が長きに失するようだが、小栗のいかにも精気の横溢《おういつ》した、張り切った調子のことばづかいや、手続き無視などなんとも思っていない気性がうかがわれるので、敢《あ》えてそうしたのである。

小栗はふと思い出した風で言う。

「先年、佐賀の鍋島閑叟《なべしまかんそう》殿が献納した蒸気動力の製鉄機械一式が公儀のお蔵にあります。これは閑叟殿が国許《くにもと》に取建てる計画でオランダから購入したのですが、多額の取建費がかかる上に、せっかく建てても運用する技術者もないというので、公儀に献納したのです。公儀でも先年取建てドックと製鉄所をつくろうとして、場所の測量までしたのですが、やはり技術者がないので、中止されました。どうでしょう、こんどのフランス技術者に頼んだら、一骨おってはくれますまいか」

「承知してくれるかどうか、受合いかねますが、一応、ご一緒にフランス公使館に行ってみようではありませんか」

「そうしましょう」

四

その夜は、小栗は神奈川に泊ることにして、栗本と同道して、ロッシュを訪問した。いろいろいきさつはあったが、ロッシュは好意を見せた。技術者らは佐賀藩献納の機械を横浜にとりよせてもらって点検した後、

「この機械はまだ十分役には立ちますが、小型で、馬力も小さい。鉄具《かなぐ》の小修理は出来ますが、とうていドックをつくって大仕事するには適しません。横浜近くにすえて、小修理に備えなさるがよい。一体、ドックをつくって船艦を造るなどの大仕事は、われわれ風情《ふぜい》の学問や技術ではおよびません。これはしかるべき技術者を選んでお雇いになるがよろしい」

と、鑑定した。

とりあえず、その機械を横浜にすえつけ、横浜製鉄所にすることにした。後のこと

になるが、完成はこの翌年の九月末になり、費用は四万両ですんだ。

小栗は大造船所を建てたい。すでに軍艦を持っている以上、破損した場合の修理に一々外国へ持って行っては不便もだが、費用がたまらない。何とか出来ないものかと思いつめていると、ロッシュは、

「ウエルニーという優秀な技術者が上海に来ています。清国《しんこく》から砲艦の建造を頼まれて来たのですが、それが出来上ったので、間もなく帰国することになっています。今横浜港に碇泊しているわが国の軍艦セミラミス号はツーロン造船所で建造したもので、すでに八年も航海に従事していますが、全然故障のない堅牢《けんろう》無比な軍艦です。これはゼヌデールという技術者が主任となって建造したのでありますが、ウエルニーはゼヌデールにおとらない優秀な技術者です。一つ呼んで意見を聞き、計画を立てさせてみませんか」

と言った。

小栗はもちろん大いに意を動かす。老中らを説き、承諾を得て、ロッシュに頼んで、ウエルニーを呼んでもらった。

ウエルニーはまだ三十前の、やせてたけの高い、近視の眼鏡をかけた、ひげの薄い、風采《ふうさい》は少しも上らない男であったが、人物はなかなかしっかりしていたという。

ウエルニーは来て、話を聞き、場所を横須賀に見立てて、計画を立てはじめた。ロッシュは、この計画の実現には恐ろしく巨額な金のかかる予想がついている。そこで前もって小栗の教育にかかったと、福沢諭吉の遺談にある。ロッシュは微恙《びよう》に侵されたと称して（実際に病気であったらしい。病名リョーマチ――「明治人物辞典㈡」）熱海に湯治に行って逗留《とうりゅう》をつづけたが、ある時、小栗の許に使いを出した。

「江戸に浅田宗伯という名医がいると聞く。診察を請《こ》いたい。願わくは、お力をもって、浅田ドクトルを熱海によこしていただきたい」

浅田は小栗の主治医なのだから、もちろん、ロッシュには底意《そこい》がある。しかし、小栗はそこまでは考えがおよばない。皇漢医学の名誉とよろこんで、浅田に語る。浅田も同じ気持だ。快諾して、熱海に行く。いく度か熱海に行って治癒《ちゆ》につとめている間に、ロッシュは造船所がこれからの日本に必要であることを懇々と説いた。浅田を通じて小栗に説こうというわけだ。浅田は明治二十七年に八十余で死ぬまで馬車や人力車に乗らず駕籠《かご》でゆるゆると病家まわりしたほどの西洋ぎらいではあったが、愛国者だから、大いに感服して、おりにふれては小栗に説いた。

余談だが、ロッシュは横浜にかえってからも浅田に治療をつづけてもらった。漢方薬をせんずることは公使館では出来ないので、浅田家でせんじてあたえることにしていたが、これを受取るには横浜のフランス公使館つきの騎兵二騎が武装して浅田家に行くことにしていたので、江戸中の評判になり、浅田の名声もあがったという。

さて、そうこうしているうちに、ウエルニーの見込書が出来た。なんと二百四十万ドルかかるというのだ。さすがの小栗もおどろいた。やりたい気は十分にあるのだが、そんなに金がかかってはどうしようもない。

ところが、ロッシュは金策の方法まで考えていてくれた。生糸の専売である。当時フランスは欧米一の絹機業国であったので、日本の生糸を幕府が統制して、一手にフランスに輸出することにすれば、二百四十万ドルくらいの金は四年くらいで十分もうかるというのである。もちろん、そのために日仏合弁の貿易商社（コムパニイ）をつくる。

造船所建設のことが成功すれば、ロッシュはフランスに大勲功を立てることになる。勲章どころか、爵位《しゃくい》をもらえるかも知れない。名誉好きのフランス人としてはこたえられんところだ。欧米では普通の習慣になっているから、造船所建設に必要な資材を納入する諸商社からコンミッションも来る。二百四十万ドルという大仕事だから、なまなかなコンミッションではない。貿易商社の設置が出来れば、そちらからも来る。金《かね》の好きなフランス人だから、これまたこたえられない。ロッシュとしては一生懸命であったはずである。だからといって、幕府のためを思わなかったと言えないことはもちろんだ。最も清廉《せいれん》な人以外は、人間は常に名誉と欲と道義とを、矛盾なく調和させるものである。

やりたい気十分である小栗が、ここまでロッシュが用意してくれていると知っては、乗らないはずはなかった。やるように幕府の意向をまとめようと、ロッシュに言った。有名な話が、「匏菴十種」に出ている。栗本は小栗にむかって、

「何分にも金額が大きすぎます。よく考えて下さいよ。話が決定し、一旦《いったん》頼んでしまったらもうどうすることも出来ませんが、今なら間に合います。考え直す余地はありませんか」

と、忠告したところ、小栗は、

「今の公儀の経済は全部やりくり所帯なのです。何事をするにも、ある金でするのではない。必要に応じて金は作らなければならないのです。造船所の建造とてその通り。だから、やらなくても、金が浮いて、他の重要なことに使えるわけではありません。もともと金はないのですからね。むしろ、国としてなくてはならない造船所をつくることにすれば、他のいろいろな冗費節約のよい口実が出来ますから、得とさえいえる。やがて公儀はほろびるかも知れませんが、その時この造船所があれば、土蔵付き売家

くらいには見られましょうでな。ハハ、ハハ」

と、哄笑《こうしょう》したというのである。

小栗は老中らに説いた。色々異議はあったようであるが、ついに幕閣は建てることに決定して、契約書のとりかわされたのは、慶応元年正月二十九日であった。

契約書の要領は、

一　製鉄所一カ所、船艦の修理場大小二カ所（小は横浜のだろう）、造船所三カ所、武器蔵、役人・職人等の役所を造ること。

一　右等を四カ年内に完成すること。

一　横須賀湾の地形海岸はツーロン湾に似ているから、ツーロン湾の工場の形にして、横四百五十間、たて二百間の地域を定めて建てる。

一　右の費用は、一年六十万ドルずつ、四カ年をもって、総計二百四十万ドル。

一　フランス政府と契約の上は、六十万ドルずつ毎年納めて四年間で完済し、決して滞納しない。

と、大体以上であった。

ウエルニーは年俸《ねんぽう》一万ドルで幕府が雇うことにした。

以上のことは、内外の反対のおこることが予想されるので、一切秘密のうちに運ばれたが、契約が成立して間もなくこれがわかると、猛然たる反対論がおこった。「今その一、二をあぐれば、海軍部内の者は政府の旨趣の何たるを解せず、そのこれを仏国に委《ゆだ》ぬるを嘵々《ぎょうぎょう》し、他の局の論者は無用不急のことなりと嗷々《ごうごう》し、大計にくらき儒者、武人などの類は口を極めて罵詈《ばり》した」と栗本が書いている。すでに契約成立して後のことであるから、反対してもどうにもならなかったのであるが、こうまで物議が盛んになれば、誰《だれ》かに責任を取らせなければならない。小栗がそれにあたって、免職されたようである。冒頭にかかげた略職歴中に、「慶応元年二月免職」とあるのがそれであろう。

しかし、この免職はほんの表面だけのことで、依然小栗は幕府の要務に関係していたようである。

「匏菴十種」にこうある。

元治二年（慶応元年）三月の頃《ころ》と記憶している。ある日、小栗上野介と浅野美作守《みまさかのかみ》とが、自分の横浜の役宅に訪ねて来た。あいさつがおわると、二人はすぐ言う。「公儀で、旧来の軍制を廃止して、洋式の歩・騎・砲の三兵に編成しなおすことにしたのは、文久二年のことで、以来四年にもなるが、一向埒《らち》があかない。騎兵は馬術を教えるだけ、歩・砲兵は『訳本三兵タクチイキ』と首ッ引きで、わからないところは高畠五郎や大鳥圭介《けいすけ》らに問合せたり、推量でやる有様で、とうてい三兵などとは言えない。われわれ両人は、適当な国に頼んで、陸軍教師を迎えて、士官・兵卒を訓練してもらって、しっかりした兵式を定めたいと相談して、ご意見をうかがいにまいった」

栗本は幕府陸軍の内実を聞いておどろきながら言う。

「拙者が箱館にいます頃、英・仏両軍が支那《しな》を相手に戦ったことがあります。その時、英国は北海道で蝦夷馬《えぞうま》を多数買いこみ、尾を切って軍馬として連れて行きましたので、印象深く覚えています。その後、その数年前に、英・仏両国が連合してロシアと戦ってセバストポールを陥《おとしい》れた話を聞きましたので、箱館居留のロシア人に、この両戦争の話を聞きますと、支那でも、セバストポールでも、フランス兵の方が勇敢で、いつも先登を切るのはフランス兵、そのあとを確実に占領するのは英国兵で、英国兵なしのフランス兵だけでは勝利を確保出来ず、フランス兵なしの英国兵だけでは敵を破ることは出来ないと、こう語りました。その後、メルメ・デ・カシヨンと交わるようになって、いろいろ各国のことを聞きますと、カシヨンは戦争史を説いて、海軍は英国が強く、陸軍はフランスが強いと結論しました。ご両所が軍事にはまるで素人《しろうと》である拙者に唯今《ただいま》のようなことをご相談なさるのは、定めてフランス公使に陸軍教師を雇うことを頼んでくれと仰《おお》せられるのでしょう」

「仰せの通りです。骨折っていただきたい」

「引受けました。ご一緒に公使館にまいりましょう」

しかし、二人は栗本に一任した。このことを、栗本は当時は外国人に会うことは世間の物議を招き、一身に危害が及んだり、やろうとする仕事もいろいろと妨害されたりする恐れがあったからであると説明している。

翌日、栗本はフランス公使館に行ってロッシュに会って、陸軍教師招聘《しょうへい》のことを頼んだ。ロッシュはよろこんで承諾して、幕府からフランス政府に文書をもって正式に依頼してもらいたい、必ず自分が周旋するであろうと答えた。

栗本は二人に知らせた。二人は陸軍総裁の老中松前伊豆守崇広《いずのかみたかひろ》に上申し、ロッシュの指示した通り文書をもって依頼した。一切は極秘のうちに運ばれた。「世間なほ誰も知る者あらざりき」と、栗本が書いている。

間もなく、陸軍教師の来るまでにフランス語を覚えさせておかなければこまるだろうというので、フランス語学校を横浜にひらくことになった。校長はカションで、助手として公使館の護衛騎兵の騎兵曹長《そうちょう》ビュランがつとめた。この生徒の中に、小栗の養子又一、栗本の子貞次郎がいる。

小栗も大へんである。金の工面《くめん》ばかりか、造船所の建設、兵制改革、その兵制改革のためにフランス語学校まで設けなければならないのである。

五

フランスから陸軍士官を招聘するなどのことは、免職中にやったのだが、五月になるともう勘定奉行勝手方に復職している。この頃の幕府財政の苦しさは、小栗以外には処理出来るものがなかったのであろうし、とりわけ新しく取りかかった横須賀製鉄所のしごとといい、陸軍士官を招聘して軍制改革の実を上げることといい、小栗が首唱し、小栗が中心になってはじめたのだ。ましてや、形式的の免職だったとすれば、復職は当然のことであった。

復職の翌月閏《うるう》五月五日に、柴田日向守《ひゅうがのかみ》が、水品楽太郎、富田達三、小花作之助、翻訳官福地源一郎、塩田三郎、定役《じょうやく》岡田摂蔵ら六人を随員として、横浜を出帆して、フランスに向った。

使命は、製鉄所建設の用務、これと関係して生糸専売のための貿易商社設置、陸軍士官招聘の件等であった。

当時のことだから、そうしげしげと連絡もないが、万事調子よく行っているとのことであった。何せ悠々《ゆうゆう》たるものだ。やっと翌慶応二年の春、それも晩春、柴田日向守一行は帰って来た。パリには幕府が名誉領事に任命したフリュリー・ヘラルがいて、製鉄所建造に必要な資材の買入れや、貿易商社の設立などのことに働き、順調に運んでいる、陸軍教師のことも支障なく運んでいる、また製鉄所に使用する職工らは技師長ウエルニーが募集と選考にあたっているから、間もなく引きつれて来るであろうという話。

幕閣もよろこび、小栗も満足であった。

この頃(三月)、横須賀工場の鍬《くわ》入れをして、敷地の切りひらきにかかり、それがすっかり出来上った五月、ウエルニーが多数のフランス人職工を連れて到着した。資材もどしどし到着する。建設にかかった。

ところが、この頃、意外な支障がおこった。おそらく、日仏合弁の生糸専門の貿易商社をつくるということがパリ財界に取沙汰《とりざた》されるようになり、勢いパリ駐在の各国外交官が知って、本国に報告し、本国から日本に来ている公使らに訓告があったのであろう、フランスをのぞく外交団が最も強硬な態度で幕府に抗議したのである。

「各国と通商条約を結びながら、ある産物を特定の国にだけ輸出するのは、万国公法違反である」

というのが、その口上だ。

幕府はおどろき、狼狽《ろうばい》し、弱った。もちろん、小栗もだ。元来二百四十万ドルという巨額な費用のかかる横須賀製鉄所建設に踏切ったのは、生糸専売の商社からの利益をあてにしたからのことである。幕府では百方了解をもとめようとしたが、きくはずはない。ついに商社計画はお流れとなった。

幕閣、とりわけ小栗は非常な苦境に陥った。当時、幕府は長州再征にかかって、将軍家茂《いえもち》は大坂まで旗を進めている。この費用だけでも財政は四苦八苦だ。とうていそのほかに二百四十万ドルなどという大金は捻出《ねんしゆつ》出来ない。弱りに弱った。

ここで救いの手をさしのべたのが、レオン・ロッシュだ。ロッシュは、

「フランス政府が仲介して、フランスのソサエテ・ゼネラルから六百万ドルが借りられるようにして差し上げたい」

と、申入れた。その上、ロッシュはこういう。

「長州のことは徳川家にとって大厄難《だいやくなん》でありますが、これを転じて大幸となす法があります。この度のことを機会に先《ま》ず長州をたおし、次に薩摩をたおしなさるがよい。この両藩がなければ、天下に徳川家に反抗するものはありませんから、諸藩を廃止し

て、徳川家を中心とする中央集権郡県の制度としなさい。世界の列強は現在では皆この制度になっています。ついては六百万ドルのほかに、軍艦や兵器も年賦《ねんぷ》でご用立てしましょう」

こんなうまい話はない。まさに地獄に仏だ。幕閣ではもちろんよろしく頼むと言う。このことは政事総裁の一橋慶喜、老中、小栗、そのほか三、四人の者だけが知っていて、秘中の秘として運ばれた。

六月初旬、久しく無役の身であった勝海舟がにわかに軍艦奉行に任命されて大坂に行くように命ぜられ、出発の用意をしている時、小栗外二人に城中の別室に連れて行かれ、この話を打明けられ、

「これは秘中の秘で、しかじかの人々しか知っていないことだが、貴殿のこんどの上坂《じょうはん》の用件はきっと長州問題のためと存ずる故《ゆえ》、敢《あ》えてお聞かせする。このことをふくんで処置なさるよう」

と言われている。この頃には相当深いところまで進行していたのである。

勝は当時の有識者としては、最も独自な考えを抱いている人であった。日本人として尊王心もあり、幕臣として徳川家にたいする忠誠心もありはしたが、尊王や佐幕より大事に考えていたのは、日本の独立の保全であった。だから、その最も深い憂《うれ》えは、

日本人が尊王・佐幕のイデオロギーにとらわれて兄弟喧嘩《げんか》している間に、外国勢力に乗ぜられはしないかということであった。彼は学者というほどの学識はないが、必要な程度には西欧人の東洋侵略の歴史を知っている。憂えは痛切なものであった。

小栗の話を聞いて、心中大いにおどろいたが、無駄《むだ》な議論はしない男だ。

「そうでござるか、そうでござるか。ずいぶん心得てござる」

と、調子よく言ってわかれて、大坂につくと、老中の板倉勝静《かつきよ》に、小栗から聞いた話をして、

「第一、外国の資金と兵力を借りてことを為《な》すのは危険千万であります。単なる義俠《ぎきよう》心《しん》で、フランス政府がかようなことをするとは思われません。必ずや代償を要求してまいりましょう。悪くすると、お家は売国の汚名を千載にのこすことになりましょう。第二、天下の諸藩を廃して中央集権郡県の制度にするという計画が、拙者には腑《ふ》に落ちません。諸大名を廃して、徳川家だけ存するというような虫のよいことを諸大名が納得しましょうか。ご老中方にさほどのご英断があられるのなら、むしろ徳川家が進んで政権を朝廷に返上され、天下に模範を示された上で、郡県の制度となるようになさってはいかがでございましょうか。それならば、道にかなったことで、大名らも納得するでございましょう」

勝はさらに老中稲葉美濃守《みののかみ》にも、長文の反対意見書を提出した。松平春嶽《しゅんがく》も聞き知って反対の意志を表明した。

この頃には、長州再征は戦闘に突入していたが、連戦敗北の状態であり、七月二十日には将軍家茂が大坂城中で病死した。

喪は秘せられていたが、政事総裁の一橋慶喜は征伐を中止することにした。それやこれやで、フランスから金を借りることは中止することになった。「徳川慶喜公伝」に、勘定奉行とフランスとの間に借款《しゃっかん》の約束があったが、「公は裁許を与へざりき」とあるが、これは正確な記述ではない。慶喜ははじめは大いに乗気でことを進めさせていたのだ。「中止を命じたり」としなければ正確ではない。

この頃、小栗は海軍奉行並《なみ》を兼職することになっている。もちろん、横須賀製鉄所のことがあるからであろう。これは軍艦をつくるところなのだ。大いに海軍に関係がある。

ここで注意しなければならないのは、ロッシュがすすめ、幕閣がとり上げた「封建制度廃止、中央集権郡県制度実施」のことだ。幕府がこんな意図を抱いていることはフランスに行っている薩摩人らがパリで知った。薩摩人らはモンブラン伯爵《はくしゃく》なる人物を使って、情報を集めていたのである。

「長州をほろぼし、次に薩摩を倒し、諸大名を圧伏して封建の制を廃する」
というのだから、おどろいて、早速、本国に報告する。薩摩が怒ったことは当然である。薩・長の連合はこの年の正月にすでに出来ていたのだが、このことが一層両藩を強く結合させることになったのである。

六

さて、六百万ドルの対仏借款は中止になったわけだが、この際最も苦労したのは、言うまでもなく、小栗である。何としても、金は必要だ。横須賀製鉄所のために毎年六十万ドルの金がかかるばかりでなく、ウエルニー以下のフランス人技術者や職工らへの俸給もなまなかなものではない。横須賀工場でウエルニーの年俸一万ドル、医者アバチューの年俸五千ドルのほかに、外人技術者や外人職工のために月に二千七百五十五ドル、横浜工場で月に千五百十ドルずつ支払わなければならなかった。

新式の兵器その他の軍需品も輸入しなければならない。「横浜開港五十年史」に、慶応二年中に幕府がフランスに注文したこれらの軍需品の品目と数量が出ているが、おびただしいものだ。とうてい二百万両や三百万両ではおよぶものではない。これらはすべて幕府の経常費とは別なのである。

どうして金をつくったか、おそらくは大町人らに御用金を課しもしたのであろうが、御用金はこれまでいく度も課しているから、そうやれるはずはない。当時幕府の重職であった人々が、明治になって、口をそろえて、

「どうしてやりくっていたか、まるでわからない」

と言っているが、当の小栗だってよくわからなかったかも知れない。個人の家庭でも、最も困窮している時代のやりくりはこんなものだ。あとになってふりかえってみても、

「なんとか生活していた。どうやっていたのか、自分でもわからない」

としか言いようのないものである。

しかし、おそらく小栗の金の出場所は貨幣改鋳であろう。万延以前の金貨を万延判に鋳造しなおすことはずっとつづいているから、その出目《でめ》であろう。

ところで、フランスから来るはずの陸軍教師のことだが、これはなかなか来なかった。ロッシュに公文書をもって頼んだのが慶応元年三月、その用務もあって柴田日向守がフランスに行き、パリについたのがその七月であったのに、翌年八月になっても、来る模様はなかったのである。その理由は、今ではわからなくなっているが、あるい

はこの幕府の経済の苦しさに理由があるのかも知れない。

幕府のフランスにおけることはすべて名誉領事のフリュリー・ヘラルがとりしきってやっていたのだが、元来商人であるヘラルだから、貿易商社のことが雲散し、今また借款のことも中止となったとあっては、事を運ぶのは危険と思った可能性が大いにあろう。

ところが、借款が中止になった頃、この陸軍教師招聘の件について、問題がおこった。

英国公使パークスは、ロッシュに一年おくれて着任した男だが、ロッシュが万事ものやわらかで、微雨がしくしくと大地にしみ入るように幕府に食い入り、その信任を得たのとはまるでちがって、おそろしく乱暴で、ややもすれば暴言を吐いて恫喝《どうかつ》する人がらであった。そのがむしゃらぶりには明治政府の大官らも手こずったのであるが、この時代の幕府役人らも、いつも戦々兢々《きょうきょう》としていた。

この男が、この頃になって、幕府がロッシュに頼んでフランスから陸軍士官を招聘すると聞きこんで、激怒して、幕府にねじこんで来た。

「フランスから陸軍教師を招くなら、海軍教師はわが英国に頼みなさい」

と、要求したのだ。

幕府役人らは、パークスをきらい、ロッシュを頼りにしているので、海軍もフランスに頼むつもりにしていたので、ほどよく言ってパークスをかえし、ロッシュに相談した。すると、ロッシュは、

「わたくしの国はすでに製鉄所を引受けさせてもらい、陸軍伝習の教師らもほどなく来る運びになっていますから、十分です。陸海軍ともにお引受けしましては、パークスさんのあの性質ではきっと腹を立てましょう。強国である英国のきげんを損ずることは、お国のためでありません。海軍は英国にお頼みになるがよいと思います」

と答えたので、その旨《むね》を幕府からパークスに申入れた。

普通、当時陸軍はフランスが強く、海軍は英国が強かったのでそうなったのだと考えられているが、事実はそうでなく、パークスの強請のためだったのだ。海軍と最も密接な関係のある横須賀・横浜の製鉄所（事実は造船所）はフランスに頼んだくせに、海軍伝習は英国に頼んだ理由も、これでわかる。

待ちに待った陸軍教師らは、年が明けて慶応三年二月に到着した。フランス政府に頼んでから満二年目であった。

歩兵少佐　シャノアン

砲兵大尉《たいい》　ブリューネ

騎兵大尉　　ジュシャルム
同　　　　　ブスケー
歩兵大尉　　メスロー

の五人の将校と下士官を合わせて二十余人であった。

六月から伝習がはじまった。場所は横浜。フランス語学校に入って専心フランス語を勉強していた連中、これは皆旗本の子弟であるから、将校にされた。大部分が十代の少年であったという。それが各隊に配置されて、通訳をするかたわら、兵隊と同じように訓練を受けるのである。兵隊はすべて御家人と呼ばれていた先手《さきて》同心である。

服装は各員の自弁であるから、最初は筒袖裁着袴《つつそでたつつけばかま》というだけが一致して、色合や模様もまちまちであった。わらじをはき、大小をさしていた。そのうち、紺染めのそろいになって、歩兵は腰のへんに小銃ということを示す「小」の字続きの模様、砲兵は大砲の大をとって「大」の字続きの模様を染め出し、下はズボンのような細い袴になった。やはり大小をさしていたという。笠《かさ》だけはきまっていた。陣笠を小型にしたやつ。これに中心から階級を示す筋がついていて、笠を五つに割っていれば頭《かしら》といって連隊長、次は四本、次は三本、次は横に一本となっていた。将校は筒袖のついた陣羽織を着ている者が多かったが別段規定されたのではなかった。

大小は間もなく、練兵の際には邪魔になるというので、命令で差すのをやめた。砲兵など砲車に引っかかって工合が悪かったという。

しばらく横浜でやっていたが、狭いというので、江戸に移った。砲兵は竹橋門内に、歩兵は大手町や九段上《くだんうえ》その他に兵営があり、フランス士官らは講武所あとに住み、調練は講武所の原でおこなった。その頃、ブリューネ大尉が制服・制帽をデザインしてくれた。フランス式である。生地《きじ》は将校はラシャ、兵卒は小倉《こくら》。袖章・肩章の金モールがないので、黄色い打紐《うちひも》で代用したという。

このようにして、幕府の軍制改革は着々と進んで来たのであるが、幕府と薩・長、とりわけ薩摩とのなかは益々《ますます》険悪になった。この年はパリで、最初の世界大博覧会が開かれたのであるが、その博覧会をめぐって、パリで幕府と薩摩との宣伝戦がおこった。

幕府からはこれにいろいろと日本の工芸品その他を出品したのであるが、薩藩もまた薩摩・琉球国《りゆうきゆうこく》として独自に出品したのである。薩藩の狙《ねら》いは、薩摩は幕府と同じ資格を持つ独立の藩侯国であることを示し、幕府は日本全体を代表する政府でないと宣伝するにあった。このために、薩摩は勲章までつくって、朝野の名士に贈ったりした。モンブラン伯が暗躍したことは言うまでもない。

皇帝ナポレオン三世は幕府に好意を持っているから、フランス政府は別段どうということはなかったが、一般フランス人の幕府にたいする観念は相当動揺した。間もなくその影響があらわれるのである。

この博覧会のためと留学のために、慶喜将軍（前年十二月上旬、将軍になった）の弟昭武《あきたけ》がパリに行っているので、これらのことは幕府に筒抜けに通報して来る。小栗としては切歯せざるを得ない。

その上、日本内地でも、幕府の形勢は日に否《ひ》だ。孝明天皇は幕府にたいしては好意を持たれて、これを倒すなどという気持はあられなかったが、その孝明天皇が昨年末になくなられ、明治天皇がおん年わずかに十六で即位されると、もう朝廷内の幕府打倒の意志を抑制するものはなくなった。摂関家などの上流公家《くげ》は過激なことは好まないが、臆病《おくびょう》だから進んでおさえようとはしない。幕府の危機は日に昂《こう》じて行く。これも小栗を激《げき》させる。

七

あたかもこういう気持に小栗が駆り立てられている時、ロッシュは大坂で慶喜に謁《えっ》して、献策した。日本改造案である。昨年（慶応二年）すすめた中央集権郡県制度化ほど飛躍的なものではないが、外様《とざま》の諸大藩は力をもっておさえ、あるいは討ち、軍備は幕府の手で統制せよというのだから、力関係から言えば江戸初期にかえる案といえるし、前向きに考えれば封建国家から中央集権統一国家への一歩前進の案ともいえる。

その実現の方法としては、先《ま》ず官制を改革する必要がある、従来の幕府の官制は行政区分が明瞭《めいりょう》を欠いているが、それではいけない、陸軍、海軍、大蔵、外務、内務、司法の六局をおいて、管掌分野を明確にせねばならないと説き、新税創設、産業開発から、給与法にまでおよぶものであった。

とりあえずの金策法も建議した。ロッシュがこの時すすめた方法は最初の商社《コムパニイ》取立てに立ちかえったものであったが、あの時各国外交官の猛抗議を受けた経験があるので、綿密に工夫を凝らしたものであった。このところ、幕府のフランスからの買物がおびただしいから、これを一手に取扱う商社をフランス人につくらせ、買物の代償としては日本物産をもってあてる。幕府から渡す品物の代価が多い場合には、差額は多少の歩合をとって幕府に渡す。積立てておいてもらえるなら、利息を支払う。ご要求のあり次第支払うことは言うまでもない。

つまり、最初計画された商社は生糸専売貿易商社であったが、これは幕府を通じて輸出される日本物産の専売貿易商社であり、外国物産を一手に幕府に売りこむ商社というわけだ。前よりずっとすごいものになっているのだが、それでいて、外交団に突っこまれるスキはない。考えたものである。

ロッシュはなお言う。

「改革の際に金のかかるのは、どこの国でも同じです。そんな時には、どこの国でも外債を募るのです。貴国もそうなさるがよい。フランスのしかるべき銀行に委託して、そうなさるがよい。前に申した商社が出来れば、年々多額の利益が上るのですから、それでお支払いになれば何でもありません。フランス人の信用もあるわけですから、募債に応ずるものが多いはずです」

幕府にとって、こんな福音はない。慶喜将軍をはじめ、皆全面的にロッシュの建議を受入れ、商社設立に同意し、とりあえず六百万ドルをフランスで募債することになった。小栗に至っては、勇躍の気持であったろう。

商社はパリにも立てられたが、日本では横浜と大坂とに立てられた。

幕府方一般、非常に元気が出た。それは薩・長側にもわかる。この頃、木戸準一郎(孝允《たかよし》)が藩の使者として太宰府《だざいふ》にいる三条実美《さねとみ》ら五卿《きょう》の許《もと》に行っているが、酒間、

木戸が、

「幕府はこの頃《ごろ》政令一新して、なかなかの勢いである。慶喜将軍の胆略は家康の再来を見るがごとく、恐るべきものがある。猶予《ゆうよ》して期を失し、先制されるなら、取返しのつかないことになるであろう」

と語ったと、土方久元《ひじかたひさもと》伯爵の伝記「土方伯」にある。

またこの年七月二十七日付で、西郷が大久保利通《としみち》に出した手紙でも、これに触れている。

西郷は英国公使館の書記官アーネスト・サトーを訪問して、

「この頃、フランス人は幕府と結託して商社を立て、大いに利を得ているそうでごわすが、これでは英国はまるでフランス人の使われものでごわすな」

と言った。サトーを刺戟《しげき》して立腹させるためであった。サトーははたして興奮して、いろいろ外交団の内情を打明けた。

「フランスは恐るべきことを考えています。実はこの頃、フランス公使館から自分に会っていろいろ日本のことについて話し合ってみたいと言って来たので、行って会ったところ、日本はヨーロッパ諸国同様郡県制の統一国家になる必要がある、それについては大名の権威を除かなければならないが、それには先ず薩・長を倒す必要がある。

英・仏協力してやろうじゃないかという話であった。自分はそれにこう答えた。〃幕府積弱の勢いはどうにもならない。それはこの前の長州再征のていたらくでわかっている。わずかに長州一藩がどうにもならないではないか。その幕府がいくら大きなことを言っても、出来るはずはない。そんな幕府を助けることは真平だ〃。それなり、フランス側は口をつぐんだ」

その後、サトーは、

「フランスは今話したようなことをやっているのだから、幕府はこの両三年のうちに金を集め、兵器を充実し、フランスに応援を頼んで、戦さをはじめる決心をしているに相違ない。その時はフランスも兵をくり出して来るだろう。しかし、その際、英国がわが国はあんた方を助けると声言すれば、フランスは掣肘《せいちゅう》されて兵を動かせない。あんたの方でその意志があるなら、そう言ってほしい。応じましょう」

と言ったので、西郷は、

「ご親切はありがとうごわすが、日本の政体の変革でごわすから、日本人だけの力でやりませんでは、外国の人々にたいして面目がありませんからな」

と答えた云々《うんぬん》。

この西郷の手紙の語るところと、木戸が太宰府で三条に言ったことを考え合せると、薩・長を討幕に急がせたのは、ロッシュの幕府にたいする熱心な尻押《しりお》しであったと言ってよさそうである。

こんな風であったので、九月中旬には、時勢は急湍《きゅうたん》のような進行を見せはじめた。幕府側では知らないことであったが、九月中旬には薩・長の間に討幕の約束が出来、薩摩は挙兵準備をはじめている。この連盟には薩・長両藩のほかに芸州藩も加わり、土佐藩士の一部(板垣退助ら)も加わっている。

しかし、間もなく坂本竜馬《りょうま》が後藤象二郎を説き、後藤から山内容堂を説いて、慶喜に大政奉還を建白することにして、薩摩に同調をもとめて来た。西郷らはそれでおさまるとは思わなかったが、承諾したので、容堂は後藤らをして、慶喜に建白書を提出させた。

慶喜は松平春嶽に相談した後、奉還を決意し、在京の老中以下の重職らに懇諭して、十月十四日、奉還の表を朝廷にたてまつった。朝廷は翌日はもう聴許した。

このことが江戸城に知れたのは、十月二十日であった。小栗は悲憤して、われら重立った役職の者が打ちそろって上京し、諫言《かんげん》を奉《たてまつ》ろうと主張したほどであったが、まさか徳川家が全面的に政権を取上げられるとは思わなかったろう。七百年も政治の実務から離れている朝廷に政治能力のないことは明らかだから、政治は一時諸大名の合議政体の形になるだろう、とすれば中心には徳川家がすわることになるはずと思っていたに違いない。従って、それほど動揺はしなかったろう。

レオン・ロッシュもそうだ。彼は当時小田原に転地中であったが、十月二十二日、慶喜の直書《じきしょ》をもって、山口駿河守《するがのかみ》が来て、大政奉還のことを告げると、将軍の行為は最も立派なことであると賞讃《しょうさん》し、老中小笠原壱岐守長行《いきのかみながみち》にあてて手紙を書いて、山口に託した。

「このような英断の処置をされた立派な大君《たいくん》が日本に生れられたのは、日本の統一が出来、日本が万世に盛んになる天の意志である。大君の忠実なる友である余は、直ちに江戸に出て、大君の忠誠なる臣である貴殿や他の人々とともに、今後の策を相談したいと思う。現在、余は病気であるが、国家を憂《うれ》え、祖宗の大業を継がんとされるこの立派な大君のためには、一身の健康などはかまっておられない。余は明後日、江戸に至って、貴邸を訪問いたすであろう」

と、大体こんな意味の手紙である。これを見てもわかる。ロッシュは大政奉還をかねて自分のすすめている中央集権郡県制国家にする好機到来と見ているのだ。それも、徳川家による中央集権だ。

小栗のこの時の心理を書いたものは全然ないが、大体はロッシュと同じような予想をして、諸侯合議の政体を経て、徳川家を中心とする中央集権郡県の日本としようと思っていたように、ぼくには思われる。

小栗は江戸にとどまり、ロッシュは海路大坂に上った。ロッシュは出発前、小栗と会っているであろう。ロッシュは慶喜の参謀のつもりであり、小栗もまたロッシュの知略を信頼して送り出したのであろう。

ところが、ことは思いもかけないことになった。十二月九日には王政復古の大詔が発せられ、しかもその夜行われた小御所会議には慶喜を出席させないばかりでなく、徳川慶喜は官位辞退、土地、人民を還納して、自責反省の実を示せと決議したのである。

在京の幕臣、会津・桑名の藩兵らの憤激は火を噴くようだ。慶喜は衝突をおそれて、十二日夜二条城を出て、大坂に退去した。

ロッシュはその十六日に、慶喜にすすめて各国の公使を引見させ、席上、あらかじめ幕府側と打合せてある質問をした。

「こんど日本の政体は大いに変革したということだが、われわれ外国の使臣は、日本国内の政争には一切関係しない。しかし、さしあたっての問題は、外交事務は京都、江戸、いずれの政府に交渉してよいか、それである。はっきりとお答えいただきたい」

ロッシュの狙《ねら》いは、幕府は依然として日本政府であると各国の公使らに認めさせるにあった。慶喜もこの時まではまだ政権回復の意志があるから、ロッシュと打合せておいた通りに答える。

「余が将軍となったのは、先帝の遺詔によるのであるが、数名の諸侯らはみかどの幼年なるに乗じて、クーデターによって、職制の上から将軍職を廃して、余をかかる境地に追いおとした。京都にいては旗本や譜代の諸藩兵が憤激して戦乱になりそうなので、余は一先《ひとま》ず当地に退去して来たのであるが、いずれ全国の輿論《よろん》をもって日本の政体は定まるはずであるから、それまでは各国との条約履行の責任は余にある」

「それでは、朝廷の委任状がなければなりませんが、それはおありですか」

これもなれ合い質問であろう。

「ござる」

といって、老中松平豊前守《ぶぜんのかみ》が委任状を示した。もちろんニセである。

八

こうしてロッシュが諸外国にたいする幕府の権威を懸命に保持するにつとめている時、江戸で薩摩屋敷の焼打ちが行われた。

このころ、三田の薩摩屋敷に多数の浪士が収容されていた。これは京都で合戦がおこった時、幕府が江戸から兵を送るのを掣肘する役目を帯びていたのだが、何せ暴勇な壮士らだ、乱暴ばかりする。民家に押入って、軍用金と称して金銀をうばい、「言いぶんがあるなら三田の薩摩屋敷へ来い」と放言して去る者さえいたというからひどい。ついには江戸城の二ノ丸に放火したり、庄内藩あずかりの新徴組の屯所《とんしょ》に鉄砲を打ちこんだりした。幕府側のいきどおりは一通りのものではなくなった。討伐すべしという意見が出て来る。

この頃、小栗の最も頼りにしていたフランスで外債を募るという計画が、先方からことわって来た。理由はドイツとの国交が険悪になったからというのだが、実際はパリ大博覧会を舞台にしての薩摩の宣伝とモンブラン伯爵《はくしゃく》の運動とによって、フランス人らの幕府にたいする観念が動揺しているところに、大政奉還の知らせが入ったので、フランスの金融業者らの信用がすっかり幕府を去ったからであると言われている。

これは小栗にとってはずいぶん打撃で、勝海舟は、「小栗さんほどの人が、たった六百万ドルの金談が破れて青くなった」と冷笑しているが、小栗にしてみれば、この六百万ドルがこれからのすべての手品の種になるのだ。失望落胆は無理はない。

しかし、考えてみると、失望は早計だ、京地で幕軍が薩・長軍と戦って勝利を得れば、これで天下の勢いは定まる。当時、在京の薩・長勢は二千くらいしかない。せいぜい多く見つもっても三千だ。幕府方は旗本勢、会津・桑名の藩兵を合わせれば二万以上ある。どう踏んでも負ける戦さではない。戦いを待ち望む気になった。

薩摩屋敷の討伐を利用することにした。なるべく大がかりにやる。大砲を撃ちかけて焼きはらおう。そうすれば、薩摩はきっと誘いに乗って、京地で戦闘行為に出る。思う壺《つぼ》だ。

決心がつくと、強硬に主張した。

以上は筆者の恣意《しい》な空想ではない。当時外国惣奉行《そうぶぎよう》で町奉行であった朝比奈閑水《あさひなかんすい》の手記によって書いているのだ。朝比奈は、

「関東では、将軍家の京地における御処置ははなはだ手ぬるいとの衆評で、もっぱら武力に訴えるを快とする空気で、海・陸軍の士官などは最も乱暴な意見を立てた。ついに上野介《こうずけのすけ》もこの輩《やから》の論にもとづいて、薩邸を襲撃するを上策として、閣老にせまった云々」

と書いている。

反対論ももちろんあったが、ついに砲撃することに決定した。

戦術は陸軍教師の砲兵大尉《たいい》ブリューネが立て、庄内藩ほか三藩がことにあたった。ブリューネは自ら指揮までした。それは十二月二十五日の白昼であった。

この直後に、小栗はフランス士官に引率させて、陸路騎兵一大隊を京地に向けて出発させた。やがておこる戦争における勝利を確実にするためであった。

薩摩屋敷焼打ちの知らせが京坂につくと、薩摩側より、幕府側が興奮した。ドッと意気があがり、ついに伏見・鳥羽の戦さとなり、慶喜は海路江戸に逃げかえった。

江戸からつかわした騎兵隊は、戦闘のはじまった二日目の一月四日に大津についたが、たまたまここにある井伊家の米蔵に米を徴発に行った二小隊ほどの大村藩兵を見て、大軍の先鋒《せんぽう》部隊と見て、草津から伊勢路《いせじ》に去って、なんの役にも立たなかった。これが背後から京都をついたら、幕軍の勝利は確実だったのだが、要するについていないのである。

さて、慶喜が江戸に着いたのは一月十一日だから、三日からはじまった戦さの報告はもちろん江戸にとどいている。戦闘は六日までつづいているが、六日の戦闘情況もわかっていたろう。形勢は良いとは言えないが、全敗ではない。まだ手つかずの兵が一万以上も大坂城内にはのこっており、兵庫港には六隻《せき》の軍艦が碇泊《ていはく》している。やがては必ずもりかえして勝利を得ると、皆考えていた。小栗はもとよりそう信じきっていた。それが負けて逃げかえったというのだから、おどろきは一方《ひとかた》ではなかった。その夜から翌日にかけて、城内で大会議がひらかれた。小栗は主戦論を説いた。要領はこうだ。

「官軍が東下して来たら、箱根でも碓氷峠《うすいとうげ》でも防がず、全部関東に入れた後、両関門を閉ざして袋の鼠《ねずみ》にしてしまう。一方、軍艦は長駆して馬関《ばかん》と鹿児島を衝《つ》く。こうすれば日より見をしている天下の諸藩は皆わが味方となる。形勢は逆転して、幕威また振うに至る」

小栗のこの戦術を後に大村益次郎が江戸に入って来てから聞いて、戦慄《せんりつ》して、これが実行されたら、われわれは生きてはいられなかったろうと言ったと伝えられているが、これはフランス士官らの立てた戦術であろう。苦心さんたん、しかも大金を出して招聘《しようへい》した専門家なのだ。相談して意見を聞かない道理がない。またこれを天才的戦術とまでほめる人もいるが、文久二年に島津久光が幕政改革を目的として引兵出京する計画を立てた時、西郷はこれに反対しているが、その反対理由として、幕府が軍艦をもって大坂湾にかまえて薩軍の国許《くにもと》との連絡を断ち切り、一方軍艦をもって鹿児島を攻撃したら処置がないであろうと言っている。当時の人のごく常識的な戦術眼である。天才的戦術というほどのことはあるまい。大村益次郎が戦慄したというのも信ぜられないことだ。

さて、今はもう恭順することに心をきめている慶喜はきかない。小栗が強硬に主張してやまないので、ついにみずから免職を言いわたしたと伝えられている。十五代二百七十年の徳川幕府で、将軍に直接免職を言いわたされたのは、小栗一人であるという。

ロッシュもまた、十八日に江戸に帰って来て、十九日に登城して慶喜に会って主戦を説いているが、やはり慶喜はきかなかった。

小栗はなおしばらく江戸にとどまって形勢を観望していたが、もはやどうにもならないと見きわめがついたので、領地の一つである上州群馬郡権田村《ごんだむら》に引込むことにして、二月二十八日に江戸を出発、三月一日に権田村についた。権田村は彼の采邑《さいゆう》ではあるが、陣屋も館《やかた》もないので、東善寺という寺を一時の宿としておちついた。

ところが、その三日後の三月四日、数千の暴徒がおしよせて来た。小栗は多年幕府の勘定奉行だったのだから、大枚な軍用金を持って来たはずだと、それを狙って来たのだ。鉄砲まで持って来てしきりに発砲したというから、百姓共ばかりではない。当時関東地方に多かった政治浪人のまじっている暴徒であったろう。小栗は家来共を指揮して、鉄砲を放って追いはらった。

これが評判になった。大砲で追いはらったなどというわさが立った。大砲は一門たしかに江戸の自宅から持って来てはいたが、撃ちはしなかったのだ。

こちらに来た官軍は東山道軍で、総督は岩倉具視《ともみ》の子具定《ともさだ》、参謀は板垣退助（土佐）と伊地知《いじち》正治《まさはる》（薩摩）であるが、大いに刺戟《しげき》された。小栗が幕府役人中の大物であり、主戦論者であったことがわかっているので一層だ。当時は奥羽諸藩連合が組織され、越後の長岡藩などはこれに入って官軍に反抗する勢いを見せていたので、この越後方面のアンチ官軍と気脈を通じて、自分らの後方を襲うつもりではないかと疑った。

官軍は、「小栗は上州権田村に陣屋を厳重にかまえ、砲台まで築いて、容易ならざる企てをしている由《よし》、諸方から注進して来る、厳重探索したところ、逆謀歴然である、天朝に対して不埒《ふらち》至極であるから、誅戮《ちゅうりく》せよ」と、高崎、安中《あんなか》、小幡《おばた》の三藩に命じた。

三藩は命をかしこんで行ってみたが、命令に言うような点は少しも見えない。その上、小栗が大砲一門、小銃二十梃《ちょう》を引渡して、明白に弁明したので、三藩は引上げた。

翌日、小栗は養子の又一を高崎の官軍の出張所に出頭させて恭順の意を表しさせたが、監軍の原保太郎、豊永寛一郎は聞き入れない。又一を捕えておいて、翌々日の四月五日、三藩の兵一千人をひきいて東善寺を包囲し、小栗とその家来三人を捕えて、寺を去る数町の烏川《からすがわ》の河原で、主従ともに斬《き》った。時に年四十二。又一もまた斬られた。

小栗は蜷川新博士の著書が出て以来、大へん評判のよい人物になった。彼が幕府の末路において最も出色の人物であることは、言うまでもないが、ぼくは自分で調べてみて、博士の言うほどの人物とは思わない。博士は小栗の背後にいたフランス公使レオン・ロッシュのことを無視している。小栗の知恵はほとんどすべてロッシュの入れ知恵なのだ。それはよいとしても、全身的にロッシュによりかかっているので、日本のために非常に危険であったと思わずにいられないのだ。

小栗が幕府側にあり、薩・長側にも小栗式の人物がいて全身的に英国にもたれかかっていたなら、当時の日本は現代の朝鮮やベトナムのように真二つに引裂かれたに相違ない。現代に左右両翼の強大国があるように、当時は英・仏の両強国があって、覇《は》をきそい合っていたのだ。

こう考えて来ると、勤王も佐幕もなく、日本を外国の餌食《えじき》にしてはいけないと念じつづけていた勝海舟が幕府側の代表者となり、英国の力は利用しても、日本の政体変革は日本人だけでやらなければ外国の人に面目がないと、アーネスト・サトーの援助申出をことわった西郷が官軍側の代表者となって、話合いをつけたことは、日本の大幸運であった。

勝は小栗のことを、

「小栗上野介は幕末の一人物だよ。あの人は精力が人にすぐれて、計略に富み、世界の大勢にもほぼ通じ、しかも誠忠無二の徳川武士で、先祖の小栗又一によく似ていたよ。一口に言うと、あれは三河武士の長所と短所とを両方そなえておったよ」

と批評しているが、ぼくには最も納得の行く評言である。

小栗が赤城山に巨額な金銀を埋蔵したという伝説は有名なもので、今日でもその発掘に従っている人があるというが、幕府の滅亡は金のなかったのが重要な原因である。そんな金があったら、小栗は幕府存立のためにもっと目ざましい働きをしたはずである。ぼくはこの伝説を信ずることは出来ない。

（下巻へ続く）

幕末《ばくまつ》動乱《どうらん》の男《おとこ》たち（上）

新潮文庫　か－6－5

昭和五十年一月三十日 発行
平成二十年四月一日 三十刷改版
平成三十年三月三十日 三十四刷

著者　海《かい》音《おん》寺《じ》潮《ちょう》五《ご》郎《ろう》

発行者　佐藤隆信

発行所　株式会社新潮社
郵便番号 一六二―八七一一
東京都新宿区矢来町七一
電話 編集部(〇三)三二六六―五四四〇
読者係(〇三)三二六六―五一一一
http://www.shinchosha.co.jp

価格はカバーに表示してあります。

乱丁・落丁本は、ご面倒ですが小社読者係宛ご送付ください。送料小社負担にてお取替えいたします。

印刷・株式会社三秀舎　製本・加藤製本株式会社

ISBN978-4-10-115705-4 C0193